Un play-boy énigmatique

Mariée à son patron

JANICE MAYNARD

Un play-boy énigmatique

Traduction française de
PEGGY SASTRE

PASSIONS

HARLEQUIN

Collection : PASSIONS

Titre original :
SECRETS OF A PLAYBOY

HARPERCOLLINS FRANCE
83-85, boulevard Vincent-Auriol, 75646 PARIS CEDEX 13
Service Lectrices — Tél. : 01 45 82 47 47 - www.harlequin.fr
ISBN 978-2-2804-4647-1 — ISSN 1950-2761

Composé et édité par HarperCollins France. Achevé d'imprimer en juin 2021.
par CPI Black Print - Barcelone - Espagne
Dépôt légal : juillet 2021.

FSC www.fsc.org MIXTE Papier issu de sources responsables FSC® C159065

Pour limiter l'empreinte environnementale de ses livres, HarperCollins France s'engage à n'utiliser que du papier fabriqué à partir de bois provenant de forêts gérées durablement et de manière responsable.

- 1 -

— Cet étage est interdit au public.

Zachary Stone était assailli par l'agacement. Devait-il ajouter un accès à badge dans l'ascenseur ? Ce n'était pas la première fois que quelqu'un errait là où il n'aurait pas dû. La boutique de Stone River Outdoors était au rez-de-chaussée, il n'y avait donc aucune raison pour qu'un client se rende au septième étage. Mais les humains étaient parfois de bien curieuses créatures…

À l'autre bout du couloir, la femme s'arrêta devant la photo panoramique du Thunder Hole prise dans le parc national d'Acadia.

— Madame ? insista Zachary avant de se diriger vers elle.

Son entreprise était victime d'espionnage industriel depuis plusieurs années, il devait donc redoubler de prudence.

— Madame ! Vous n'avez rien à faire ici.

Enfin, la femme se tourna pour lui faire face. Elle était grande et élancée. Ses cheveux étaient noirs, noir de jais. Et follement ondulés. Était-ce naturel ? Peut-être.

Des yeux aux cils longs et épais le toisèrent. Son visage était fin, le menton pointé vers lui. Des lunettes avec de légères montures noires lui donnaient un air studieux. Quand il se rapprocha, il put voir la couleur inhabituelle de ses iris. Presque lavande. Il se souvint avoir lu quelque part que la célèbre actrice Elizabeth Taylor avait les yeux violets. Ceux de cette femme étaient plus proches de la pervenche. Ou peut-être que leur teinte changeait selon la lumière et les vêtements qu'elle portait.

L'inconnue semblait confiante et détendue. Son mécontentement manifeste n'avait eu visiblement aucun effet sur elle.

Zachary avait beau jouer à domicile, cela ne lui donnait aucun avantage. Du moins aucun qu'il pouvait détecter. Il articula un nouvel avertissement :

— Les visiteurs ne sont pas autorisés à cet étage. Je vous prie de redescendre.

La femme le scruta de la tête aux pieds.

— J'ai un rendez-vous.

Cette voix.

Son ton grave et rauque harponna quelque chose dans son ventre et lui rappela qu'il ne s'était pas adonné au sexe récréatif depuis… Pff, bien trop longtemps apparemment. Si la simple rencontre avec une inconnue suffisait pour le démanger autant, alors oui, il était sacrément en manque.

Il finit par appréhender les mots qu'elle venait de prononcer, puis il fronça les sourcils.

— Un rendez-vous ?

Soudain, les choses déroulèrent leur logique.

— Vous êtes…

Elle l'interrompit.

— Frances Wickersham.

— Frances Wickersham ? Tous vos courriers étaient signés F. Wickersham.

Il fronça les sourcils de plus belle.

Elle haussa les épaules sans se départir de sa décontraction.

— Dans mon domaine professionnel, c'est mieux si mes clients n'ont pas d'idées préconçues.

— Ah.

Il était déstabilisé et il n'aimait pas ça. En général, et en particulier face à quelqu'un qu'il allait embaucher.

— Bon, s'agaça-t-il, allons dans mon bureau.

Il la conduisit dans le couloir vers le bureau en enfilade dont il avait hérité à la mort de son père. Lorsque M. Stone, premier du nom, était en vie, toutes les décisions se prenaient ici, dans cette suite spacieuse décorée de boiseries en merisier sombre et aussi pleine de meubles traditionnels que la boutique d'un antiquaire.

Zachary avait tout détruit, jusqu'aux montants des portes, et tout reconstruit. Désormais, les couleurs étaient plus claires et les meubles danois lui apaisaient l'esprit, tout comme le plancher en bois brut pâle.

De l'air ! De la lumière ! De l'espace !

Il attendit que son invitée se soit assise puis prit place derrière son bureau de directeur financier.

— Merci d'avoir fait tout ce chemin jusqu'à nous, dit-il en espérant reprendre le contrôle de la situation.

— C'est tout naturel. Pas de souci.

D'un geste gracieux, Frances Wickersham posa sa serviette en cuir souple sur la chaise à côté d'elle, ainsi que son imperméable. Le vêtement était un trench-coat noir. Classique. Coûteux.

En dessous, elle portait un pantalon en laine noir et un fin col roulé en cachemire gris. Ses mains étaient longues et nues, à l'exception d'un seul anneau sur son annulaire droit. Un cercle en or tressé à l'allure celtique.

Sans son manteau, ses courbes féminines étaient absolument à tomber.

— Alors, ajouta-t-il. Vous acceptez toutes les conditions ?

Un sourire fit légèrement trembler ses lèvres.

— Je suis là, non ?

Elle fouilla dans sa mallette et en sortit un contrat.

— Tout ce dont nous avons discuté par e-mail a été inclus. Avec vos frères et vos avocats, vous n'avez plus qu'à le passer en revue. Et si tout est satisfaisant, je peux commencer lundi.

Zachary saisit le contrat et le regarda rapidement avant de le mettre de côté. Il connaissait ses dispositions par cœur. Pour une somme rondelette, Stone River Outdoors, l'entreprise de matériel d'activités de plein air qu'il dirigeait avec ses frères, venait d'embaucher une pirate informatique professionnelle pour fouiller les ordinateurs de ses collaborateurs et voir si l'un d'entre eux volait de l'argent ou des informations confidentielles.

À la lumière du jour, toute cette histoire lui semblait vaguement ridicule. Mais là encore, la situation ne lui donnait pas vraiment d'autre choix.

Assise tranquillement, F. Wickersham cataloguait son bureau du regard.

— C'est bien, dit-elle. Moderne, mais pas froid. On respire et ça reste chaleureux. Tu as fait du bon boulot, je te reconnais bien là. Tu as le chic pour sortir des sentiers battus.

Il sourit, satisfait de ses louanges, bien qu'il ne les comprît pas vraiment. Et pourquoi ce passage immédiat au tutoiement ? Il savait que les geeks avaient des mœurs plutôt relâchées, mais quand même…

Il décida de ne pas en prendre ombrage.

— Qu'est-ce qui te fait dire que c'était mon idée ? Mon boulot ?

Elle finit de parcourir les lieux environnants et posa à nouveau son regard bleu-violet sur lui.

— Tu as toujours dit que les Scandinaves étaient des génies. Et ton mémoire de fin d'études portait sur le fondateur d'IKEA. À une époque, tu voulais créer le même type d'entreprise pour le marché du luxe. Mais je suppose que ton histoire familiale y a fait obstacle.

Ses yeux s'écarquillèrent. Ses doigts se crispèrent sur les bras de sa chaise.

— Pardon, mais qui es-tu ?

Ses lèvres se courbèrent en un sourire ironique.

— Tu ne te souviens vraiment pas du tout de moi, n'est-ce pas, Zachary ? Bon, je pense que je dois bien le prendre, j'étais une sacrée pimbêche à l'époque. Mieux vaut que tu m'aies oubliée.

Il la regarda, bouche bée.

— Frannie ? C'est toi ?

Deux heures plus tard, Zachary gara sa voiture devant la belle maison classique à deux étages de son frère Quinten et essaya de se convaincre qu'il n'était pas nerveux. Bien sûr qu'il ne l'était pas… ou si peu.

Il avait proposé de venir chercher Frances à son hôtel et de l'accompagner au dîner, mais elle avait préféré prendre un taxi. Zachary en était heureux. Il ne lui restait plus qu'à assimiler que Frances Wickersham était en fait Frannie. Sa meilleure ennemie.

Un rapide coup d'œil à sa montre lui dit qu'il ne pouvait rester éternellement dans l'allée comme un idiot. Heureusement, il y aurait ce soir quatre autres adultes pour l'épauler dans la conversation. En vérité, Zachary ne savait pas quoi dire à Frannie. Pas depuis qu'elle était devenue une femme… Et quelle femme !

À bien y réfléchir, même à quatorze ans il aurait eu du mal à gagner une joute spirituelle avec elle… Alors maintenant qu'elle en avait trente, et lui trente et un, c'était peine perdue.

Ils ne s'étaient plus vus depuis plus d'une décennie… depuis qu'ils étaient tous les deux sortis diplômés du prestigieux pensionnat du Connecticut pour étudiants surdoués où Zachary avait été détenu pendant les quatre plus longues années de sa vie.

Frannie avait également été pensionnaire là-bas, mais contrairement à Zachary, elle n'avait pas passé tout son temps à essayer de s'échapper. Elle lui avait d'ailleurs donné l'impression d'avoir réellement apprécié l'expérience.

Il ouvrit la portière et se précipita vers le porche. Le mois de novembre à Portland était, comme à son habitude, pluvieux et sordide. Katie, la femme de Quin, lui ouvrit la porte avant même qu'il ait tendu la main vers la sonnette.

— Te voilà enfin, dit-elle. Entre.

— Suis-je en retard ?

Il la suivit dans le couloir menant vers la salle à manger.

— Non, mais la cuisinière a un enfant malade. Je lui ai dit que cela ne nous dérangeait pas de nous mettre à table plus tôt.

— Ah.

Ils entrèrent et Zachary prit une inspiration. Frannie était déjà là. À discuter avec sa famille comme si elle les connaissait depuis des années.

Elle leva les yeux et rencontra son regard à travers la pièce. Leur étrange connexion était-elle le fruit de son imagination ? Il regarda autour de lui pour voir si quelqu'un d'autre l'avait remarqué. Apparemment non. Peut-être qu'il travaillait vraiment trop et avait besoin de mettre en pause son cerveau surchauffé…

Tous les convives prirent place autour de la table dressée de manière classique et un plat de salade fut servi.

Zachary agita une main.

— Je suppose que vous vous êtes tous présentés à Frances ?

Farrell hocha la tête.

— En effet. Mais nous ne faisions que commencer, alors n'hésite pas à combler les blancs. Comme le fait que tu sois ami intime avec une hackeuse professionnelle.

— C'est aller un peu vite en besogne, corrigea Zachary. J'ai connu Frannie au lycée. Je ne savais pas qui elle était lorsque nous l'avons engagée.

Frannie lui fit un sourire ironique.

— Tu m'as appelée Frances il y a une seconde.

— Je suis désolé, dit-il en roulant des yeux. Tu préférerais F. Wickersham ?

Elle lui fit une grimace.

— Non, en fait, ça ne me dérange pas d'être Frannie avec des gens que je connais, a-t-elle dit. C'est plus décontracté.

La fiancée de Farrell, Ivy, haussa un sourcil.

— Il n'y a rien de mal à ce que Frances utilise une initiale. Les femmes, dans les domaines dominés par les hommes, doivent se battre deux fois plus pour être reconnues. J'aurais fait la même chose à sa place.

Quin tendit la main pour attraper la vinaigrette.

— Je suis tellement impressionné par vos références, Frannie. Vous devez être un génie. D'ailleurs, comment Zachary vous a-t-il dénichée ?

— Je ne l'ai pas vraiment dénichée, protesta Zachary. J'ai parlé à un ami chasseur de têtes à Washington qui m'a dit que F. Wickersham était le meilleur profil sur le marché. Rapide, discret et toujours efficace. Je ne vois pas qui j'aurais pu trouver d'autre et encore moins, de meilleur.

Le sourire de Frances avait quelque chose d'arrogant.

— Oui, je ne vais pas le contredire. Sans compter que c'était très rigolo de jouer ce petit tour à Zachary. J'ai lu quelques articles sur lui au fil des ans dans les magazines people. Ah, le cadet Stone et son harem toujours renouvelé ! Même au lycée où le quotient nerd était élevé, Zachary Stone était le roi. Toutes les filles étaient amoureuses de lui et tous les garçons l'enviaient.

Zachary sentit son cou devenir chaud.

— Pas toutes les filles, marmonna-t-il.

— Attends une minute, dit Farrell, le regard fixé sur son visage. Tu es *la* Frannie qui lui était passée devant pour cette bourse à Oxford ? Il était si énervé !

Frannie fit la moue.

— Oui, je n'ai jamais compris pourquoi ça l'avait autant dérangé.

Elle épingla Zachary de son regard interrogateur.

— Tu voulais étudier à l'étranger ?

— Non, dit-il, essayant de ne pas paraître rancunier. Je voulais aller dans une école où on s'amusait bien. Mais je voulais gagner cette bourse, c'est clair.

Tout le monde éclata de rire sauf Zachary. Il réussit quand même à esquisser un sourire, mais au fond de lui, il se souvint de ce qu'il avait ressenti, à dix-sept ans, après avoir été battu par une fille… une fois de plus. Et toujours par la même fille, par-dessus le marché. Le monde avait beau le voir comme un séducteur macho et sûr de lui, avec Frannie, il avait toujours douté de lui-même.

— Pauvre Zachary, dit Farrell. Il n'a jamais voulu aller dans cette école, c'est notre père qui a insisté. Il était tellement impressionné d'avoir engendré un enfant avec 170 de QI qu'il voulait voir jusqu'où Zachary était capable d'aller.

Quinten renâcla.

— Et tout ce que notre frère voulait, c'était jouer au football et sortir avec toutes les filles de Portland !

Zachary pria ardemment pour que la conversation prenne une autre direction quand la cuisinière apporta le plat principal, du poulet rôti et de la courge sautée. Mais ce fut peine perdue.

Katie poursuivit l'embarrassant interrogatoire.

— Alors, ce lycée, Frannie ? Racontez-nous un peu !

Frannie lança un regard triste à Zachary.

— Oh ! il n'y a pas grand-chose à en dire, vous savez. Avec Zachary, nous étions des partenaires de laboratoire, des camarades de projet, si vous voulez.

— Allez, ça suffit, l'épisode souvenirs, dit fermement Zachary. Frannie, et si tu nous disais plutôt comment tu comptes t'y prendre pour mener ton enquête à Stone River Outdoors ?

— Bien sûr.

Elle finit une bouchée de poulet et porta sa serviette à sa bouche pour tamponner ses belles lèvres.

— Je vais commencer par les endroits les moins susceptibles d'avoir un problème. Le service commercial. Les postes subalternes. Ceux que je peux fouiller assez rapidement.

Ivy se pencha en avant.

— Et personne ne saura que vous fouinez ?

— Non, déclara Frannie, sûre d'elle. Vos bureaux ferment à 17 heures. J'arriverai tous les soirs à 19 heures et je travaillerai jusqu'à minuit.

Zachary hocha la tête.

— Le seul employé qui doit être mis au parfum est notre veilleur de nuit. Mais il travaille à SRO depuis vingt-cinq ans. Et nous avons effectué une vérification approfondie de ses antécédents. Il n'y a pas de problème avec Stanley.

Farrell se pencha en arrière sur sa chaise.

— Que se passera-t-il si nous nous trompons ?

Frannie fronça les sourcils.

— Que voulez-vous dire ?

— Eh bien, si nous n'arrivons pas à trouver la moindre preuve que quelqu'un ait réellement fait quelque chose de malveillant. C'est sûr que certains de mes designs sont apparus sur le marché alors que je travaillais encore dessus. Les produits n'étaient pas très bons. Sauf qu'il est toujours possible que deux personnes aient la même idée en même temps. Dans tous les cas, j'ai déménagé mon laboratoire chez moi jusqu'à ce que nous puissions en être parfaitement sûrs.

Zachary lança un coup d'œil à Frannie.

— Farrell est notre gourou de la recherche et du développement, lui expliqua-t-il. Katie dirige son département depuis des années, mais plus récemment, elle a épousé Quinten.

Frannie gloussa.

— Ce n'est pas du tout déroutant. Je ne me mets donc pas en chasse que d'idées volées ?

Zachary secoua la tête.

— Non, c'est pire que ça. Notre père a été tué dans un accident de voiture suspect. Quinten était avec lui.

Les yeux de Frannie s'écarquillèrent.

— Sérieusement ?

— Oui.

Quinten haussa les épaules.

— L'accident m'a bousillé une jambe, mais je vais bien maintenant. Et Katie, ma douce épouse, s'occupe de moi comme d'un pacha.

Frannie semblait perplexe.

— Vous pensez donc que l'accident de voiture aurait pu être une tentative d'assassinat ? Pourquoi ?

Zachary prit la parole.

— En vérité, nous ne savons pas quoi penser. Mais la coïncidence entre l'accident et les idées volées de Farrell ne nous dit rien qui vaille. Nous serons très heureux que tu ne trouves rien de louche, vraiment. Ton embauche est une police d'assurance. On couvre nos arrières.

— Je ne suis pas bon marché, déclara Frannie sans détour. Je ne veux pas vous faire perdre de l'argent. Nous n'avons encore rien signé. Tout ce que vous m'avez décrit ne peut être qu'une simple coïncidence.

Ivy rit doucement.

— Je suis sûr que les frères Stone apprécient votre désarmante franchise, mais ce sera de l'argent bien dépensé pour notre tranquillité d'esprit. Farrell et moi planifions un mariage à Noël. Je me sentirai beaucoup mieux à l'idée de partir en lune de miel si tout est réglé dans l'entreprise.

Frannie acquiesça.

— Et le reste d'entre vous ?

Farrell leva son pouce.

— J'en suis.

Katie leva son verre à vin.

— Moi aussi.

— Et moi.

Quinten sourit en saisissant un petit pain.

Frances Wickersham se tourna sur son siège et jeta un regard calme et déterminé à Zachary.

— Et toi, Zachary ?

Frannie regarda Zachary calmement, en essayant de camoufler le fait que sa simple présence dans la pièce l'avait transformée en une adolescente débordant d'hormones et d'émotions. Son pouls battait des records de vitesse et sa bouche était sèche. Zachary Stone réussissait l'exploit d'être à la fois le même garçon qu'elle avait connu autrefois, tout en étant à des années-lumière de celui qui peuplait ses souvenirs.

Sa stupéfiante beauté s'était bonifiée avec l'âge, mais ses traits parfaits et son sourire éclatant n'étaient pas moins époustouflants aujourd'hui qu'ils ne l'étaient quand il avait seize ans. Le fait qu'il ait acquis une réputation de play-boy au fil des ans ne l'avait pas surprise. C'était un homme qui aimait les femmes. Et que les femmes aimaient.

Frannie devait rester sur ses gardes. Elle ne pouvait pas être aspirée dans son orbite. La tendresse résiduelle qu'elle ressentait pour Zach était dangereuse. Bien trop dangereuse.

Ce n'était pas par hasard qu'elle était une louve solitaire. Sa vie était plus facile ainsi, avec moins de risques de voir son cœur piétiné ou ses sentiments meurtris.

Les cheveux épais de Zachary brillaient sous la chaude lumière du lustre. Sa peau était perpétuellement dorée, soit à cause de tout le temps qu'il passait en plein air, soit parce qu'il avait une poignée de gènes méditerranéens quelque part dans son ADN. Comme ses frères, il était grand, svelte et athlétique. Lorsqu'ils étaient au lycée, il n'avait qu'une envie : revenir à Portland pour faire du sport avec Farrell et Quinten.

Malheureusement, l'école pour surdoués du Connecticut préférait les microscopes et les ordinateurs aux ballons et aux terrains de football. Zachary avait été forcé de trouver un débouché pour son énergie dans le sport en salle. Voire en chambre.

Frannie avait laissé son esprit divaguer, mais elle savait que Zachary n'avait pas répondu à sa question.

— Zachary ? demanda-t-elle enfin. Tu es partant ?

Il semblait indécis, ce qui n'augurait rien de bon. Dépenser une telle somme quand un des partenaires commerciaux n'était pas à 100 % derrière le projet pouvait être annonciateur de conflits. Sans compter que son hésitation la blessait.

Il finit par lui faire un rapide signe de la tête.

— Je ne pense pas que nous ayons le choix. Les deux dernières années ont été difficiles. La blessure de Quinten. La mort de notre père. Le fait d'avoir dû apprendre à diriger l'entreprise à trois. Nous ne pouvons pas nous permettre de perdre ce que nous nous sommes démenés à préserver.

— Alors c'est parti, ajouta-t-elle. Je vais retourner chaque petit caillou jusqu'à ce que nous sachions ce qu'il en est avec certitude. Soit Stone River Outdoors est en danger, soit vous n'avez rien à craindre. J'aurai la réponse d'une manière ou d'une autre.

Le sujet de conversation changea, ce qui permit à Frannie de terminer son repas en silence et d'assister au jeu entre les autres adultes dans la pièce. Voir la dynamique familiale de ses yeux était d'un grand secours pour le travail qu'elle s'apprêtait à effectuer, mais elle en savait déjà beaucoup sur les parties impliquées. Jamais elle n'acceptait un emploi sans bétonner sa documentation. Le qui, le quoi et le comment, elle les avait toujours sur le bout des doigts. L'une de ses compétences consistait à savoir dénicher des secrets. Sa curiosité n'avait rien d'un vilain défaut, c'était son gagne-pain.

Jusqu'à présent, ses recherches lui avaient révélé que les Stone ressemblaient à n'importe quelle autre famille riche. Qui avait eu ses hauts et ses bas. Elle savait pour les prix de Quinten dans les compétitions de ski, la blessure qui l'avait forcé à abandonner la vie qu'il aimait. Sa femme, Katie, était une employée de longue date de l'entreprise, extrêmement loyale, qui était tombée amoureuse du plus jeune frère Stone. Leur mariage avait été célébré au début de l'année.

Frannie savait également que Farrell était devenu tragiquement veuf au milieu de sa vingtaine et avait passé les huit années précédentes seul. Ivy Danby, menue et espiègle, venait de rentrer dans sa vie - avec son bébé - et, de toute évidence, avait réussi à domestiquer l'ingénieur bourru. Et l'amour lui avait offert une seconde chance.

Curieusement, Zachary était plus difficile à cerner, malgré leur histoire commune et les tonnes d'informations que Frannie avait trouvées sur Internet.

Zachary était une énigme. Au lycée, il était brillant mais avait du *mal à se concentrer*, comme le disaient ses bulletins. Son cerveau était aussi tranchant qu'un rasoir, mais il préférait qu'on le connaisse pour ses mauvais tours et son hédonisme. Zachary n'était jamais aussi heureux qu'au milieu d'un groupe, où toutes les têtes étaient en général tournées vers lui.

S'il avait continué ses études à Harvard, il n'avait pas poussé jusqu'au doctorat, au grand dam de son père. Mais Zachary avait-il abandonné en cours de route par défiance envers lui, ou tout simplement parce qu'il en avait assez ?

Dans tous les cas, il était parfaitement logique qu'il soit désormais le directeur financier de Stone River Outdoors. Ses frères lui faisaient confiance pour gérer les entrées et les sorties d'argent. Mais son petit doigt lui disait que ce n'était pas là un travail qui l'enthousiasmait. Et encore moins qui mettait son intelligence hors du commun à l'épreuve.

Depuis qu'il avait terminé ses études, Zachary avait parcouru le monde. De long en large. Ses exploits faisaient les choux gras de la presse à scandale. Il aurait pu devenir sportif de haut niveau, comme Quinten avec le ski, mais Zachary préférait les défis temporaires en bonne compagnie. L'exploration de territoires reculés dans la forêt amazonienne. Des courses de chameaux dans les températures infernales du Sahara. Il s'était même essayé à l'exploration spatiale commerciale.

Zachary Stone était un homme brillant qui avait perpétuellement besoin de stimulation.

Frannie le savait mieux que personne.

Et puis il y avait les femmes. Des tonnes. Le nom de Zachary Stone avait été attaché à un certain nombre de mannequins et de personnalités publiques. Mais jamais aucune qui l'ait fait s'approcher d'un autel. Contrairement à ses frères aîné et cadet, le Stone du milieu vaquait à sa vie en célibataire endurci.

Frannie ne savait pas quoi penser de cela.

Lorsque la cuisinière servit le café et une tarte Tatin pour le dessert, Katie insista pour que la jeune femme rentre chez elle et s'occupe de son enfant malade. Ivy se leva et commença à rassembler des assiettes.

— Je vais t'aider avec le ménage, Katie.

Frannie les rejoignit.

— Moi aussi.

Katie secoua la tête.

— Oh non, tu es notre invitée ce soir !

— Allez, je vous en prie.

Frannie désigna les trois frères qui s'étaient rassemblés

à un bout de la table et se disputaient sur des résultats sportifs.

— Vous n'allez quand même pas me laisser toute seule avec ça !

Les deux femmes éclatèrent de rire et acceptèrent de laisser Frannie participer à ce qui semblait être un rituel féminin dans cette famille. Elle avait hâte d'en savoir plus sur ces femmes et sur l'homme qui avait été son béguin d'adolescente.

Une fois la cuisine impeccable et le lave-vaisselle démarré, Frannie s'appuya contre le comptoir et sourit.

— Alors dites-moi. Qu'est-ce que ça fait d'apprivoiser l'un des frères Stone ?

Katie soupira.

— Ce n'est pas pour les petites natures. Je travaille pour l'un et je suis mariée à un autre. C'est une fratrie de trois hommes qui a été élevée par un père célibataire. Mais tu dois le savoir.

— Parce que leur mère est morte jeune, non ?

Ivy hocha la tête.

— Oui. C'est probablement un euphémisme que de dire qu'ils ont manqué d'une figure féminine dans leur vie. Ils sont arrogants et têtus et ne veulent absolument pas accepter la moindre limite. Reste qu'ils peuvent être étonnamment doux et prévenants sous leur couche épaisse de testostérone.

— Ce sont même parfois des minous, acquiesça Katie. Mais ne fais jamais l'erreur de penser que tu pourrais les mener par le bout du nez. Ils détestent être manipulés.

Frannie hocha la tête.

— Même adolescent, Zachary avait cette incroyable confiance en lui. Je l'enviais, pour être honnête. Il m'a fallu des années pour me sentir bien dans ma peau.

Ivy sourit.

— Je ne pense pas que ce soit facile pour une femme d'être vue comme un génie. Je suppose que tu n'as pas trop d'amies, n'est-ce pas ?

— C'est vrai, la plupart de mes amis sont des hommes. Mais je suppose que c'est parce que je suis un vrai garçon manqué. Je préfère la science au maquillage et à la mode. Sur le plan de l'éternel féminin, je suis une patate.

La porte de la cuisine s'ouvrit et Zachary entra.

— Ne sois pas si dure avec toi-même, Frannie. Tu étais mignonne comme peut l'être un petit animal sauvage.

Il sourit à Katie et Ivy.

— Elle avait toujours une salopette en velours côtelé trop grande. Soit vert sapin, soit bleu nuit. Qu'elle associait à des T-shirts de groupes de rock improbables.

Frannie resta bouche bée.

— Non, tu t'en souviens ?

— Nous avons passé beaucoup de temps ensemble, Bestiole. Et j'ai une sacrée bonne mémoire.

Katie haussa un sourcil.

— Bestiole ?

Zachary prit une bière dans le frigo et la décapsula.

— Tout le monde à Glenderry avait un surnom, moi y compris.

— On ne les choisissait pas, précisa Frannie dans un souffle. D'autres élèves, généralement plus vieux, nous les distribuaient comme des bonbons toxiques quand on franchissait les portes du lycée. Et ensuite, ils nous collaient aux basques jusqu'à la remise du diplôme. Évidemment, si vous étiez populaire comme Zachary, ils étaient plutôt cool. N'est-ce pas, Stoner ?

Il haussa les épaules, une lumière dans les yeux.

— Les bestioles peuvent être mignonnes, tu sais, comme les coccinelles, par exemple.

Katie secoua lentement la tête.

— Je parie que tu détestais ce surnom, Frannie.

— On ne peut rien te cacher, confirma-t-elle.

Reste que Zachary ne l'avait jamais dit avec méchanceté.

— Mais regarde-toi, Frannie. Tu es grande et belle et tu es brillante ! Que sont devenus les gamins stupides du lycée qui se moquaient de toi ? La réussite est la meilleure des vengeances !

Frannie n'avait effectivement jamais eu d'amies proches, principalement par choix, mais Ivy et Katie lui avaient tapé dans l'œil. Dans d'autres circonstances, elle aurait peut-être aimé mieux les connaître.

— Merci, Ivy, déclara Frannie. C'est vrai que j'ai fait du chemin depuis Glenderry. La plupart des gens gardent des souvenirs désagréables de l'adolescence. Les miens ne sont pas si mauvais. C'était mieux que d'être coincée dans une école publique ordinaire et de ne pas pouvoir étudier tout ce que je voulais. À Glenderry, il n'y avait pas de limites à la connaissance.

Katie secoua lentement la tête.

— Je suis contente que vous ayez eu cette chance, avec Zachary.

Il soupira.

— Moi, je ne peux pas en dire autant. Glenderry a été un enfer. Tout ce que je voulais, c'était être un garçon normal.

Frannie lui sourit.

— Arrête ton char, Zachary. Tu n'as jamais été quelqu'un de normal.

- 2 -

Zachary n'arrivait pas à se décider. Devait-il se sentir insulté ou amusé que tout le monde dans la pièce ait éclaté de rire ? À cause de lui.

— Très drôle, marmonna-t-il. Vous êtes tous exclus de ma liste de Noël.

Frannie se mordit la lèvre, essayant clairement d'étouffer d'autres rires.

— Je suis désolée, Zach. Je n'ai pas pu résister.

Farrell grimaça.

— Oups.

— Qu'est-ce qui ne va pas ? demanda Frannie.

Quin lui tapota le bras.

— Nous te protégerons.

— De quoi ?

Katie soupira lourdement.

— Zachary *déteste* qu'on raccourcisse son prénom.

— Mais non, vous vous fichez de moi !

Frannie le regarda.

— C'est vrai ?

Zachary haussa les épaules.

— J'ai décidé à l'université que Zachary avait plus de gravité. Personne ne m'a appelé Zach depuis au moins dix ans.

— Oh.

Elle cligna des yeux.

— Désolée.

— Tu n'as pas à l'être, dit-il doucement en l'attirant dans le couloir pour un moment d'intimité. Je t'ai appelé Frannie alors que tu es à l'évidence une Frances maintenant. Nous sommes tous les deux des adultes. Sérieux. Matures. Nous avons fait un sacré bout de chemin, Frances Wickersham. Mais je veux toujours croire que cette fille douce est quelque part. Je l'aimais beaucoup.

Ses yeux étaient immenses, leur couleur plus profonde, plus sombre.

— Et moi, j'aimais beaucoup Zach, dit-elle. Mais je pense qu'il faut laisser le passé où il est si je me mets à travailler pour ton entreprise.

— Nous sommes de vieux amis, Frannie. C'est vrai que je ne le savais pas quand je t'ai embauchée, mais est-ce si important ? Nous avions beaucoup de choses en commun à l'époque. Et Glenderry a contribué à faire de nous ce que nous sommes aujourd'hui.

— Tu aimes la personne que tu es devenue ? demanda-t-elle, avec une lueur de méfiance dans son expression.

La question n'aurait pas pu toucher plus juste. Il était peut-être un génie, mais Frannie était trop intelligente pour croire aux balivernes qu'il servait à d'autres.

— Peut-être, avoua-t-il à contrecœur. J'ai dû me calmer ces dernières années. Mes frères ont eu besoin de moi.

— Tu as donc abandonné le harem et les tours du monde ?

— On pourrait le dire comme ça.

— Est-ce que ça te manque ?

— Quelle partie ?

Il laissa traîner les deux mots pour le plaisir de faire rougir Frannie.

— Maintenant que tu m'y fais penser, c'est vrai que je suis au milieu du désert…

Frannie bafouilla et fit marche arrière.

— Ta vie amoureuse ne me regarde pas. Je devrais rentrer à l'hôtel.

Elle sortit son téléphone de sa poche et tapota sur son écran pour commander un taxi.

Zachary saisit l'appareil et le tint au-dessus de sa tête, ignorant son air renfrogné.

— La Frannie que je connaissais était très près de ses sous. Pourquoi encore payer un taxi alors que je peux te déposer à ton hôtel en rentrant chez moi ? Ou mieux encore…

— Mieux encore, quoi ? dit-elle, n'essayant même pas de récupérer son téléphone.

Il la gratifia du meilleur sourire qu'il avait en réserve. Un sourire non carnassier, simplement charmeur et réconfortant.

— Sur le chemin, nous pourrions nous arrêter pour boire un verre. Je serais ravi que tu me racontes ce que tu as fait de ta vie depuis la dernière fois que nous nous sommes vus.

Son expression était un mélange de perplexité et d'excitation.

— Cela pourrait être amusant, admit-elle. D'accord, je te laisse me raccompagner.

— Super.

Il lui rendit son téléphone.

— J'adore ma famille, mais je n'aurais aucun problème à m'éclipser sans les saluer. Qu'est-ce que tu en dis ?

Frannie leva les yeux au ciel.

— Que tu es un sacré malpoli.

Lorsqu'ils revinrent à la cuisine, les quatre autres

adultes cherchaient manifestement à faire croire qu'ils n'avaient pas tendu l'oreille pour les espionner.

Frannie sourit à Katie et Quin. Quin avait un bras enroulé autour de la taille de sa femme.

— Merci de m'avoir invitée ce soir, déclara Frannie. Le repas était super et ce fut un plaisir de faire votre connaissance !

Quin hocha la tête.

— Plaisir partagé ! Reviens quand tu veux, surtout si tu restes dans les parages un certain temps.

— Merci, ça me plairait beaucoup.

Frannie se tourna vers Farrell et Ivy.

— Félicitations pour votre prochain mariage. J'ai toujours adoré les cérémonies d'hiver.

Ivy appuya sa tête sur l'épaule de Farrell.

— Si tu es toujours parmi nous, tu es la bienvenue.

Frannie secoua la tête.

— C'est adorable de votre part, mais je ne crois pas que ma mission me prendra plus de quatre ou cinq semaines. J'espère prendre des vacances après avoir terminé avec le service informatique, sans compter que j'ai un autre gros contrat qui commence en janvier.

— Eh bien, dit Ivy. L'offre reste sur la table !

À ces mots, tout le monde prit le chemin de la sortie. Farrell et Ivy partaient également. La fille d'Ivy, Dolly, était avec une baby-sitter et Ivy voulait rentrer chez elle.

Dans la voiture, Zachary éteignit la radio et régla ses phares. La pluie s'était arrêtée, mais l'air était épais et lourd. Le brouillard réduisait la visibilité à seulement quelques mètres. À côté de lui, Frannie était silencieuse. Comme lorsqu'ils étaient adolescents. Elle n'aimait pas les bavardages, la conversation pour ne rien dire… Ce qui ne le dérangeait pas le moins du monde. Parler avec une femme comme Frannie n'était jamais ennuyeux.

Le bar qu'il avait en tête était simple et chaleureux. Parfois, le week-end, un musicien de jazz se produisait en solitaire. Ce n'était pas le genre d'endroit où il emmenait ses conquêtes, plutôt ses amis.

Après avoir trouvé une place de stationnement dans la rue, il se glissa hors du véhicule pour aller ouvrir la porte de sa passagère. Mais Frannie ne l'avait pas attendu. Elle remonta son col.

— Brrr… C'est glacial par chez vous. La température est descendue depuis tout à l'heure, non ?

— On dirait, oui, confirma-t-il.

Il mit une main sous son coude et l'escorta jusqu'à l'entrée du bar.

À l'intérieur du Dante, ils furent accueillis par une atmosphère conviviale. Le barman les salua d'un signe de la tête.

— C'est poussif ce soir ! Faites votre choix, quelqu'un sera à vous dans une minute.

Frannie se débarrassa de son manteau et prit place sur une banquette à l'écart de la salle principale.

— Quel endroit cool. J'ai l'impression qu'Hemingway pourrait débarquer d'une minute à l'autre.

— Je pensais bien que ce bar allait te plaire.

Zachary quitta également son pardessus.

Une jeune femme vint prendre leur commande.

— Du café chaud ou quelque chose de plus costaud ? Avec le temps qu'il fait ce soir, ce n'est pas moi qui vais vous juger.

— Frannie ?

Il sourit à son invitée, se sentant inexplicablement calme et détendu. Tant qu'il ne s'attardait pas sur la forme de ses seins sous son pull moulant, il pouvait oublier que F. Wickersham était une femme. Ou presque.

Frannie jeta un œil à la carte des boissons.

— Un daïquiri fraise sans alcool, s'il vous plaît.

— C'est moi qui conduis, dit Zachary à la serveuse. Alors je vais opter pour le café. Avec un doigt de Baileys dans le premier, cela ne me fera pas de mal.

Quand ils furent de nouveau seuls, il étudia son visage.

— Tu ne bois pas ?

Elle haussa les épaules, ses longs doigts déchiquetant nerveusement une serviette en papier.

— Non, ça m'endort, je n'aime pas ça. J'ai essayé à l'université, mais l'alcool mondain n'est vraiment pas mon fort. D'autant plus que je préfère garder toute ma tête. Ma colocataire a failli être violée lors d'une fête, alors ça m'a dégrisée d'un coup, si tu me passes l'expression. Je travaille beaucoup avec les hommes. Mieux vaut rester vigilante.

Il se tut, comprenant qu'il n'avait aucune idée de ce à quoi pouvait ressembler le quotidien d'une femme au XXIe siècle. Tout était censé être égalitaire, mais c'était une vaste blague. À part sur le plan salarial, le sexe féminin serait toujours physiquement à la merci du masculin, plus grand et plus fort.

Son estomac se retourna à l'idée qu'un abruti pouvait essayer de profiter d'une femme comme Frannie. Des échos du passé le dérangeaient.

— Si tu veux le fond de ma pensée, je n'aime pas savoir que tu travailles seule la nuit dans nos locaux.

Elle lui fit un sourire ironique, puis remercia la serveuse quand son cocktail arriva. Elle en but une gorgée.

— Je fais ce travail depuis très longtemps, Zach. Ne t'inquiète pas. Je sais me débrouiller.

Ce n'était pas le moment d'aborder un tel sujet. Ni même son rôle. Il n'était ni son frère, ni son père, ni même un amant. Le fait que son entreprise l'engage ne lui donnait aucun droit sur Frances Wickersham.

Il changea donc de sujet à contrecœur.

— Parle-moi de l'université, poursuivit-il. Oxford était à la hauteur de tes rêves ?

Frannie lui fit un large sourire. La joie qu'il lisait sur son visage la faisait passer de belle à sublime.

— Oh oui, Zach ! dit-elle dans un souffle. J'aurais aimé que tu puisses toi aussi y aller. Les lieux débordent d'histoire et de respect pour le savoir. Mon Dieu, tu y aurais été comme un coq en pâte. J'ai dû me pincer chaque matin. J'ai tellement aimé ces années. Tellement que j'ai sérieusement envisagé de m'installer définitivement en Angleterre.

— Mais…

Il avala le café chaud avec précaution, satisfait de son arôme et du réconfort sucré de la liqueur.

Elle grimaça.

— Mes parents auraient été fous de rage. J'étais déjà une déception pour eux, alors j'ai abandonné l'idée.

Zachary la regarda bouche bée.

— Tu es brillante et surqualifiée à tous points de vue, comment peux-tu être une déception pour qui que ce soit ?

Elle haussa les épaules.

— Ils sont tous les deux médecins. J'ai refusé de faire médecine. Ils pensent que mon travail n'est guère plus qu'un passe-temps enfantin.

— Aïe.

— Ouais.

Elle joua avec la paille dans son verre.

Le sursaut d'exaltation qu'elle avait manifesté lorsqu'il

avait parlé d'Oxford s'était rapidement estompé. Il regrettait que la conversation ait abordé le sujet épineux des parents.

— Tu as des frères et sœurs ? Je suis désolé mais je ne m'en souviens pas.

— Nan. Juste moi. C'est beaucoup de pression pour un enfant unique.

— Je ne peux qu'imaginer. Alors, qu'as-tu étudié là-bas ?

— J'ai fait une double licence en informatique et mathématiques. Mais j'ai également suivi une tonne de cours facultatifs parce que c'était génial. Tu imagines, étudier *Les Contes de Canterbury* et arpenter réellement Canterbury ? J'étais ivre de savoir et d'apprentissages. Ce furent les quatre meilleures années de ma vie.

— Et tu n'as pas voulu faire carrière dans la recherche ?

— J'y ai réfléchi. Mais j'étais prête à laisser ma marque dans le monde. Ça te paraît orgueilleux ?

Elle ne lui donna pas l'occasion de répondre.

— Mon premier boulot était une mission pour le gouvernement à Londres. Le gouvernement américain, précisa-t-elle. Plein de trucs top-secrets de partout. Une fois ma mission terminée, mes parents ont voulu que je rentre au bercail. J'avais déjà saisi que le secteur privé payait largement mieux. Je suis donc rentrée chez moi au Massachusetts, j'ai passé du temps avec mes parents et j'ai rapidement trouvé un emploi dans une énorme entreprise de sécurité.

— Je suis impressionné.

— J'aime ce que je fais. Je n'ai pas à me soucier des factures.

— C'est plus que ça, je te connais. En vérité, je suis comme toi. Battre le système est ce qui te fait te lever le matin. Tu adores le piratage. Tu es shootée à l'adrénaline, n'est-ce pas ?

Elle se pencha en arrière sur son siège, les yeux écarquillés. Son cou se colora de rose.

— Sensationnel. Personne ne m'a jamais dit ça auparavant.

— Ai-je tort ?

Le silence s'étira entre eux.

— Non, dit-elle finalement. Tu ne te trompes pas. Mais je suis fatiguée de parler de moi. Concentrons-nous sur ce bon vieux Zachary Stone.

Frannie se sentait mal à l'aise. Jamais personne n'avait réussi à résumer sa personnalité aussi pertinemment et succinctement. Le fait que Zachary y soit parvenu n'aurait pas dû la surprendre. En un sens, il avait raison lorsqu'il disait être comme elle. Ils partageaient un secret inavouable. Leur agilité mentale était à la fois un don et une malédiction. Seul quelqu'un qui vivait cette expérience dans sa chair pouvait le comprendre.

Le piratage pour Frannie était comme une drogue. Elle avait tout le temps besoin de défis toujours plus grands et plus difficiles pour satisfaire sa faim. Pour le moment, la poussée d'excitation professionnelle qu'elle ressentait venait du fait que quelqu'un ciblait Stone River Outdoors.

Zachary rappela la serveuse.

— Du café nature pour moi cette fois, dit-il. Et tout ce que Madame veut. Il leva un sourcil. Frannie ?

Elle se mordit la lèvre.

— Tu me juges si je demande des nachos ?

Son beau sourire masculin lui fit perdre le souffle un court instant.

— Jamais. J'aime quand une femme a de l'appétit.

Elle cligna des yeux.

Zachary Stone venait-il d'oser un sous-entendu sexuel ? Sûrement pas. Il ne se fatiguerait pas à flirter avec *elle*.

Pour dissiper son émoi, elle changea de sujet.

— Bon, j'ai mis mon âme à nu. À ton tour.

Son visage sembla se peindre d'une expression sombre. Ou peut-être était-ce le produit de son imagination.

— Oh ! ma vie n'a pas été aussi passionnante que la tienne, dit-il en touillant un peu de sucre dans le breuvage fumant que la serveuse venait de déposer sur la table. Je suis allé à Penn State. J'ai trop bu. Trop fait la fête. Je me suis ressaisi les deux dernières années et j'ai obtenu mon diplôme avec les notes que tout le monde attendait d'un génie. J'ai fait un MBA. J'ai pris l'argent que mes grands-parents m'avaient laissé et j'ai fait le tour du monde. Puis papa est mort et Quinten a été blessé et je suis revenu au bercail.

— Tu as été présent pour ta famille. C'est très respectable.

— Je ne sais pas si j'ai fait beaucoup. Veiller au bon ordre des finances ne relève pas non plus de la physique quantique.

— Que voulais-tu faire de ta vie, Zach ? Au lycée, tu as passé beaucoup de temps à faire semblant d'être indifférent à tout. Mais je sais que ce n'est pas vrai.

— Tu crois ?

Son commentaire sardonique contredisait l'éclair d'inquiétude qu'elle lisait dans ses yeux.

— Dis-moi, reprit-elle. On est entre nous. Et je sais bien garder les secrets.

Pendant un instant, elle crut l'avoir atteint, l'homme authentique et complexe sous la façade insouciante. Mais peut-être avait-elle poussé trop fort, car il changea de sujet.

— Je t'aiderais si je pouvais, dit-il. Avec les trucs de sécurité informatique, je veux dire. Mais les ordinateurs n'ont jamais été mon fort. Je sais comment les allumer, mais c'est tout.

— Oh ! arrête ton baratin, dit-elle en fronçant les sourcils.

Il sourit.

— Parce que tu *veux* mon aide ?

— Non, je travaille seule. Mais tu pourras regarder par-dessus mon épaule de temps en temps. Après tout, c'est toi qui payes la note.

— Je te fais confiance, dit-il. Mais pour être honnête, j'espère vraiment que tu ne trouveras rien. Cela me perturberait de découvrir qu'on veut nous faire échouer. Ou du moins nous mettre des bâtons dans les roues. Si nous perdons des parts de marché ou si nous déraillons complètement, nos employés sont ceux qui souffriront le plus. Pour mes frères et moi, je ne me fais pas de souci. Nous avons des investissements et des économies. Mais SRO regorge de postes très bien payés.

— Peut-être que ce n'est rien, dit-elle, essayant d'oublier l'inquiétude qui passait dans ses yeux.

Il secoua lentement la tête.

— J'aimerais pouvoir croire cela.

Les nachos arrivèrent et la conversation se tourna vers des sujets plus légers. Frannie lécha une cuillerée de fromage fondu.

— Tu as de la chance d'être si proche de tes frères et de tes belles-sœurs. J'ai toujours voulu un frère. Mes parents étaient trop concentrés sur leur travail pour essayer le numéro deux. Parfois, je me suis demandé si j'étais un accident, mais j'ai toujours eu peur de poser la question.

— Tu as envisagé de faire ce qu'ils voulaient ? Devenir médecin ?

— Pas vraiment. Mais ce n'était pas une rébellion.

La médecine ne m'a jamais vraiment parlé. Si j'avais eu des penchants dans cette direction, je les aurais peut-être poursuivis. Pour être honnête…

Elle le gratifia d'un sourire triste.

— Je suis mieux seule qu'avec des gens.

— Tu aurais pu être universitaire, c'est en général un travail assez solitaire.

Elle haussa les épaules.

— Ennuyeux. Pour moi, en tout cas. J'aime ce que je fais. Beaucoup. Mes parents, beaucoup moins, mais ils ont renoncé à essayer de me changer à ce stade.

— Bien. Tout le monde devrait aimer ce qu'il fait et faire ce qu'il aime.

Il fit une pause, une expression étrange passa sur son visage.

— J'ai une idée.

— Oh ?

— Tu ne veux pas passer les deux prochains jours coincés dans une chambre d'hôtel.

— Quoi ?

— Pourquoi ne pas venir avec moi au nord ? Dans ma résidence secondaire près de l'océan. Je suis sûr que tu vas adorer. Garde la chambre d'hôtel pendant ton absence si c'est plus simple pour toi. De toute façon, cela fait partie des frais que l'on prend en charge. Mais viens avec moi, Frannie. J'aimerais que tu voies ma deuxième maison. S'il te plaît…

Son cerveau devint flou et son corps s'échauffa depuis ses orteils jusqu'à ses joues rouges. Elle le comprenait sûrement mal.

— Tu es en train de me draguer, Zach ?

Il cligna des yeux.

— Qu'est-ce qui te fait dire ça ?

Frannie déglutit.

— Eh bien, tu as pour ainsi dire… une certaine réputation. Ce n'est pas exactement un secret.

Ses lèvres se pincèrent et la main qui reposait sur la table se recroquevilla en un poing.

— Je n'y emmène pas de femmes. C'est un endroit pour la famille et les amis.

Elle l'avait offensé. Et peut-être même blessé. Le regret lui retourna l'estomac.

— Je suis désolée, Zach. Je…

Il leva une main, stoppant net ses excuses trébuchantes.

— Ça ne fait rien. C'était une mauvaise idée.

Il fit signe à la serveuse pour qu'elle lui apporte l'addition.

— Il se fait tard. Je te raccompagne à ton hôtel.

Elle se sentait nulle et confuse. Sans trop réfléchir, elle tendit la main sur la table et la posa sur la sienne. Les doigts de Zach étaient chauds sous les siens.

— Pardon, j'ai mal interprété la situation. Je suis vraiment désolée. Ça me fait du bien de savoir que tu nous considères comme des amis. Si nous pouvions recommencer, Zach, alors oui. J'aimerais beaucoup voir ta maison sur la côte nord.

Pendant un long moment, il resta aussi figé qu'une statue de granit. Puis il expira et ses épaules se détendirent. Son sourire était ironique.

— Je le méritais, je suppose. Mais je te promets de bien me tenir. Juré craché.

Frannie n'était pas connue pour prendre des risques avec le sexe opposé. Les hommes l'avaient déçue à maintes reprises. Ce qui ne l'empêcha pas de dire :

— Je te fais confiance, Zach. Sinon je n'aurais pas dit oui.

Elle retira sa main, troublée par le plaisir que lui avait donné ce rapide contact.

— Tu as de quoi crapahuter dans tes affaires ?

— Pas vraiment, j'ai un manteau et des bottes habillées.

— Dans ce cas, on va devoir faire une descente dans le magasin, dit-il en souriant. Je vais envoyer un texto à Stanley pour lui faire savoir que nous allons bientôt débarquer, histoire qu'il n'appelle pas la police.

Vingt minutes plus tard, ils s'arrêtaient devant Stone River Outdoors. Les vitrines étaient spacieuses et attrayantes. L'immeuble se trouvait dans un quartier chic. En sortant de la voiture, Frannie frissonna. Un vent glacial de fin de soirée s'était levé, sifflant dans les rues du centre-ville.

Zachary les fit entrer dans la boutique en un clin d'œil.

— Je ne vais pas allumer en grand, précisa-t-il. Il me semble qu'on y voit suffisamment avec l'éclairage de la rue. Tu veux bien aller te chercher un pantalon et un haut là-bas ? Tout ce qui pourrait aller pour passer du temps à l'extérieur. Je vais m'occuper des chaussures. Quelle est ta pointure ?

— 42, dit-elle, grimaçant intérieurement. Elle n'avait jamais été le genre de minuscules femmes que les hommes semblaient si ardemment désirer.

— C'est comme si c'était fait.

Une fois Zachary disparu de l'autre côté du magasin, elle arpenta les rayons de pulls, de leggings et de tout le reste. Elle jeta son dévolu sur un T-shirt tunisien violet et un pantalon de randonnée gris. Quand elle se retourna pour chercher les cabines d'essayage, Zachary se dirigeait vers elle en portant une parka sur son épaule et trois boîtes à chaussures dans ses bras.

Il lui fit signe de traverser le magasin.

— Essaye par-dessus tes vêtements. Ou alors, prends plusieurs tailles du même article. Tu pourras les remettre plus tard.

— Je préfère essayer comme il faut, si cela ne te dérange pas d'attendre.

Les cabines n'étaient pas fermées. Zachary posa son barda sur le banc à l'intérieur.

— Prends ton temps. Je vais envoyer un SMS à mon manager pour lui faire savoir que j'ai fait une descente dans son stock.

— D'accord.

Frannie attendit qu'il sorte du petit espace. Puis tourna le loquet. Elle ne pensait pas qu'il s'immiscerait, mais comme elle était sur le point de se déshabiller, elle ne voulait pas prendre de risques.

En quelques minutes, elle avait tout essayé, y compris la paire de bottes qu'elle préférait. Le haut et le pantalon lui allaient. Les bottes semblaient un peu grandes, mais avec des chaussettes épaisses de randonnée, le problème serait résolu.

Lorsqu'elle sortit de la cabine, elle trouva Zachary qui traînait à proximité.

— Alors ? demanda-t-il.

Ils se tenaient tous les deux dans la pénombre d'un magasin bien après son heure de fermeture. Quelques instants auparavant, elle était à moitié nue. D'un point de vue ou d'un autre, c'était résolument une expérience étrange. Elle s'éclaircit la gorge.

— J'aime le haut et le pantalon. La boîte à chaussures sur le dessus est la paire que je préfère. Mais j'aurai besoin de chaussettes.

Zachary fouilla dans la poche de sa veste et agita un petit paquet en plastique transparent.

— C'est déjà prévu !

Elle le suivit alors qu'il replaçait les deux paires de bottes qu'elle n'avait pas choisies.

— Tu sais faire marcher la caisse ? demanda-t-elle. J'ai ma carte de crédit.

Il s'arrêta si soudainement qu'elle faillit lui rentrer dedans. Quand il se retourna, il fronça les sourcils.

— Ne sois pas ridicule. C'est moi qui rince.

— Je n'accepte généralement pas les cadeaux d'un client.

— Est-ce une règle ?

Elle secoua lentement la tête.

— Non. Plutôt une ligne directrice.

Zachary sourit.

— Bien. Parce que tu sais à quel point je déteste enfreindre les règles.

Frannie ne put résister et éclata de rire.

— Arrête, toutes les règles qui sont passées à ta portée, tu les as enfreintes. Tu as dû être collé tous les jours pendant un mois lorsque nous étions en première.

Il haussa les épaules. Son expression masculine était magnifique.

— C'était pendant ma phase rebelle. Ils me donnaient des pages et des pages de problèmes de calcul comme punition. Personne ne semblait comprendre que j'adorais ça.

— Eh bien, dit-elle, impassible, c'était une école pour enfants surdoués, pas pour enseignants surdoués.

Zachary s'esclaffa à son tour.

— J'avais oublié à quel point tu es sarcastique. J'adorais cet humour. J'avais le même. Je me demande si c'est toujours le cas.

— Qui sait…

Même dans la semi-obscurité, elle vit l'éclair de désir qui zébra son regard.

— Serais-tu en train de me draguer, Frances Wickersham ?

Les battements de son cœur s'accélérèrent.

— Pas encore, Zach. Mais tu ne perds rien pour attendre.

- 3 -

Zachary se réveilla le samedi matin avec un sourire aux lèvres, malgré le fait qu'il n'ait pas beaucoup dormi la nuit précédente. Il était toujours incrédule d'avoir invité Frances Wickersham pour une escapade d'un week-end sur un coup de tête. Et encore plus incrédule qu'elle ait accepté.

F. Wickersham était une énigme. Elle n'était certainement pas la fille effacée et timide dont il se souvenait. Elle était une femme adulte. Affirmée. Indépendante. Et, à son immense surprise, sexy comme l'enfer.

Il n'avait jamais été du genre à aimer le type académique et studieux. Il sortait avec des femmes aux gros seins et à la forte personnalité. D'après son expérience, ces femmes connaissaient la chanson. Elles sortaient avec des hommes riches pour leurs avantages, et quand l'aventure se finissait tout le monde reprenait joyeusement le cours de sa vie. Aucun problème à cela.

À sa connaissance, Zachary n'avait jamais brisé le cœur d'une femme. C'était un ami généreux et un amant encore plus attentif. Personne ne s'était encore plaint. Son casier amoureux était vierge et il n'avait que des notes cinq étoiles dans tous les domaines.

Qu'aucune de ses relations n'ait duré plus de trois ou quatre semaines n'avait jamais posé de souci à quiconque. Surtout qu'il jouait cartes sur table dès le départ : il était là pour l'adrénaline, pas pour le mariage et les enfants. Toujours ouvert, toujours honnête. Et certaines femmes savaient apprécier cela chez un homme.

Mais aujourd'hui, il était sur le point de se lancer dans une « amitié » qui pouvait le mener en territoire inconnu. Frannie l'adulte le fascinait. Il était attiré par son corps de rêve autant que par les défis que lui posait son esprit. Il ne pouvait nier que l'idée de passer deux jours entiers avec Frannie sur la côte nord était... sacrément séduisante.

Lorsqu'il se gara devant l'hôtel, il la trouva prête à l'heure dite. Elle portait ses propres vêtements, mais cette fois sa tenue était décontractée. Un jean délavé mettait en valeur ses longues jambes fuselées et sa taille étroite. Un nouveau col roulé en cachemire, celui-ci bleu marine, étreignait ses courbes à s'en damner.

Zachary déverrouilla le coffre et se précipita à l'extérieur pour ouvrir la portière passager. Frannie jeta son manteau, celui qu'elle portait la veille, sur le siège arrière. Le groom installa sa valise dans le coffre. Puis Zachary gratifia l'employé d'un billet de vingt dollars et ils furent partis.

— Tu as pris un petit déjeuner ? demanda-t-il.

— Non, j'ai eu un mal de chien à me réveiller. J'ai dû repousser la sonnerie du réveil au moins trois fois.

— On prend à emporter, d'accord ?

— Tant qu'ils ont un bon café et beaucoup de glucides à côté, oui.

Trente minutes plus tard, ils étaient sur la route en direction du nord.

Frannie sirotait sa boisson chaude avec un sourire.

— Tu as pris la Porsche pour m'impressionner ?

Il lui lança un coup d'œil latéral.

— Est-ce que ça marche ?

Elle soupira, attrapant l'un des beignets à la cannelle qu'il lui avait conseillés.

— Ça te la couperait d'apprendre que je peux m'en acheter une si j'en ai envie ?

— Absolument pas. J'ai toujours su que tu aurais une brillante carrière. Pourquoi cette question ?

Il la sentit un moment pensive. Elle finit par préciser :

— Tu serais choqué de savoir combien d'hommes se détournent de moi quand ils découvrent que mon compte en banque est plus gros que le leur.

— De petits zizis, si tu veux mon avis, dit-il avec un haussement d'épaules.

Frannie éclata de rire, jusqu'aux larmes. Oh ! comme il aimait la faire rire…

— Tu n'as pas beaucoup changé, n'est-ce pas ? Toujours le même garçon rebelle qui aimait faire le spectacle devant la classe.

— Oui et non, répondit-il. Ma vie est devenue très sérieuse. J'ai perdu mon père. J'ai failli perdre mon frère. Et puis ma belle-sœur est décédée alors que je finissais à peine mes études supérieures. Être adulte, ce n'est pas pour les plus mauviettes.

Frannie toucha rapidement son bras. Un simplement frôlement de sa chemise qui l'électrisa.

— Ce n'était pas une critique, Zach. Le monde a besoin de plus d'humour. Et avoir de l'humour ne veut pas dire être indifférent. Je suis sûre que tu as été un énorme soutien pour tes frères.

— J'espère.

Il chercha un autre beignet.

— Je ne voulais pas plonger si vite dans le mélo. Parlons de toi.

— Non, murmura Frannie. Pourquoi pas de la météo, plutôt ?

Il s'esclaffa.

— Prépare-toi à avoir froid. Et peut-être de la neige. C'est à peu près tout.

— Combien de centimètres de neige ?

Frannie semblait subitement méfiante.

— Je ne sais pas. Quelle importance ? Nous avons un congélateur bien fourni et beaucoup de bois de chauffage pour la cheminée.

— Tu n'as pas peur d'être bloqué ?

— Pas particulièrement. Surtout que nous avons beaucoup de temps à rattraper.

— Oh.

Zachary ne put pas déduire de cette seule syllabe si Frannie était enthousiasmée ou intimidée par ses propos. Il renâcla. La nouvelle Frannie ne semblait pas être le genre de femme à être intimidée par quoi que ce soit.

Le trajet passa rapidement. Ils parlèrent de tout et de rien, mais restèrent aussi longtemps silencieux. Du bon silence, léger et confortable, pas du silence lourd de malaise.

De fait, Zachary se sentait tout à fait à son aise. Ce qui en était presque bizarre. Inhabituel, pour le moins.

Au panneau annonçant Bar Harbor, Zach prit la direction du parc national d'Acadia et rejoignit l'autoroute à deux voies qui menait au nord et à l'est, vers la propriété de la famille Stone. La circulation était fluide en ce jour gris de novembre.

— On est bientôt arrivés, annonça-t-il.

Frannie se redressa sur son siège et inspecta le paysage alentour avec intérêt.

— Je ne peux pas t'imaginer si loin de la civilisation.

— Les gens changent, Frannie.

— Tu crois ?

Elle se tourna sur son siège et le regarda si intensément que ses yeux semblèrent le toucher physiquement.

— Ne va pas non plus t'imaginer je ne sais quoi, murmura-t-il. Mes deux frères ont aussi des propriétés dans la région.

— Mais c'était ton idée, non ? Au début.

— Qu'est-ce qui te fait dire ça ?

La curiosité de Frannie était en train de lui faire regretter son invitation. Il n'avait pas besoin que quelqu'un fouille dans sa psyché.

— Quand nous étions au lycée, un après-midi pluvieux après que nous avions terminé tous nos projets et que nous étions coincés dans la salle d'étude, tu avais juré de quitter un jour l'emprise de ton père. Tu disais que tu étais malade à en crever que des gens veuillent diriger ta vie. Et que tu voulais vivre loin de tout, à respirer l'air pur et courir tout nu dans les bois si l'envie t'en prenait…

— Je disais ça pour te choquer.

— Je sais. Tu adorais titiller mes limites et que je te dise *Zaaaach, arrêêête…*

Les yeux rivés sur la route, il sourit.

— Tu étais si timide et naïve à l'époque. Un rien te choquait. C'était rigolo de t'entendre hululer mon nom.

— En vrai, je me suis toujours demandé pourquoi tu n'avais pas voulu changer de partenaire de laboratoire. J'ai toujours eu l'impression que tu ne pouvais pas me supporter. Comme si je t'irritais la plupart du temps.

Il s'arrêta sur le bord de la route avec un crissement de pneus et un grondement de gravier. Une fois le moteur stoppé et le frein à main enclenché, il se tourna pour lui faire face, posant son bras sur le volant.

— C'était plus qu'une irritation, dit-il, se souvenant

d'un coup de toute son angoisse adolescente. Et c'était vraiment tout le temps. J'étais sacrément frustré. J'avais beau me démener, ce n'était jamais suffisant pour te battre. Tu étais la première partout. On m'avait toujours dit que j'étais un génie, mais tu l'étais encore plus que moi. C'était atroce.

Frannie se mordit la lèvre inférieure.

— Oh ! souffla-t-elle. Je suis désolée.

— Tu n'as pas à être désolée, Bestiole. Cela m'a fait travailler plus dur, bien plus dur que je ne l'aurais voulu, en fait. D'ailleurs, si tu n'avais pas existé, j'aurais peut-être abandonné Glenderry. Tu étais la carotte. La drogue. Les démangeaisons sous ma peau.

Elle le regarda, les yeux grands ouverts.

— Je n'ai jamais su que tu ressentais ça.

— Bien sûr que non. Quel adolescent va admettre qu'il est en compétition avec une fille ? Et perdre ?

— On dirait que j'étais davantage une adversaire qu'une amie à tes yeux.

Il perçut qu'il l'avait blessée.

— Il y avait beaucoup de zones grises dans ma vie à l'époque. J'étais un adolescent excité et coincé dans une école où je ne pouvais pas faire ce que je voulais quand je le voulais. J'étais en colère contre mon père et mes frères me manquaient. Tu es probablement la seule personne grâce à laquelle je ne suis pas devenu complètement maboule.

— Eh bien, on ne dirait pas, murmura-t-elle.

Il passa un pouce sur sa joue, à peine un contact, moins d'une fraction de seconde.

— Tu ne devrais jamais avoir à t'excuser d'être brillante, F. Wickersham. J'étais un gamin, j'étais bête.

Elle haussa un sourcil.

— Et maintenant ?

— Qui sait ?

Il étudia son visage. Son front haut. Son menton fin. Ses yeux d'un mélange fascinant de bleu profond et de pourpre riche. Et ses lunettes si mignonnes et sexy.

Fronçant soudainement les sourcils, il tendit la main et les fit glisser de son nez.

— Hé, s'indigna-t-elle. Rends-les-moi !

Il les regarda dans la lumière.

— Frannie ! s'exclama-t-il. Tu es une imposture ! Ce ne sont pas des verres correcteurs !

Elle rougit et son visage afficha une expression à moitié exaspérée et à moitié mortifiée.

— Les gens s'attendent à ce que les femmes intelligentes aient une certaine apparence. C'est déjà une bataille difficile pour qu'on me prenne au sérieux. Les lunettes m'aident.

Sans un autre mot, il les glissa sur ses oreilles et lissa ses cheveux.

— Je m'excuse. Cela ne me regarde pas. Mais sache que tu n'as pas à les porter avec moi. Je te prends très au sérieux. Comme je l'ai toujours fait.

Frannie se renfonça dans son siège, résistant à l'envie de mettre les mains sur ses joues échauffées. Zachary Stone ne lui avait jamais autant parlé de lui… et ils n'étaient pas exactement des inconnus l'un pour l'autre.

Apparemment, c'était un sacré bon acteur. Elle savait qu'il voulait la bourse d'Oxford. Il n'avait jamais caché sa déception quand elle l'avait gagnée et pas lui. Mais tout ce qu'il venait de lui dire ? Des premières nouvelles pour elle.

Parce qu'elle ne savait pas quoi dire, elle resta silencieuse durant tout le reste du voyage. Ce qui ne fut pas long, à peine trente minutes supplémentaires. Ensuite, ils quittèrent l'autoroute et Zach s'avança vers un portail qui s'ouvrit devant la voiture lorsqu'il eut tapé le code. La suite du chemin était une route goudronnée - étroite, mais goudronnée.

— En fait, peut-être que ça ne te plaira même pas, dit Zachary tout de go.

— Comment ça ?

— La maison.

— C'est une cabane rustique dans les bois ou un somptueux château ?

— Ni l'un ni l'autre. Ce n'est pas tant dans les bois qu'entouré de bois. La maison est au bord d'une falaise surplombant l'océan. Enfin, pas une énormc falaise non plus. Tu vas voir. La maison est aussi un peu plus petite que ce qu'ont acheté mes frères. Mais ils ont besoin de place pour les femmes, les enfants et les amis.

— Pas toi ?

Sur son profil, elle crut lire de l'introspection.

— Pas vraiment. Ce n'est pas fait pour moi. Et d'ailleurs, quelle femme me supporterait ? Avec mon esprit de contradiction... Je pose un risque terrible sur un plan conjugal, alors je préfère m'enlever ce genre de préoccupations de la tête.

— Je vois.

Effectivement, elle l'avait vu. Au moins, en partie. Zachary était un caméléon. Il avait beau vouloir que les gens le voient comme un type libre et insouciant, elle était sûre qu'il était en réalité l'exact opposé. Zachary Stone savait cacher son jeu.

Ils tournèrent dans un ultime virage et Frannie eut le souffle coupé.

— Oh ! Zach. C'est si beau.

À première vue, toute sa maison semblait faite de verre. Ce qui était bien sûr impossible, mais le bâtiment frontal faisant face à l'océan n'était qu'une succession de fenêtres. Et sur combien d'étages ? Deux ou trois ? Difficile à dire, car le reflet du soleil dans les baies vitrées l'aveuglait.

Son compagnon de voyage, qui devenait de plus en plus taciturne à chaque minute qui passait, avança sur l'allée circulaire et coupa le moteur. Quand ils ouvrirent les portières, l'odeur de sapin l'assaillit. L'atmosphère avait des senteurs de Noël.

Et aussi les températures… À cette altitude et avec le vent du large, Frannie ressentit immédiatement le besoin d'enfiler son manteau et de le boutonner du cou jusqu'aux genoux.

— Je ne comprends même pas comment tu peux quitter cet endroit, murmura-t-elle, en laissant le soleil réchauffer son visage.

— Si je m'écoutais, je vivrais à l'année ici, dit Zachary. C'est tout ce dont un homme a besoin.

— Ou une femme, corrigea-t-elle. Tu as tellement de chance. Comment as-tu trouvé cet endroit ?

— Le terrain appartient à notre famille depuis plusieurs générations. Une grande partie a été vendue au fil des ans, mais Dieu merci, mes proches ont gardé le littoral.

Il remarqua qu'elle frissonnait.

— Mais rentrons avant que tu te transformes en glaçon. Ne t'inquiète pas pour ton sac. Je vais ressortir le chercher.

Ils montèrent quelques marches et Zach ouvrit la porte d'entrée. Une fois à l'intérieur, elle eut de nouveau le souffle coupé. Peut-être à cause de la maison. Peut-être à cause de l'homme qui se tenait à côté d'elle, épaule contre épaule. Et qui n'était pas loin de l'étourdir.

L'homme en question s'éclaircit la gorge.

— Eh bien, dit-il. Qu'est-ce que tu en penses ? Tu aimes ou tu trouves ça *too much* ?

Elle se retourna pour lui faire face.

— Tu plaisantes ! C'est magnifique, Zach. Vraiment. Je suis tellement impressionnée. Tu peux me faire visiter ?

Le large sourire de Zach lui fit comprendre que ses louanges lui faisaient plaisir. Même s'il devait être parfaitement au courant que sa maison était un chef-d'œuvre architectural.

— C'est comme si c'était fait, répondit-il. Tu veux commencer par ma chambre ?

- 4 -

Frannie devint rouge comme une pivoine. Un spectacle qui réjouit Zachary. Il adorait la provoquer. Peut-être qu'il n'aurait pas dû, mais il n'avait pas pu s'en empêcher. Aujourd'hui comme hier, il aimait lui faire perdre l'équilibre. Elle qui semblait si sage et assurée dans sa vie, contrairement à lui…

Frannie enroula ses bras autour de sa taille, ce qui souligna la courbe de ses seins saillant sous son pull.

Sans croiser son regard, elle répondit :

— Oui, bien sûr.

Ils sortirent dans le couloir, et il la conduisit vers sa propre suite, en essayant de se mettre à sa place. À part Katie et Ivy - et une dame qui s'occupait du ménage une fois par mois –, aucune femme n'avait jamais mis les pieds dans sa tanière.

Il venait là pour être seul, pour se détendre, pour se recentrer. La chambre elle-même était presque austère. Seuls un lit king-size, deux petites tables de nuit, un unique fauteuil à côté de la cheminée et un télescope près de la baie vitrée la meublaient. La parure de lit cramoisie était la seule touche de couleur de la pièce. Tout le reste était gris, anthracite et blanc. Tous ses vêtements et effets personnels étaient soigneusement cachés dans un immense dressing attenant.

— Wow, s'exclama Frannie. Je ne sais pas quoi dire.

On dirait presque une chambre de chevalier dans un château. Un chevalier richissime qui aurait très bon goût.

— Va voir le reste, dit-il. Le plancher de la salle de bains est chauffé et la douche à l'italienne a trois jets.

Il la suivit de loin alors qu'elle ouvrait les portes et explorait. Ses murmures d'appréciation étaient gratifiants. Il se rendit compte, tout à coup, qu'il avait toujours voulu l'approbation de Frannie Wickersham.

Apparemment, les vieilles habitudes étaient difficiles à perdre…

Quand ils retournèrent dans la chambre, il désigna la baie vitrée.

— Je peux ouvrir cette section centrale par beau temps. J'ajoute un écran moustiquaire en été, pour pouvoir écouter l'océan pendant mon sommeil.

Elle regarda vers la mer, puis lui lança un coup d'œil par-dessus son épaule. Son expression était rêveuse.

— C'est parfait, Zach. On se croirait dans un film.

— Monte sur le lit avec moi.

— Euh, pardon ?

Lorsque sa mâchoire sembla se décrocher, il roula des yeux.

— Tu peux me faire confiance, s'il te plaît, Frannie ? Si j'avais une idée derrière la tête, je te jure que tu serais au courant. Blague à part, installe-toi sur le lit et laisse-moi te montrer quelque chose.

Il tapota l'oreiller.

— Allonge-toi sur le dos.

Elle s'exécuta, mais tout son corps demeura raide comme une bûche, comme si elle s'attendait à ce qu'il lui saute dessus d'un instant à l'autre. Le traitement était sans doute mérité, même si sa réputation était au moins à 50 % exagérée. Dans tous les cas, vu qu'il n'avait jamais encore pris la peine de remettre les pendules à l'heure, cela voulait dire que Frannie avait entendu une ou deux histoires salaces à son propos.

Il tendit la main vers la télécommande cachée dans un tiroir de la table de chevet.

— Regarde.

Lorsqu'il appuya sur le bouton, une section du plafond glissa latéralement et découvrit un large panorama sur le ciel. L'air froid se précipita dans la chambre, mais il attendit quelques minutes pour laisser Frannie profiter du spectacle. Et profiter de celui de sa réaction.

Elle posa les mains sur ses joues, son regard la disait clairement impressionnée.

— Oh mon Dieu ! C'est incroyable. Comment as-tu réussi à concevoir une telle chose ?

— Pas facilement, dit-il avec regret. C'était grotesquement cher. Et j'ai dû faire appel à un de mes amis qui est ingénieur. Mais le défi est réussi.

Il appuya sur le bouton de la télécommande pour les empêcher de geler tous les deux.

Frannie se tourna sur le côté pour lui faire face, appuyant la tête sur sa main.

— Je suis impressionnée, Zach. Vraiment impressionnée. Je devrais peut-être faire appel à toi quand je voudrai me faire construire une maison.

La façon dont elle le regardait noua quelque chose dans sa poitrine.

— Tu n'as pas de maison ?

— Non.

Elle mordit sa lèvre inférieure comme si le sujet l'inquiétait.

— Je voyage presque tout le temps. J'ai donc loué un appartement à Boston. C'est un très bel appartement, cela dit. Après, je suppose que je pourrais vivre n'importe où, mais j'ai grandi à Boston. C'est chez moi.

— Mais tu es rarement chez toi.

— Exactement.

Il étudia ses lèvres. Parfaitement pleines et dessinées. Elles étaient nues, sans même une touche de gloss. Leur couleur était donc naturelle. Délicieuse. Quel goût pouvaient-elles avoir ?

Il cligna des yeux, surpris par sa propre imagination devenue folle. Il ne devait pas penser aux lèvres de Frannie. À leurs pleins, leurs déliés, ni encore moins à leur saveur. Vraiment n'importe quoi.

Mais pourquoi l'avait-il amenée ici, dans sa chambre, sur son lit ? Parce qu'il voulait se vanter de son puits de lumière sophistiqué ? Ou parce que son inconscient avait parlé avant qu'il puisse l'entendre ?

Même si ce n'était pas à proprement parler dans son lit, avoir Frannie sur son lit était… troublant.

Il s'éclaircit la gorge et se décida à changer de sujet.

— Mais tu dois être affamée, non ?

Elle acquiesça.

— Pas loin, mais j'ai une dernière question. Tu te sers vraiment de ce télescope ?

— Bien sûr, dit-il, légèrement offensé qu'elle puisse penser qu'il ne s'agissait que d'un élément de décoration.

— Quelles sont ses spécifications ?

Lui faisait-elle passer un test ?

— C'est un réflecteur Schmidt-Cassegrain de 11 pouces. Je l'ai acheté en Californie directement auprès du fabricant.

Frannie rit doucement.

— La taille ne compte pas, Stoner. Je pensais que tu étais au courant. Dommage qu'il fasse nuageux ce week-end.

Il avait besoin de l'embrasser.

Besoin au-delà de toute raison.

— Alors nous devrons trouver d'autres façons de nous divertir, dit-il d'une voix rauque.

Elle cligna des yeux. Un nouveau flot de rouge-rose teignit ses joues. Sa peau était lisse et sans défaut. Il voulait toucher sa joue, lui caresser la gorge et ne plus arrêter jusqu'à…

— J'ai faim, dit-elle.

Zachary avait faim aussi.

Qu'allait-il faire si elle se penchait et pressait la bouche contre la sienne ?

Il prit une profonde inspiration et hocha la tête, réticent à arrêter le film qui se jouait dans sa tête.

— J'ai des tonnes de bonnes choses dans le congélateur. Je vais te faire à manger.

Frannie glissa hors du lit et redressa ses cheveux d'un geste timide.

— Alors allons-y. Ça fait longtemps que les beignets ont été oubliés.

Quarante-cinq minutes plus tard, Frannie prit place à la table de la salle à manger de Zachary et attendit qu'il serve deux assiettes de poulet piccata au citron, accompagné de riz sauvage et de brocoli.

Zachary avait refusé de la laisser aider. Pendant qu'il jouait au chef, elle avait exploré sa cuisine avec intérêt, notant le contenu de ses armoires et s'émerveillant de son réfrigérateur aussi bien garni.

Pour un célibataire globe-trotter, il était étonnamment paré à toute éventualité…

Une fois le repas commencé, elle voulut le taquiner à ce sujet.

— Donc tu pourrais rester ici pendant au moins un bon mois, non ?

Il hocha la tête avec un calme olympien.

— Peut-être deux, dit-il laconiquement. J'ai un énorme groupe électrogène. Dans la région, mieux vaut savoir être autonomes. Mais ça ne me dérange pas.

— Au contraire, ça te plaît, non ?

Il la fixa du regard.

— Je ne le nie pas. Je ne prétends pas avoir des gènes d'aventurier pour autant, mais je pense qu'un homme devrait pouvoir survivre dans les bois.

— Mais pas uniquement avec une boîte d'allumettes, un arc et des flèches.

Son haussement d'épaules masculin était un spectacle de toute beauté.

— J'aime mon confort. Je coupe mon propre bois de chauffage, mais la nuit, je veux dormir comme un roi.

— Je veux bien te croire.

De fait, alors qu'ils montaient vers la maison, plus tôt, elle avait remarqué plusieurs tas de rondins soigneusement empilés. La large poitrine et les bras musclés de Zachary lui disaient aussi qu'il ne passait pas tout son temps à une table de black jack ou à naviguer avec son yacht, s'il en avait un.

Penser à ses prouesses physiques la fit frémir.

Elle souleva une fourchette piquée de poulet.

— C'est délicieux, Zach. C'est toi qui l'as fait ?

— Oui. Il n'y a pas de restaurant à des kilomètres à la ronde. Je ne t'ai pas dit que j'adorais manger ? Chaque fois que je suis ici, je prépare en général deux ou trois recettes et congèle les restes.

— C'est bien, les hommes qui planifient.

Y avait-il une nuance de flirt dans sa propre voix ?

Elle était bien consciente d'être seule avec son béguin d'adolescente. Le garçon dont elle se souvenait était devenu un homme. Un homme fascinant.

La ressentait-il aussi ? Cette étrange tension sensuelle qui s'installait entre eux ?

La dernière partie du repas se dissolut dans le silence. Peut-être avaient-ils épuisé les limites de leur réunion impromptue d'anciens du lycée.

Ou peut-être qu'ils commençaient tous les deux à comprendre que le temps allait être très long jusqu'à leur retour en ville le lendemain soir…

Le repas terminé, Frannie proposa de ranger la cuisine pendant que Zachary allait chercher les bagages pour les porter à l'étage. Elle aimait la maison de Zach. Malgré son luxe ostentatoire, elle s'y sentait bien. Et elle portait si profondément l'empreinte de son propriétaire…

Quand il la rejoignit dans la cuisine, ses joues étaient rouges et ses cheveux ébouriffés.

— J'espérais que nous pourrions faire une randonnée, déclara-t-il. Mais il fait assez froid et le vent se lève.

— Si on reste dans la forêt, je pense que ça ira, non ?

Il sourit paresseusement.

— Est-ce un oui ?

— Je ne me souviens pas avoir entendu une question, dit-elle en le gratifiant d'un sourire espiègle. Mais pour ne rien te cacher, je suis une dure à cuire. J'ai crapahuté dans les Pyrénées en février dernier. Ne crois pas avoir affaire à une débutante.

— D'accord, alors. Ton sac est dans ta chambre. Rendez-vous ici dans trente minutes.

Elle lui tapota la poitrine avec un doigt. Sa poitrine ferme et tellement sexy.

— Vingt, dit-elle, en battant des cils comme le genre de femme qui lui plaisait. Ne me fais pas attendre.

Dans l'intimité de sa chambre, elle grogna. Où avait-elle la tête ? N'avait-elle pas mieux à faire que de flirter avec un célibataire endurci ? Il n'y avait rien pour elle chez Zachary Stone, à moins qu'elle soit prête à une relation aussi sexuellement torride que rapidement périmée.

Dans de telles conditions, elle savait qu'elle ne devait pas s'impliquer avec un homme. Alors pourquoi se sentait-elle si tiraillée ? Elle avait une mission à réaliser pour les frères Stone. Un travail pour lequel elle était la meilleure. Et si elle était aussi intelligente que le suggérait son QI, alors elle ne devait pas se laisser tenter par le délicieux morceau de masculinité qu'était Zachary Stone.

Frannie retourna à la cuisine dix-neuf minutes et dix secondes plus tard. Zachary était déjà là, appuyé contre le comptoir, l'air suffisant.

— Tu as eu du mal à retirer les étiquettes des nouveaux vêtements ? C'est ce qui t'a ralentie ?

Elle le fusilla du regard.

— Pas du tout. J'ai répondu à quelques e-mails professionnels pendant que j'étais là-haut. Et j'en ai aussi profité pour commencer les mots croisés du *New York Times*, que j'ai quasiment terminés.

Il éclata de rire.

— Bravo, Bestiole.

Il leva un sac à dos léger.

— J'ai de l'eau et quelques collations. Direction les bois. Il ne faut pas tarder, les nuages s'alourdissent de minute en minute.

Elle le suivit dehors et grelotta quand l'air froid la frappa au visage. Après la chaleur de la maison de Zachary, le temps semblait encore plus hostile.

— Où allons-nous ? demanda-t-elle. Tu as un parcours en tête ou c'est juste pour se dégourdir les jambes ?

— Il y a une grosse colline à environ un kilomètre. De l'autre côté, on tombe sur une jolie cascade. Elle n'est pas énorme, mais très pittoresque. Je me suis dit que ça pouvait te plaire.

— Alors en route.

Elle s'attendait à ce que Zachary accélère le pas et elle ne fut pas déçue. Au lycée, il avait pratiqué tous les sports que proposait leur établissement. Frannie, par contre, avait évité autant que possible l'activité physique. Elle complexait à cause de ses jambes blanches comme un cachet d'aspirine et de son grand corps dégingandé. Sans parler de sa maladresse. Ces dernières années, cependant, elle avait trouvé des activités qui lui plaisaient. Le yoga. Les cours de vélo spinning. Le running… Elle allait pouvoir suivre Zach. Peut-être.

Une demi-heure plus tard, ils s'arrêtèrent au pied de la colline. Frannie essaya de reprendre son souffle.

— C'est davantage une petite montagne qu'une grosse colline, dit-elle en scrutant le sommet caché par les nuages.

Il lui sourit.

— Tu dis ça probablement parce que tu n'es qu'une infâme citadine.

Elle s'engagea sur le sentier.

— Ne te fais pas d'illusions. Je te mets ta raclée quand tu veux.

Zachary ne perdit pas de temps pour la poursuivre. Il avait des jambes plus longues, mais elle l'avait pris par surprise et avait une longueur d'avance.

Les poumons de Frannie brûlaient. Les muscles de ses

cuisses tiraient. La sueur perlait sur son front, malgré la température hivernale. Elle était déterminée à arriver la première au sommet. Le sentier était étroit et ne laissait pas beaucoup de place pour passer à deux. Mais quand elle dut s'arrêter à contrecœur pour se plier en deux et, les mains sur les genoux, essayer de reprendre son souffle, il la doubla avec un sourire diabolique.

— Rendez-vous là-haut !

C'était stupide. Elle n'avait rien à prouver. Mais malheureusement, Zachary Stone n'avait pas son pareil pour la titiller. Elle n'allait pas le laisser gagner.

Au final, ils furent ex aequo. Avait-il ralenti à la dernière minute pour lui faire plaisir ou son sprint final avait-il fait la différence ? Elle ne le saurait jamais, mais ils parvinrent au sommet épaule contre épaule.

Soufflant et haletant, ils s'appuyèrent tous les deux sur des arbres. Frannie se débarrassa rapidement de sa parka, elle mourait de chaud.

La cascade promise était effectivement un délice pour les yeux. Elle jaillissait d'une source souterraine et ondulait sur des rochers recouverts de mousse bordant le sentier du retour en bas de la colline. Quand elle put respirer de nouveau normalement, elle sortit son téléphone et prit quelques photos. La scène était idyllique. Elle pouvait imaginer des fées et des lutins des bois venir ici pour des assemblées secrètes sous la lune.

La paix et la pureté de l'endroit étaient presque tangibles. Zach prenait toujours appui contre un tronc d'arbre et la regardait.

— Je n'aurais pas cru ça de toi, Frannie. J'ai dû me démener pour conserver mon avance, tu sais.

Elle sourit.

— Tu te souviens de la vieille Frannie. Vers vingt-cinq

ans, j'ai compris que je voulais prendre soin de mon corps et rester en forme. Comme mon travail est bien plus cérébral que physique, il a fallu que j'apprenne à aimer l'exercice.

— Je vois ça. Tes efforts ont porté leurs fruits, c'est clair.

Il la regarda de haut en bas sans la moindre gêne.

Frannie tint bon. Elle savait l'effet que pouvait faire sa silhouette. Sans compter que le pantalon de sport et le haut qu'elle avait choisis étaient flatteurs. Mais les compliments de Zachary la troublèrent…

Est-ce qu'elle travaillait pour lui ou est-ce qu'elle jouait un jeu dangereux avec lui ? Pouvait-elle faire les deux ?

Lorsqu'ils eurent avalé une demi-bouteille d'eau et mangé une barre de céréales en silence, elle récupéra sa parka et déclara :

— Je recommence à sentir le froid, nous devrions rentrer. Sans compter qu'il fait nuit plus tôt dans la forêt. Je ne veux pas finir dans l'estomac d'un ours ou d'un loup.

Zachary éclata de rire en rangeant les bouteilles vides dans son sac.

— Il n'y a pas de loups dans le Maine. Quant aux ours, ce sont des ours noirs qui ne sont généralement pas agressifs. Dans tous les cas, je te protégerai.

Elle enfouit ses cheveux sous le col de son manteau.

— Je peux me protéger toute seule, Zach. Les filles peuvent aussi faire ce genre de choses, tu sais.

Quand elle se retourna, il la gratifia d'un sourire mutin.

— Je sais, F. Wickersham, je sais.

À ces mots, il partit en trombe.

Son défi impromptu la fit sursauter, tellement qu'il lui fallut une bonne dizaine de secondes avant que ses pieds coopèrent.

La descente était plus facile pour les poumons, mais

plus difficile à d'autres égards. Le chemin était plus dangereux dans cette direction.

— Attends ! cria-t-elle, ayant bien l'intention de le dépasser s'il s'arrêtait.

Mais Zachary ne ralentit pas sa course. Bientôt, il fut hors de sa vue.

Frannie était presque arrivée en bas lorsqu'elle entendit un jappement et un bruit qui ressemblait à un animal se débattant dans les sous-bois. Alarmée, elle accéléra.

— Zach ? Tout va bien ?

Elle le trouva au sol, essayant de s'asseoir. Son visage était pâle. Sa jambe gauche tendue devant lui.

— Qu'est-il arrivé ?

Elle s'agenouilla à ses côtés, tendant la main pour essuyer un filet de sang sur son visage. Quelque chose - un bâton peut-être ? - lui avait tailladé la joue pendant sa chute.

Il grimaça.

— Trébuché sur une racine, bredouilla-t-il, les dents serrées par la douleur. Ma cheville.

Elle s'accroupit et remonta doucement la jambe de son pantalon. Effectivement, la cheville était enflée et devenait violette.

— Ouch, tu crois que c'est cassé ?

Il haussa les épaules.

— Je ne sais pas. J'espère que c'est simplement une mauvaise entorse.

Frannie comprit immédiatement qu'ils étaient en danger. La maison était quasiment à deux kilomètres et une éventuelle assistance encore plus lointaine. Elle ne pouvait pas le laisser seul dans la forêt le temps d'aller appeler les secours et remonter en voiture. Entre l'état de choc et la nuit tombante, il risquait l'hypothermie.

— Nous n'avons pas le choix, dit-elle d'une voix qu'elle espéra la plus calme possible.

— Je sais.

Son expression était résignée.

— Quand nous aurons réussi à nous relever tous les deux, il faudra que tu prennes appui sur moi. On ne va pas marcher vite, mais on y arrivera, je te le promets.

Il frappa du poing sur le sol.

— Je suis un abruti ! Me mettre à courir en descente sur un sentier de montagne ! Qu'est-ce que j'avais derrière la tête ?

— C'est aussi ma faute, Zach. Rien de tout cela ne serait arrivé si j'avais refusé la compétition. Admettons simplement que nous sommes deux adultes qui ont été aussi bêtes que des gamins. Nous avons tous les deux été trop impulsifs.

Son sourire n'exprimait pas sa puissance habituelle.

— Pour tout te dire, murmura-t-il, j'ai une autre idée stupide en tête.

Il s'approcha de son visage.

Elle leva les yeux au ciel et soupira.

— Écoute, si tu veux me mettre mal à l'aise, continue, si cela peut te permettre d'oublier la douleur.

— Pardon, Frannie.

Il avait l'air si misérable.

— Aide-moi à me relever, dit Zachary d'une voix blanche.

— Tu peux te servir de ce bâton comme levier ?

Elle ne pouvait pas le laisser s'appuyer sur son pied gauche. La douleur serait atroce.

— Oui.

Avec sa main droite, il tendit la main et saisit le bâton.

Frannie s'accroupit.

— Mets ton bras autour de mes épaules et accroche-toi. Je vais me lever lentement. Mais avant, donne-moi le sac à dos.

Il se renfrogna.

— Je fais un mètre quatre-vingt-dix et j'approche les cent kilos. Je porterai le sac. N'oublie pas que toi, tu vas devoir te coltiner une partie de mon poids.

Elle voulait discuter, mais elle savait que c'était inutile. Un Zachary blessé était comme un ours blessé. Imprévisible et dangereux.

— D'accord. Tu es prêt ?

— Oui.

Les soixante secondes suivantes furent des plus difficiles. Son pied allait forcément entrer en contact avec le sol à un moment ou à un autre. Quand l'inévitable se produisit, Zachary jura. Il se mordit la lèvre inférieure si fort qu'il se mit à saigner. S'il avait été blême auparavant, maintenant il était grisâtre.

Frannie le stabilisa lorsqu'ils furent tous les deux debout et lui laissa le temps de s'adapter.

— Ça va ?

Elle savait qu'elle ne devait pas se montrer trop prévenante, au risque de le braquer.

— J'ai connu des jours meilleurs.

La plaisanterie détendit immédiatement l'atmosphère. Ils commencèrent à marcher lentement, chaque pas étant une gageure.

Ils finirent par trouver le bon rythme. Pour la première fois dans sa vie, elle se sentit heureuse d'être grande, mais ils furent tout de même obligés de s'arrêter toutes les quinze minutes. Après la première demi-heure, ses jambes tremblaient de fatigue.

Zachary parlait à peine. Elle avait l'impression qu'il

concentrait toute son énergie à se préparer à la douleur. Le silence lui convenait, car elle ne savait pas quoi dire, de toute façon.

Lorsque la nuit tomba, elle alluma l'application lampe de poche de son téléphone et éclaira le sentier à leurs pieds. Ils ne pouvaient pas se permettre un autre accident.

Juste au moment où elle commençait à craindre qu'ils aient pris un mauvais tournant, Zachary soupira profondément.

— Voilà, on y est presque.

— Dieu merci.

Elle ignorait totalement comment il le savait. Après le coucher du soleil, tout dans les bois lui semblait identique. Mais il avait raison. La maison se dessina quelques mètres plus loin.

Quand ils arrivèrent à la porte d'entrée, il expira lourdement.

— Les clés sont dans ma poche droite, grinça-t-il.

Sentant ses joues chaudes et sa respiration étrangement saccadée, elle glissa maladroitement la main gauche dans sa poche droite. La poche était profonde. Elle récupéra enfin les clés.

Mais avant cela, elle perçut la fermeté de sa cuisse et peut-être aussi d'autre chose à travers le tissu. Mais c'était une autre histoire.

— Je les ai, dit-elle.

Zachary s'appuya contre le mur de la maison tandis que Frannie s'occupait de la serrure.

Le pire était derrière eux. En prenant son temps, elle le mena patiemment jusqu'au salon.

Zachary baissa la tête et s'affaissa contre elle.

— Merci, marmonna-t-il.

Ses mots étaient à peine audibles.

Jetant les clés sur la table, elle essaya de le pousser petit à petit pour le faire asseoir sur le canapé.

— Laisse-moi t'installer et après, je vais nous faire un petit quelque chose à manger. Je ne suis pas un cordon-bleu comme toi, mais je maîtrise assez bien les pâtes ou les croque-monsieur, ça te dit ? Ou plutôt un bol de soupe pour nous remettre du froid ?

Elle parlait trop vite. Bien trop vite. Ses mots avaient un débit de mitraillette et trahissaient sa nervosité.

Zach plongea les yeux dans les siens et prit son visage à deux mains.

Les battements de son cœur s'accélérèrent. Le temps sembla se figer.

— Merci, Frannie, murmura-t-il. Du fond de mon cœur. Tu es une femme incroyable.

À ces mots, il l'embrassa jusqu'à en perdre haleine.

- 5 -

Zachary était tellement soulagé d'être au chaud et de ne plus avoir à utiliser ses pieds qu'il ne savait pas ce qui venait de lui passer par la tête. Du moins, telle serait la justification dont il se servirait plus tard pour expliquer son baiser.

Oh que les lèvres de Frannie étaient douces ! Et elles portaient encore un soupçon du chocolat des barres de céréales qu'ils avaient grignotées un peu plus tôt.

Qu'est-ce qu'il pouvait avoir mal… Il ne sentait plus ses doigts. L'épuisement pesait sur chacun de ses membres et les rendait durs comme du béton. Ce qui n'avait pas empêché chacune de ses cellules de reprendre vie lorsque sa bouche s'était pressée contre celle de Frannie.

Il ne savait pas si elle lui aurait rendu ou non son baiser, car son cerveau avait vite repris le dessus. Et il s'était redressé.

— Désolé, marmonna-t-il. Je dois délirer.

Officiellement, il était contrit, mort de honte. Officieusement… il était aux anges.

Frannie ne dit pas un mot. Elle toucha ses lèvres avec deux doigts, secoua lentement la tête et se leva.

— Je vais augmenter le chauffage et t'apporter une couverture avant de commencer à faire à manger. Tu crois qu'il faut essayer de t'enlever ta chaussure ?

Zachary n'était pas né de la dernière pluie. Il avait déjà

eu des fractures, des points de suture et des commotions cérébrales. Et il avait survécu pour en raconter l'histoire. Mais la pensée que quelqu'un pouvait tirer sur sa cheville en ce moment précis lui retournait l'estomac.

— Non, tant que ce n'est pas une question de vie ou de mort, essaya-t-il de plaisanter. Je ne pense pas que la chaussure change grand-chose et encore moins empire la situation. Mais si tu peux passer par le congélateur et y récupérer un sac de petits pois, tu serais bien aimable.

Elle acquiesça.

— D'accord. Je reviens.

Peu de temps après, il entendit la chaudière s'allumer. Frannie apparut quelques instants plus tard avec une épaisse couverture et les légumes demandés dans les bras. Elle posa doucement le paquet congelé sur sa cheville et étendit la couverture sur lui comme s'il avait quatre-vingt-quinze ans et qu'elle était son infirmière.

C'était drôle ou insultant. Ou les deux.

Il lui attrapa le poignet lorsqu'elle fut à sa portée.

— Je ne suis pas près de mourir, Bestiole. C'est seulement mon pied. Je peux m'occuper seul de ma couverture.

— Bien.

Le mot était à peine audible. Elle tourna les talons, mais il eut le temps de voir qu'elle avait les larmes aux yeux.

— Oh ! Frannie, qu'est-ce qu'il y a ? Je t'ai bouleversée ? Je suis désolé. Vraiment. Viens par ici.

Lorsqu'il lui tira le poignet un peu plus fort, elle perdit l'équilibre et tomba à côté de lui sur le canapé. Son pied fut bousculé dans le processus, mais il ravala un gémissement de douleur. Un bras autour d'elle, il caressa ses cheveux, ravi de sentir ses boucles noires soyeuses s'enrouler autour de ses doigts.

— C'était une sacrée aventure cet après-midi, mais nous l'avons surmontée. Tout va bien se passer.

Frannie recula et le regarda sans qu'il sût décrypter son expression.

— Ta cheville est peut-être cassée. Il neige. Et tu n'as pas de fromage !

Ce dernier mot sortit de sa bouche comme une plainte. Il posa la tête contre son épaule et l'attira doucement contre lui. Son corps commençait à réagir à la présence d'une femme entre ses bras…

Sa si chère Bestiole frissonnait.

Il devait se rendre à l'évidence : son érection n'allait servir à rien. Tant pis, aucun homme n'était jamais mort d'un désir inassouvi, n'est-ce pas ? Le plus grand choc était qu'il s'était laissé exciter par cette femme. Cette voix de son passé. Cette professionnelle hautement qualifiée qui allait aider Stone River Outdoors.

Dans toute l'histoire du monde, il n'y avait sans doute jamais eu de pire moment pour qu'un homme ait envie d'une femme. Qu'importe que Zachary ait envie de la déshabiller et de couvrir son corps de baisers de la tête aux pieds, il allait résister. Il savait qu'il le devait.

Elle renifla et se redressa.

— Je suis désolée. J'ai craqué, ce n'est rien. L'effet du choc. Je vais bien. Vraiment. Tu as besoin de quelque chose avant que j'aille faire à manger ?

Ses cils étaient humides. Les coulures de mascara n'avaient rien fait pour gâter sa beauté.

— Je peux t'aider, tu sais, dit-il d'un ton bourru, stupéfait par le mélange de désir et d'émotion qui obstruait sa gorge. Ça va aller si je reste appuyé contre le comptoir.

Son estomac grogna bruyamment comme pour souligner son argument.

Frannie recula d'un bond.

— Oh non, dit-elle. Ne bouge pas. Je peux gérer, honnêtement. Ce n'était qu'un moment d'égarement, je le jure.

Et elle s'enfuit avant qu'il puisse la convaincre du contraire.

Une fois Frannie partie dans la cuisine, il releva la jambe de son pantalon et examina son pied. Il se servit du canif qu'il avait toujours dans sa poche lorsqu'il partait randonner pour découper lentement l'élastique de sa chaussette. Sa cheville était enflée et gonflée et arborait une douzaine de nuances de bleu et de violet.

Était-ce cassé ? Comment le savoir ? Dans tous les cas, il avait souvent entendu dire qu'une vilaine entorse pouvait parfois être pire qu'une simple fracture.

La frustration l'envahit, exacerbée par la douleur et l'inquiétude pour Frannie. Il l'avait amenée ici pour qu'elle s'amuse, pas pour qu'elle joue les infirmières. Et sans aucun sous-entendu graveleux…

Elle essayait tellement d'être gentille et serviable. Il le savait. Mais quand elle l'avait touché, aussi innocemment que ce soit, son corps était passé directement en état d'alerte sensuelle. Cela n'avait aucun sens. Il avait eu tout le temps du monde lorsqu'ils étaient adolescents à Glenderry pour faire un pas vers Frannie. À l'époque, ils avaient passé des heures ensemble…

Ses sentiments pour Frances Wickersham étaient forts quand ils étaient au lycée, mais aucun n'impliquait de vouloir avoir des relations sexuelles avec elle. À moins qu'il ait été atteint d'une étrange amnésie…

Pourtant, depuis qu'elle était réapparue dans sa vie, c'était comme s'il n'avait eu qu'une seule pensée à son égard : comment la mettre nue le plus vite possible.

Lorsqu'elle entra dans le salon une demi-heure plus

tard en portant de la nourriture, sa première impulsion fut de se lever et de l'aider avec son lourd plateau. Bon sang ! Il était coincé… comme une tortue à l'envers sur sa carapace.

Ce sentiment le rendit grincheux et encore plus frustré.

Frannie posa le plateau sur la table basse.

— Je ne savais pas ce que tu voulais boire. Alors j'ai fait du décaféiné. Avec ton pied en si mauvais état, je pense que tu vas déjà avoir du mal à dormir, alors pas besoin d'appeler l'insomnie à la rescousse.

Il eut une vision soudaine.

Frannie, dans son lit, souriante et sexy, essayant de diverses manières de l'aider à dormir.

— Bonne idée, dit-il, espérant qu'elle n'allait pas remarquer l'enrouement significatif de sa voix. Tu n'étais pas obligée de faire ça, Frannie.

Elle lui lança un regard étrange.

— Nous devons tous les deux manger. Cette marche nous a fait dépenser beaucoup de calories. Comme tu n'as pas de fromage, j'ai trouvé du beurre d'arachide dans l'armoire. Et comme il est difficile de rater un sandwich au beurre de cacahuètes, je me suis lancée.

Le regard ironique qu'elle lui lança lui affola le cœur.

— Ne me dis pas que tu ne sais pas cuisiner, Frannie. Cela ne te ressemble pas.

— Oh ! laisse tomber, Zach.

— Tu ne veux pas me dire ce qui s'est passé ?

— Pourquoi penses-tu que quelque chose s'est passé ?

Son expression était mutine.

— La Frannie que je connais aurait extrait onze livres de cuisine de sa bibliothèque et les aurait tous mémorisés en quarante-huit heures.

— Tout dans la vie ne peut pas être appris dans un livre, Zach.

— Allez, raconte, dit-il d'un ton qu'il voulait cajoleur. S'il te plaît. Je veux vraiment savoir.

Elle haussa les épaules.

— Bien. Ce n'est pas un grand secret, de toutes les manières.

Elle s'assit à côté de lui et grignota quelques chips.

— J'ai eu un petit ami pendant ma dernière année à l'université, commença-t-elle enfin. Les choses sont devenues assez sérieuses. Pendant les vacances de printemps, ses parents sont venus lui rendre visite. Ils ont proposé de nous emmener dans un restaurant chic, mais j'ai dit que je cuisinerais pour eux.

Elle lui lança un coup d'œil latéral.

— J'ai peut-être un léger problème à vouloir boxer en dehors de ma catégorie.

Il sourit et leva les mains.

— Alors là, tu me choques.

— Petit malin. Quoi qu'il en soit, notre appartement était lugubre. Minuscule et au troisième étage sans ascenseur. Je voulais vraiment impressionner nos invités. J'ai donc acheté des fleurs, mis de la musique classique et j'ai voulu faire une tourte à la viande.

Il haussa un sourcil.

— Impressionnant.

— Attends, dit-elle d'une voix sombre. Quand nous nous sommes assis à table pour manger, mon copain a plongé son couteau dans le plat. Enfin, dans la tourte, je veux dire. La croûte était encore crue, mais les morceaux de viande étaient durs comme du bois. Encore aujourd'hui, je ne sais pas ce que j'ai mal fait.

— Ses parents étaient sûrement polis.

— Oh ! ils l'étaient, dit-elle. Son père a fait une plaisanterie et sa mère a dit que j'étais trop jolie pour passer mon temps dans la cuisine. Mais mon petit ami…

Elle s'interrompit, ses joues rougissant avec quelque chose qui donna envie à Zach de frapper le petit ami de l'université.

— Quoi, Frannie ? Qu'a fait le crétin ?

— Il m'a hurlé dessus. Devant ses parents. Pour dire que j'avais toujours la tête coincée dans un livre, mais que j'étais une handicapée mentale avec les choses du quotidien.

Un silence pesant s'installa entre eux pendant plusieurs secondes. Puis Zachary lui prit la main.

— Je suis désolée que cela te soit arrivé, Bestiole. Mais dis-moi que tu as largué cet abruti sur-le-champ.

Elle soupira.

— Oh que oui ! Et le meilleur, c'est que sa mère m'a aidée à faire mes valises et son père les a descendues jusqu'à ma voiture. Ils se sont excusés pour leur fils, mais les dégâts étaient irréparables. L'un dans l'autre, je n'ai jamais essayé de cuisiner à nouveau. C'est nul, non ?

— Pas du tout. Mais je te promets, Frannie, avec tout le temps libre dont tu disposeras pendant que tu seras en mission à Portland pour SRO, que je vais t'enseigner les bases. C'est probablement comme faire du vélo. Il ne faut pas s'arrêter à la première chute mais remonter en selle ! Qui plus est, dans ma cuisine, je suis certain que tu feras des merveilles.

Soudain, il réalisa que le plateau ne contenait qu'une assiette et une tasse.

— Et toi, tu ne manges pas ? demanda-t-il en fronçant les sourcils.

Elle se releva et il fut bien impuissant à la retenir.

— Ne t'inquiète pas, je vais manger pendant que je nettoie la cuisine. Crie si tu as besoin de quelque chose.

— Écoute, je crois que ça ira. Mais si tu peux monter dans mon dressing quand tu auras cinq minutes pour y récupérer des béquilles, ça serait super.

Zachary grinça des dents en regardant Frannie s'éloigner. Elle avait préparé deux sandwichs et du café. À quel point la cuisine pouvait-elle être sale ? Frannie était visiblement mal à l'aise à ses côtés. Peut-être parce qu'elle se rendait compte de ses sentiments et ne les partageait pas.

Dans tous les cas, elle était sur le point de rendre un fier service à Stone River Outdoors. Une seule chose devait occuper son esprit : mettre la main sur un éventuel espionnage industriel. Zachary avait une liste longue comme le bras de femmes qui seraient heureuses de partager son lit.

Frannie n'en faisait pas partie et il ne devait pas vouloir qu'il en soit autrement. Elle n'était pas une femme pour le genre d'homme qu'il était et il n'était pas un homme pour une femme comme elle. Le plus dur était désormais de s'en persuader.

À quoi pouvait ressembler le placard d'un homme riche ? Si Frannie ne se l'était jamais demandé, maintenant elle avait sa réponse. Tout d'abord, c'était énorme. Elle aurait pu facilement y caler un petit pays et avoir encore de la place à revendre.

Et malgré ses préjugés sur les hommes et leur désordre, le placard de Zachary était méticuleusement organisé. Un mur entier était consacré à des équipements sportifs. Des skis. Des casques. Des pagaies de canoë. Une fortune rien que dans cette pièce.

Elle comprit que la plupart de ses costumes d'affaires

et ses vêtements habillés devaient dormir dans son appartement de Portland, car elle n'en détecta qu'un ou deux. La majorité des vêtements était des chemises de bûcheron, des gilets, des vestes et des pantalons faits pour les activités de plein air. Et une grande partie, mais pas tous, arborait l'écusson SRO.

Devait-elle résister à l'envie de renifler un T-shirt ? Ou peut-être en voler un pour dormir avec ? Zachary ne le saurait jamais.

Riant silencieusement de ses propres pensées absurdes, elle se mit en quête des béquilles. Après quelques essais infructueux, elle les localisa dans le fond, derrière une collection de combinaisons de plongée et d'équipements de kitesurf. Zach portait-il quelque chose en dessous lorsqu'il s'adonnait à ces activités ? La pensée de son corps nu lui assécha la bouche.

Concentre-toi, Frannie.

Elle sortit les béquilles et referma la porte du dressing derrière elle. La tentation était encore plus forte. Zachary étant coincé sur le canapé, il n'y avait aucun risque qu'il la surprenne en train de farfouiller dans sa vie privée.

Sa chambre était fascinante. Elle l'avait vue plus tôt, bien sûr, mais maintenant elle prenait son temps pour l'explorer. Ses oreillers en plumes étaient luxueux et dodus. Les draps, incroyablement doux.

La seule note personnelle dans toute la pièce était un petit cadre photo reposant sur sa table de nuit. Elle montrait les trois frères Stone à un moment parfait. Ils se tenaient ensemble, chacun avec un bras passé autour de la taille de son voisin, près d'un téléski, et ils levaient leurs bâtons vers le ciel. Chacun avait le visage illuminé d'un énorme sourire. La joie qui transpirait de l'image la fit elle aussi sourire.

Frannie s'assit sur le bord du lit pendant un moment, testant le matelas.

Bien qu'elle ne soit pas experte ès sexualité masculine, elle était quasi certaine que Zachary avait envie de coucher avec elle. Dommage pour lui qu'elle ne soit pas versée dans le genre de transactions physiques entre hommes et femmes où les seuls paramètres qui importaient étaient de savoir si les deux parties appréciaient l'aventure.

À part son petit ami qu'elle avait quitté après sa catastrophe culinaire, elle n'avait eu que deux autres relations semi-sérieuses avec des hommes. L'une avait duré six mois, la plus récente seulement trois.

Elle soupira.

Dans d'autres circonstances, cette escapade de deux jours aurait pu se dérouler très différemment et sans doute aurait-elle pu se laisser tenter par une aventure qu'elle n'avait encore jamais expérimentée. Mais maintenant que Zachary était blessé, le sexe n'était plus d'actualité.

Elle aurait dû être soulagée. Elle ne l'était pas.

À l'évidence, une aventure avec Zachary Stone serait épique. Elle ne pouvait pas imaginer que cet homme fasse preuve de tiédeur dans un seul domaine de son existence. Sa témérité physique n'était plus à prouver.

Mais sur le plan des émotions ? Elle se demanda si quelqu'un au monde le connaissait vraiment. Il était si fermé… Garder les gens à distance était un mode de vie pour lui.

Au lycée, ils avaient été proches, très proches. Assez pour partager espoirs et rêves. Pour discuter et se chamailler. Mais jamais pour s'embrasser. Pour des inconnus, ils auraient pu facilement passer pour frère et sœur. Et ce même si leur relation n'avait jamais rien eu de fraternel…

Un coup d'œil à sa montre lui indiqua qu'elle avait traîné

ici assez longtemps. Le pauvre Zach était aussi impuissant qu'un bébé en ce moment. Elle devait redescendre.

Quand elle retourna dans le salon, il lui lança un regard qui lui donna l'impression d'être déshabillée sur place. Un regard qui n'avait rien d'impuissant. Au contraire, il était même carrément dangereux.

Elle déglutit et s'avança vers le canapé.

— Je les ai trouvées, annonça-t-elle en brandissant les béquilles.

Il lui sourit.

— Je pensais que tu t'étais peut-être perdue. Combien de temps faut-il pour localiser une fichue paire de béquilles ? Ma maison n'est pas si grande, quand même !

Son ton semblait subitement virer à l'orage. Elle ne se laissa pas intimider.

— Un peu de respect, mon cher. Je te rappelle que je suis la seule personne ici qui t'empêche de mourir de faim. Sans compter que tu vas avoir besoin de moi pour aller aux toilettes et à la salle de bains.

Tandis qu'elle le regardait avec méfiance, elle vit ses poings se détendre.

— Pardon, je suis désolé. C'est la douleur, elle me met de mauvaise humeur.

Frannie se frappa le front.

— Oh ! des cachets, j'ai complètement oublié ! Je vais t'en chercher, ne bouge pas !

— C'est bon, Frannie, je ne suis pas un vieillard cacochyme. Je peux aller les chercher tout seul.

À ces mots, sans qu'elle ait le temps de protester, Zach récupéra les béquilles et se leva.

Elle le regarda claudiquer, grimaçant, et se diriger vers le couloir menant vers la salle d'eau. Dans certaines maisons, ce type de salle de bains secondaire était minuscule. Pas chez Zach. Elle était spacieuse, il allait pouvoir y manœuvrer seul.

Elle ramassa son assiette vide et le sac de pois décongelés et les rapporta à la cuisine. Peut-être que le dessert adoucirait son humeur grincheuse. Elle avait trouvé des bonbons dans son garde-manger. Après avoir sélectionné trois variétés différentes, elle retourna dans le salon.

Toujours pas de Zachary.

Elle s'avança sur la pointe des pieds dans le couloir. Rien, silence. Et s'il avait eu un malaise ? S'il s'était évanoui alors qu'elle était dans la cuisine ?

Les minutes passèrent. Elle tendit l'oreille et détecta enfin le bruit d'un robinet qui coulait. Vite, elle devait repartir d'où elle venait au risque que Zach la surprenne, réellement, en train de fureter. Et vu son humeur, elle n'avait vraiment pas besoin de ça.

Elle se retourna et sursauta au bruit d'objets qui dégringolaient sur les carreaux de la salle de bains où se trouvait Zach.

Son cœur se mit à battre à toute allure.

— Zach ? Tout va bien ?

Une ribambelle de jurons parvint à ses oreilles, ainsi qu'un fluet :

— C'est rien, c'est rien, je suis juste tombé. C'est bon, je gère.

— Arrête de faire ta tête de mule, lança Frannie en se précipitant vers lui. J'arrive !

- 6 -

Il y avait des moments dans la vie où un homme devait ravaler sa fierté. Qu'il le veuille ou non. Zachary savait à quoi il devait ressembler, étendu sur le sol. Sa dignité s'était fait la malle. Avant qu'il puisse crier pour appeler Frannie, la porte de la salle de bains s'ouvrit, manquant lui briser le crâne.

Sa meilleure ennemie tomba à genoux et s'accroupit près de lui.

— Mon Dieu, s'exclama-t-elle, visiblement paniquée, mais qu'est-ce que tu as fait ?

Il désigna du coin de l'œil le petit tapis gris sous le lavabo.

— Une des béquilles, souffla-t-il.

Il se mordit les lèvres en essayant de reprendre sa respiration.

— Une béquille s'est accrochée au tapis et j'ai glissé.

Il s'était cogné la cheville en tombant. La douleur avait été si ardente qu'il avait failli s'évanouir. Il avait l'impression que chaque os de son corps vibrait.

Elle passa les mains sur ses extrémités - comme la plus mignonne des médecins de série télé - et s'attarda sur l'égratignure sur son avant-bras. Puis elle se pencha sur lui et releva une de ses paupières.

— Tes pupilles ont l'air dilatées.

— Frannie…

Maintenant, il soufflait pour une tout autre raison.

— Reste tranquille, dit-elle. Il faut s'assurer que tu n'as rien d'autre de cassé.

Elle releva son autre paupière.

— Est-ce que ta tête te fait mal ? Dis-moi où.

— Frannie…

Malgré sa considérable détresse physique, sa libido était toujours vaillante.

— Frannie…

Il prononça son nom avec plus de force.

Elle fronça les sourcils.

— Quoi ?

— Tes s…

Il s'arrêta net.

— Ta poitrine est sur mon visage. Et pour être clair, je ne me suis pas cogné la tête.

— Oh.

Son visage passa au cramoisi. Elle se rassit sur ses talons, si vite qu'elle faillit perdre l'équilibre.

— Qu'est-ce que tu as cogné en tombant ?

— Je suis tombé sur mes fesses. Mon coude a ripé sur le meuble du lavabo. Tout bien considéré, cela aurait pu être pire.

Elle se mordit la lèvre, sans dire un mot. Et Frannie avait généralement beaucoup à dire.

— Quoi ? À quoi penses-tu ? demanda-t-il.

Sa lèvre inférieure tremblait.

— Je ne pense à rien. J'essaie de ne pas rire.

Il la regarda, indigné.

— Je pourrais être mort et toi, tu ris ?

Elle haleta, essuyant ses joues.

— Oh ! Zach, je suis désolée. Vraiment. Mais j'aurais aimé avoir une vidéo de tout ça.

— Ton inquiétude est touchante, dit-il sèchement.

— Je suis sincèrement inquiète pour toi.

— Oh ! c'est ce que je vois. Je me sens déjà mieux.

Elle lui sourit.

— Tu jures que tu ne t'es pas cogné la tête ?

— Je le jure. Tu veux voir le bleu sur mes fesses ?

— Hum, non.

Elle regarda autour d'elle dans la petite salle de bains comme si elle cherchait une issue. C'était si facile de la déconcerter. Elle était si belle lorsqu'elle était gênée.

Il lui caressa le bras.

— Je sais que tu as entendu des histoires sur moi, Frannie. Mais elles ne sont pas toutes vraies.

— Pourquoi tu me dis cela maintenant ?

— Parce que tu sembles nerveuse en ma compagnie.

— Même si seulement la moitié des ragots est vraie, cela veut quand même dire que tu es un…

Elle s'interrompit, il tenta de poursuivre sa phrase.

— Quoi ? Un ? Un coureur de jupons ? Un collectionneur ?

— Tu pourrais au moins faire semblant de t'en vouloir, murmura-t-elle.

— J'ai vécu ma vie comme je voulais la vivre, Frannie. Je n'ai jamais été malhonnête avec une femme, et j'ai toujours traité mes partenaires avec dignité et respect. Je suis généreux avec mes compagnes et, à ma connaissance, je suis en bons termes avec toutes celles qui ont déjà partagé ma… vie.

— Toutes ?

Il soupira.

— Tu penses qu'il y en a combien ?

Elle leva une épaule et la laissa tomber.

— Je ne sais pas. Cinquante ?

— Bon Dieu, Frannie. Non !

Il s'éclaircit la gorge et ajouta :

— Je ne sais si c'est le meilleur moment pour avoir cette conversation. Est-ce que tu peux m'aider à me lever ?

Le changement de sujet sembla la soulager autant que lui.

— D'accord, mets ton bras autour de moi. Je vais t'aider à te relever.

Il secoua la tête, ayant décidé que c'était un effort qu'il devait faire seul.

— Non, c'est le meilleur moyen de nous étaler tous les deux sur le carrelage. Attrape plutôt mes béquilles et donne-les-moi quand j'aurai réussi à me mettre debout.

Avec les deux mains sur le rebord du lavabo, il se mit en équilibre sur son bon genou et se redressa. Ce fut lent, pas joli, mais il réussit sans se cogner de nouveau la cheville. Il était exténué, le front humide. Il tendit une main.

— Je peux les prendre maintenant.

Frannie lui tendit les béquilles l'une après l'autre.

— Tu fais de la musculation, n'est-ce pas ? Moi, je n'ai pas beaucoup de force dans le haut du corps.

— C'est le cas de beaucoup de femmes, c'est normal. Mais je pourrai te montrer quelques exercices si tu veux.

Son offre était parfaitement innocente, mais Frannie rougit de nouveau. Ce qui fit revenir les pensées de Zachary en eaux troubles. Non, il devait se contenir. Il se l'était promis. Le moment était venu d'aller au lit. Seul.

— Est-ce que cela te dérangerait d'aller me chercher des antalgiques dans la salle de bains de ma chambre ? demanda-t-il. Je suis épuisé. Je vais en prendre deux et essayer de dormir.

Elle écarquilla les yeux.

— Depuis quand tu as ce genre de médicaments chez toi ?

— J'ai été opéré de l'appendicite à l'automne dernier, ils datent de là.

— Oh.

Elle se mordit la lèvre.

— Quoi, Frannie ?

Il pouvait presque voir les rouages tourner dans son cerveau.

— Ce ne sont pas des médicaments anodins. Je préfère rester près de toi dans ce cas.

— À quelle distance ?

— On n'avait pas dit que tu arrêtais de me charrier ?

Son sourire était ironique.

— Désolé, je ne peux pas m'en empêcher. Mais j'arrête si tu arrêtes de me prendre pour un bébé.

— Marché conclu, dit-elle avant de prendre la direction de sa chambre.

Frannie retourna dans la chambre de Zachary pour la deuxième fois de la journée et fouilla dans sa salle de bains où elle mit enfin la main sur la médication demandée. La notice disait de prendre les cachets avec un repas, mais elle était quasi sûre que Zachary ne pouvait rien avaler. Elle redescendit alors dans la cuisine pour lui verser un verre de lait. La brique était loin de sa date de péremption. Zach devait effectivement passer régulièrement dans sa demeure du nord du Maine.

Lorsqu'elle retrouva Zach dans le salon et lui offrit à la fois la pilule et la boisson, il se redressa et murmura ses remerciements. Elle se pencha et lui embrassa la joue.

— Je t'ai aussi pris quelques affaires pour la nuit. Je te pose le sac ici. Appelle-moi si tu as besoin de moi, d'accord ?

Sa peau chauffait du contact avec la mâchoire mal rasée de Zach. Comme tout le reste de son corps.

— Je suis célibataire depuis toujours. Je n'ai besoin d'aucune femme.

Le commentaire sembla sorti de nulle part et la gela sur place. Quelques minutes avaient suffi pour détériorer son humeur. Peut-être à cause de la douleur ? Dans tous les cas, son expression lui fit comprendre qu'il en avait vraiment assez qu'elle le prenne « pour un bébé », comme il l'avait dit.

— Très bien, alors bonne nuit et à demain matin, dit-elle d'une voix dont elle espéra qu'elle ne trahissait pas sa déception ni son désir.

Il l'appela alors qu'elle quittait le salon, mais elle prit la décision de ne pas se retourner. Jouer les indifférents laconiques était probablement sa façon à lui de la tenir à distance. Il le lui avait suffisamment répété… Il n'aimait pas qu'on s'occupe de lui. C'était un grand garçon, qui n'aimait pas qu'on lui dise quoi faire… même si c'était pour son propre bien.

Dans tous les cas, ses sentiments étaient meurtris, mais c'était probablement pour le mieux. Elle était devenue beaucoup trop proche de Zach. Trop vite.

Il fallait peut-être y voir un autre indice. Jeune adulte, il avait fait le choix de passer de Zach à Zachary. Il voulait être le seul maître à bord de sa vie. Ce qui s'appliquait aussi à ses relations. Elle n'avait pas répondu à son baiser, alors il était passé à autre chose. Zachary Stone n'était pas homme à perdre son temps.

Elle soupira. Incapable qu'elle était de passer à autre chose. Elle avait envie de lui, physiquement et émotionnellement, mais la pensée de partager une intimité avec Zach la fit grincer des dents. Mieux valait se contenter du statu quo, peu importe comment son pauvre cœur pouvait tisser des rêveries à la chaîne.

Une fois dans sa chambre, elle dormit sans repos. À 3 heures, son téléphone sonna. C'était Zach, mais elle n'eut pas le temps de répondre qu'il avait déjà raccroché. D'un bond, elle se précipita dans l'escalier et se planta devant la porte entrouverte du salon. Un doux ronflement montant du canapé apaisa la plupart de ses inquiétudes. Mais elle décida quand même d'entrer sur la pointe des pieds.

Il faisait sombre. Zachary avait éteint toutes les lampes. Elle regretta ne pas l'avoir fait pour lui.

Après quelques pas vers le canapé, elle put voir qu'il était nu jusqu'à la taille. Ses orteils s'enroulaient dans le tapis. Ses jambes étaient agitées. Bien sûr, il n'était pas complètement nu, vu qu'il lui était, à n'en pas douter, impossible de retirer son pantalon sans aide.

Dans l'âtre, quelques braises rougeoyaient et permettaient à la pièce de n'être pas plongée dans le noir complet.

Dans la douce lumière du feu de cheminée, son torse était de toute beauté. Il avait l'air beaucoup moins civilisé qu'un directeur financier d'une énorme entreprise. C'était un homme qui ne se laissait pas domestiquer. Qui n'aimait pas être manipulé. Même quand il avait réellement besoin d'aide, il détestait devoir la demander.

Elle espérait que sa cheville allait rapidement cesser de le faire souffrir.

Comme il semblait s'être rendormi, elle décida de ne pas le réveiller. Le matin viendrait bien assez tôt.

Elle recula, résolue à retourner dans son lit chaud et doux, mais une voix masculine rauque et rocailleuse l'arrêta net.

— Frannie. Reviens. S'il te plaît.

Elle grimaça, sachant qu'il ne pouvait pas voir son expression. Quand elle se retourna, elle vit que ses yeux étaient ouverts.

— Ça va ? demanda-t-elle. J'ai vu que tu m'avais appelée, mais je n'ai pas réussi à me réveiller assez vite pour décrocher.

Il leva une main et la balança d'avant en arrière.

— Comme ci comme ça.

— Tu veux une autre pilule ? Je pense que tu peux te permettre une nouvelle prise si tu as vraiment très mal.

— Non, pas tout de suite, ils me rendent pâteux.

Il se redressa et passa ses mains dans ses cheveux.

— Viens t'asseoir avec moi.

Frannie était une femme intelligente. Très intelligente. Elle savait qu'il était l'heure de la sorcellerie, l'heure de la nuit où les défenses tombent, où le monde réel semblait loin et où les gens faisaient parfois des choix stupides.

Elle se pencha sur le bord du canapé, gardant une bonne distance de sécurité entre sa hanche et celle de Zach.

— Tu devrais te rendormir, dit-elle.

— Oui, ne t'inquiète pas.

Il grimaça.

— En fait, je voulais m'excuser pour tout à l'heure, j'ai été cassant.

— Tu souffrais.

— Ce n'est pas une excuse. Je suis vraiment désolé.

— Excuses acceptées.

— Quand tu es montée te coucher, j'ai appelé Quinten. Il va partir à l'aube pour venir nous chercher.

— Super.

— Je l'ai prévenu pour la neige. À Portland, ils n'ont eu que du vent pour le moment.

— Ah.

Il la regarda... si intensément que ses tétons se dressèrent sous son haut de pyjama. Pouvait-il le voir ? Son regard était si dense qu'il lui faisait l'effet d'une caresse tactile.

Il soupira.

— Sur une échelle de un à dix, c'est grave comment si je t'embrasse ?

Elle se figea, à moitié surprise et à moitié pétrifiée de désir.

— Tu m'as déjà embrassée, fit-elle remarquer.

— Ça ne compte pas. C'était un baiser de remerciement. Non prémédité.

Peut-être qu'il n'avait pas beaucoup réfléchi à ce moment après leur randonnée mouvementée à travers les bois, mais cela avait profondément affecté Frannie. Cela lui avait ouvert les yeux sur des possibilités ô combien dangereuses.

— C'était toujours tes lèvres et les miennes. Quelle différence ?

Elle voulait entendre sa réponse. Désespérément.

— La différence, c'est l'intention. Maintenant, j'ai envie de savoir comment tu aimes être embrassée.

La chaleur roula du creux de son ventre jusqu'à ses seins et sa gorge. Nerveusement, elle tira un fil qui dépassait sur son genou.

— J'ai toujours entendu dire que la spontanéité était un plus.

Elle avait l'impression d'être possédée. Que quelqu'un d'autre parlait à sa place. Une femme qu'elle n'était pas, mais dont l'audace n'était pas pour lui déplaire. Était-ce un effet de l'heure des sorcières ?

Il secoua lentement la tête.

— Le problème est que, parfois, un homme ne peut

pas dire si la femme veut être embrassée ou non. Tu vois le dilemme ?

Elle pouffa.

— Je n'arrive pas à imaginer une femme qui n'aurait pas envie que tu l'embrasses.

— Est-ce un oui ?

Ses lèvres s'inclinèrent en un sourire affamé, méfiant et audacieux à la fois. Et il s'approcha un petit peu plus d'elle.

Sa gorge se serra au point de lui faire mal.

Qui devait parler ? La sorcière ? La femme raisonnable ?

L'accélération de son rythme cardiaque l'assourdissait. Zach était grand et fort. Quoi de plus normal que de mourir d'envie d'être dans ses bras ? Mais quelque part au fond de son cerveau, elle savait qu'elle paierait cher ces moments de bonheur.

— Zach…

Elle murmura son nom, prise dans une étrange faille spatio-temporelle entre le passé et le présent. Combien de fois avait-elle rêvé qu'il l'embrasse ? Ses fantasmes d'adolescente allaient-ils devenir réalité ?

— Est-ce un oui ? répéta-t-il.

— Zach, soupira-t-elle. Ce serait une erreur monumentale.

- 7 -

C'était le problème avec les femmes vraiment intelligentes. Elles savaient comment se défaire d'un homme sans même avoir l'air d'essayer. Bien sûr, elle avait raison. Ce qui ne rendait pas l'érection de Zachary moins insistante. Il était excité, bon sang. Et il ne voulait pas n'importe quelle femme - il avait envie de Frannie. Il ne pouvait pas lui expliquer sa réaction. Il ne voulait pas vraiment l'analyser non plus. Parfois, la vie laissait tomber d'amusantes surprises sur vos genoux.

Sauf que maintenant, Frannie avait tracé une ligne dans le sable. Les affaires d'un côté, le plaisir de l'autre. Zachary savait de quel côté il voulait qu'elle penche.

Frustré et épuisé, il tira le plaid sur ses jambes et se réinstalla dans son lit temporaire. Avec le recul, il aurait dû demander à Frannie de lui apporter un vrai oreiller. Mais elle avait déjà tellement fait. Il n'allait pas lui demander d'aller en chercher un et de le lui porter à nouveau.

Frappant le coussin du canapé pour le rendre plus confortable, il s'installa, équilibrant soigneusement sa cheville. Dès qu'il ferma les yeux, Frannie fut là, avec lui. Il pouvait encore humer le sillage de son parfum subtil. La sensation de sa peau lisse était comme imprimée dans la pulpe de ses doigts.

L'embrasser avait été la meilleure chose qui lui soit arrivée depuis des mois, voire des années. Qui aurait cru que la petite Frannie Wickersham allait devenir une femme intensément féminine avec beaucoup de sex-appeal ?

Le fait qu'elle ne sache rien de ses propres charmes la rendait encore plus exceptionnelle. S'il était honnête avec lui-même, il l'avait amenée dans le nord du Maine dans l'espoir de l'impressionner par sa maison et son cadre. Mais au lieu de cela - parce qu'il l'avait mise au défi avec cette stupide course –, il avait fini claudicant et vulnérable.

Ce n'était pas la meilleure façon de gagner une manche avec Frannie.

Mais pourquoi fallait-il toujours gagner ou perdre ? Ils étaient adultes maintenant. Lui et Frannie n'étaient plus en compétition.

Pourtant, peut-être qu'il l'avait embrassée pour qu'elle oublie sa faiblesse temporaire. Avait-il espéré qu'un intermède romantique effacerait l'image disgracieuse de son corps étalé sur le sol de la salle de bains ? Ce deuxième accident avait été sacrément humiliant.

Oh oui, il voulait impressionner Frannie. C'est ce qu'il avait toujours voulu. Et parce que son maximum n'avait jamais été assez bon, il avait caché ses failles et s'était fait passer pour un type à la confiance illimitée.

Un play-boy. Une tête brûlée. Un homme du monde qui n'avait besoin de personne. Son personnage était une armure confortable qu'il portait depuis longtemps. Frannie était l'une des rares personnes à pouvoir percer sa façade. Ce qui la rendait dangereuse.

C'était pour le moins un point discutable. Ce qui était sûr et certain pour le moment, c'était que Frannie était à l'étage dans la chambre d'amis et lui, coincé sur le canapé.

Il fixa le feu. Voir les flammes danser et crépiter lui

fit imaginer ce que ce serait d'inviter Frannie sur le tapis pour lui faire l'amour à la hussarde.

Il était possédé. Il s'agita et gémit. Son fantasme ne faisait qu'empirer les choses.

Les moutons ! Essayer de compter les moutons ! À 4 h 32, il abandonna. Apparemment, il avait dormi juste assez pendant les premières heures de la nuit pour avoir du mal à replonger dans les bras de Morphée. Le cocktail de la douleur physique et de l'imagination érotique était la recette parfaite pour une franche insomnie.

Pendant les trois heures suivantes, il somnola. Sa cheville lui faisait un mal de chien. Il aurait dû prendre davantage de médicaments. Sans compter que le canapé était trop court de dix bons centimètres pour être confortable pendant une nuit entière. La lumière du soleil commençait à abonder dans la pièce à travers les rideaux lorsqu'un texto de Quinten lui annonça qu'il arriverait en milieu de matinée.

Dieu merci. Autant Zachary avait voulu amener Frannie sur la côte nord, autant il voulait maintenant en repartir au plus vite.

Après une laborieuse expédition dans le couloir, il se lava au gant et se mouilla les cheveux pour les rendre plus coopératifs. Puis il alla à la cuisine pour passer ses options en revue. Le sandwich au beurre d'arachide que Frannie lui avait préparé la veille n'était plus qu'un très lointain souvenir pour son estomac.

Il était prudent. Très méticuleux. Il n'avait pas envie de se retrouver une nouvelle fois sur les fesses.

Alors qu'il venait tout juste d'élaborer un plan, Frannie apparut sur le pas de la porte.

— Bonjour, dit-elle doucement.

Le poudrage rose sur ses joues, si familier, lui fit

comprendre qu'elle était gênée de la nuit précédente. Il avait prévu d'ignorer ce souvenir. Pour le moment. Sinon, il était capable de sauter complètement le petit déjeuner et de faire quelque chose qui lui causerait des tas d'ennuis.

Elle avait tiré ses cheveux en une queue-de-cheval tumultueuse. Ses yeux étaient brillants, son regard méfiant.

Zachary avait l'impression qu'elle le regardait comme les restes du repas de la veille.

— Si tu peux me casser des œufs, je peux nous faire une brouillade, dit-il. Et je vais sortir du pain à la cannelle du congélateur pour faire des toasts. Si tu veux bien m'assister, le petit déjeuner sera prêt dans vingt minutes.

Elle se glissa à côté de lui.

— Bien sûr.

Puis elle fronça les sourcils.

— Mais que faire si tu tombes sur le bord de la cuisinière et que tu te brûles ? Après réflexion, c'est peut-être une mauvaise idée. J'ai vu des céréales dans le garde-manger. Ça m'ira très bien.

Il comptait jusqu'à dix. On l'avait privé de sommeil, de sexe, et maintenant on voulait le priver de nourriture digne de ce nom. Qu'est-ce qui était le pire ? Il prit une profonde inspiration pour se calmer.

— Je ne vais pas tomber, dit-il en se forçant à sourire. Je maîtrise ces béquilles. Les bols sont dans cette armoire à côté de toi. Il me faut quatre œufs. Prends-en autant que tu veux.

Frannie ne discuta pas. Elle sortit les œufs du réfrigérateur, les cassa dans le bol et les fouetta avec une fourchette. Zachary ajouta du sel, du poivre et un nuage de lait. Il se rendit compte que brouiller des œufs n'était effectivement pas une entreprise facile avec des béquilles, mais maintenant qu'il s'y était engagé, il n'allait pas reculer.

Une fois qu'il comprit comment équilibrer ses béquilles sous ses bras tout en maniant la poêle et la spatule, ses progrès furent manifestes. Quand les œufs furent quasiment prêts, il demanda à Frannie de vérifier les toasts.

— Ça a l'air bien, dit-elle.

Ils purent s'installer pour manger dix secondes avant sa prévision de vingt minutes.

Ce fut un repas tranquille. Mais aujourd'hui, le silence semblait gênant.

Heureusement, il fut vite brisé par le bruit de la porte d'entrée. Une voix forte les salua.

— Vous êtes là ?

Zachary attrapa ses béquilles et se leva rapidement. Ou au moins aussi vite qu'un homme à une jambe pouvait se lever. Quand Quinten apparut dans la cuisine, les frères s'étreignirent.

— Tu as mangé ? demanda Zachary. Je peux préparer plus d'œufs.

— Non, ça va.

Quin posa les yeux sur Frannie.

— Bonjour, madame Wickersham. Désolé d'entendre que vous étiez coincée.

Le sourire qu'elle offrit à Quin était franc et simple. Ce qui irrita Zachary.

— Appelle-moi Frannie, dit-elle. Pas de souci.

Zachary secoua la tête.

— Non, non, non ! Je suis le seul à pouvoir l'appeler Frannie. Tout comme elle est la seule à pouvoir m'appeler Zach.

Quin leva un sourcil, lançant un regard incrédule à son frère.

Frannie intervint.

— Frances me va très bien aussi, ne t'inquiète pas.

Nous sommes bien désolés de t'avoir traîné ici si tôt un dimanche matin. Je suis sûr que ta femme n'a pas trop apprécié.

Quin se servit le dernier morceau de pain grillé.

— Non, non, pas de problème. On avait prévu d'aller aider sa sœur à peindre son appartement aujourd'hui.

Il leur lança un regard impassible et haussa les épaules.

— Et comme je déteste la peinture…

— Eh bien, dans ce cas, s'amusa Frannie, tu es le bienvenu.

Quin désigna la table du doigt.

— Mets-toi là, frérot, laisse-moi voir cette cheville.

Lorsque Zachary remonta son pantalon, Quin grimaça théâtralement.

— Ouch, ça a l'air horrible.

Frannie acquiesça.

— Et ça doit même être pire que ça en a l'air. Mais ton frère têtu n'a pas voulu prendre beaucoup de médicaments contre la douleur.

— Ça lui ressemble, dit Quin. Elle est cassée ?

— Je ne pense pas, répondit Zachary en baissant les yeux sur son pied. Ce n'est pas pire qu'hier. Cela doit être un bon signe, non ?

— Peut-être. J'ai appelé mon orthopédiste. Il a dit qu'il pouvait nous voir à 16 h 30 cet après-midi.

— Un dimanche ?

Frannie semblait manifestement estomaquée.

Quin la regarda avec un sourire penaud.

— Oh tu sais, j'appelle par leur prénom une demi-douzaine de médecins depuis mon accident.

— Mais tu vas bien ?

— Tout à fait.

Frannie se mit à empiler les assiettes.

— Laissez-moi m'occuper du lave-vaisselle, ensuite j'en aurai pour cinq minutes pour récupérer mes affaires. Je n'ai pas apporté grand-chose.

— Quin peut gérer la vaisselle, ordonna Zachary. Mais prends ton temps. Nous ne sommes pas pressés.

Lorsque Frannie quitta la pièce, Quinten secoua lentement la tête.

— Qu'est-ce que cette petite fête impromptue ?

— Je voulais montrer à Frannie la maison sur la plage.

— Je crois que je ne t'ai jamais vu amener une femme ici, dit Quin, visiblement perplexe.

— Frannie n'est pas une femme comme tu l'entends. C'est une vieille amie. C'est différent.

Quin prit la vaisselle et la chargea dans le lave-vaisselle.

— Moi, je pense que tu devrais faire attention.

Zachary lui lança un regard noir.

— Qu'est-ce que ça veut dire ? Tu as peur parce qu'elle va travailler pour nous ? Elle est indépendante, ce n'est pas une employée. Nous n'enfreignons aucune règle.

— Je ne parle pas de règles, déclara Quin.

Il s'essuya les mains sur un torchon et appuya sur le bouton du lave-vaisselle qui démarra avec son bruit caractéristique.

— Je n'ai vu Frances que brièvement vendredi, mais même moi, je peux voir qu'elle est différente.

— Différente comment ?

Zachary était sur le point de s'énerver.

— Eh bien…

Quin le rejoignit à la table et se pencha en arrière sur sa chaise, la faisant basculer sur deux jambes.

— Elle n'est pas comme tes copines habituelles. C'est une femme sérieuse et extrêmement intelligente.

— Elle n'est pas intelligente, claqua Zachary. Elle est géniale.

— Je me fiche de l'adjectif. Je me soucie du fait qu'elle peut ne pas comprendre tes règles. Que tu ne fais pas dans le durable.

— Ne te fais pas de bile, ajouta Zachary. Frannie et moi, nous nous amusons. C'est tout. C'est une réminiscence du passé, cela ne porte pas à conséquence. Je suis sûr qu'elle en est parfaitement consciente.

Debout dans le couloir, Frannie avait tout entendu. Comment allait-elle supporter ce voyage de retour à Portland ? Le malaise était total. Elle détestait penser que Quinten pouvait la prendre pour quelqu'un de vulnérable et qu'il était allé jusqu'à en parler à son frère pour le mettre en garde. Bien sûr qu'elle l'était…

La profondeur de sa déception lui fit comprendre qu'elle avait effectivement laissé la bride un peu trop longue à ses rêveries d'adolescente. Une activité des plus ridicules pour une femme de trente ans.

Elle n'était pas amoureuse de Zachary Stone. Non. Ses seuls sentiments pour lui étaient… Eh bien… Elle se mordit les lèvres. Elle avait une envie folle de savoir ce qu'il pourrait lui faire au lit. Ou à n'importe quel autre endroit, pour peu que cela implique que leurs corps nus soient imbriqués.

Mais il y avait aussi… de l'amitié. Était-ce pathétique ou tendre ? Les hommes et les femmes pouvaient être amis, n'est-ce pas ? Sans compter que sa relation avec Zachary ne datait pas d'hier. Même si le long terme n'était visiblement pas dans ses cordes.

Ses sentiments n'étaient pas blessés. Vraiment, ils ne l'étaient pas.

Pour le prouver, elle ouvrit la porte de la cuisine avec sa hanche et se précipita pour s'annoncer aux frères Stone.

— Je suis prête, on peut y aller quand vous voulez.

À en juger par le regard que les deux hommes lui lancèrent, son ton avait été bien trop guilleret pour être honnête.

Zachary hocha la tête.

— Super alors.

Il jeta un coup d'œil à Quin.

— Tu veux bien t'occuper de ma valise ? Elle est dans ma chambre.

— Comment as-tu pu la monter là-haut ? s'étonna Quinten

Frannie s'esclaffa.

— C'était avant l'accident.

Son rire devait être communicatif, car cela rendit Zachary grincheux de voir Quin rire avec elle.

— Je prendrai aussi tes valises, dit Quin.

Lorsque le plus jeune frère Stone disparut, l'atmosphère dans la cuisine se tendit. Du moins, du côté de Frannie. Après tout, Zach n'avait aucune raison d'être nerveux. À part pour sa cheville blessée.

Il se mit à tapoter des doigts sur la table et, comme s'il avait pu lire dans ses pensées, il déclara :

— Il ne s'est rien passé hier soir. Tu n'as pas à te sentir bizarre.

Elle leva le menton.

— Je ne me sens pas bizarre. Je veux juste retourner dans ma chambre d'hôtel pour pouvoir me détendre.

— Qu'est-ce que ça veut dire ?

Son air renfrogné aurait été hilarant si elle n'avait pas été oppressée par la récente conversation qu'elle avait entendue.

Elle haussa les épaules.

— J'aurais dû refuser quand tu m'as invitée ici. Ma routine habituelle consiste à passer le week-end à élaborer mon plan d'attaque avant de commencer un nouveau travail le lundi. Je ne voudrais pas changer de stratégie avec Stone River Outdoors.

Le froncement de sourcils de Zachary se transforma en confusion.

— C'était du sarcasme ? Que se passe-t-il, Frannie ? Je ne t'ai jamais vue aussi nerveuse. On dirait que tu marches sur des charbons ardents.

Dans un éclair de lucidité, elle comprit que, pour remettre leur relation sur les rails, elle devait agir comme si leur folie du milieu de la nuit ne l'avait pas du tout affectée. Elle devait la remiser pour de bon dans sa mémoire. Et ne pas oublier que Zachary Stone n'était rien d'autre qu'un vieil ami.

Même si, au fond, elle aspirait à ce que Zach soit quelque chose qu'il n'était pas, elle devait faire face à la vérité. Ces retrouvailles ne signifiaient rien pour lui.

Elle devait imiter sa décontraction ou risquer d'en être blessée.

Allait-elle y parvenir ?

En attendant, elle savait qu'elle n'avait qu'une chose à faire pour mettre toutes les chances de son côté : se jeter à corps perdu dans le travail.

- 8 -

Zachary grimaça quand le médecin ajusta son pied sur la table glacée.

— Vous pensez que c'est cassé ? demanda-t-il.

Le médecin fit marche arrière vers le mur et lui ordonna :

— Ne bougez pas.

— Ne vous inquiétez pas, je ne vais partir nulle part.

Zachary avait pensé que la douleur s'était atténuée, mais les manipulations du praticien lui indiquaient que non.

Après un bourdonnement de l'appareil de radiologie, le médecin revint réinstaller son pied blessé une fois de plus.

— C'est presque fini.

Le médecin prit un ultime cliché et colla sa tête près de la paroi en plexiglas.

— Vous pouvez retourner à mon bureau. Au bout du couloir, deuxième porte à droite.

Zachary attrapa ses béquilles, se leva et sortit. Ses deux frères étaient assis dans la salle d'attente du médecin. Farrell avait décidé de venir en guise de soutien moral.

Les deux frères Stone sourirent lorsque Zachary ouvrit maladroitement la porte et entra.

— Je pense que ce type est un sadique, déclara Zach.

Quin écarta sa jambe du chemin avant que Zachary trébuche.

— Je me souviens de quelqu'un de très gentil et serviable, pourtant, commenta-t-il.

Farrell gloussa.

— C'est peut-être parce que tu avais tendance à venir le consulter pendant des heures normales de bureau.

— J'aurais pu attendre jusqu'à demain, grommela Zachary. Je n'ai demandé de faveur à personne.

Le médecin d'une quarantaine d'années passa alors la porte.

— J'ai téléchargé les images, dit-il d'un ton vif.

Il alluma une télévision grand écran accrochée au mur et se dirigea vers l'ordinateur installé sur son bureau.

— Regardez.

Même avec un QI largement supérieur à la moyenne, Zachary ne savait pas ce qu'il voyait. Quin avait plus d'expérience que ses frères avec ce genre de chose.

Le médecin sourit.

— La bonne nouvelle, c'est que je ne pense pas que quelque chose soit cassé.

Il désigna une zone sur l'image avec le bout de son stylo.

— Cela pourrait être une minuscule fracture de stress, mais ça pourrait tout aussi bien être une vieille blessure. Dans les deux cas, je veux que vous restiez tranquille une bonne semaine pour permettre à l'enflure de diminuer. Revenez me voir dans une semaine à partir de demain. Nous ferons alors un nouveau bilan.

— Mais je peux toujours utiliser les béquilles, non ?

— Non. Vous devez rester à l'horizontale. Avec le pied surélevé.

Zachary indiqua tacitement à ses frères qu'il avait besoin d'aide.

— Frannie commence à travailler demain. Il faut que je sois là pour l'aider si elle en a besoin.

En vérité, il avait surtout besoin de passer du temps avec elle. Voir comment les choses évoluaient après leur intrigant séjour dans sa maison de campagne. Durant tout le trajet du retour, elle avait été silencieuse et était rentrée à son hôtel comme une voleuse. Quand il l'avait appelée plus tard dans la journée pour lui proposer de dîner, elle avait refusé, prétextant qu'elle était épuisée et voulait se coucher tôt. Il avait bien senti qu'elle mentait.

Pourquoi ? Ne ressentait-elle pas l'attirance qui grésillait entre eux ? Ou peut-être qu'elle l'avait perçue mais ne voulait pas être une énième conquête ? Cette pensée piqua son orgueil et lui fit honte.

Frannie attendrait tout d'un homme… De lui. Et elle lui donnerait tout en retour.

Une sorte d'intimité que Zachary ne voulait ni ne comprenait.

Farrell pencha la tête, fronçant les sourcils.

— D'après ce que j'ai compris, Frances travaille seule. En plus, Quin et moi serons là. Elle n'a pas besoin d'un chaperon. Fais ce que dit le médecin.

Quarante-huit heures plus tard, Zachary aurait pu escalader les murs pour passer son ennui. Il n'avait jamais été du genre à regarder beaucoup la télévision. Il avait quelques films d'action préférés sur DVD, mais les voir ne lui faisait que davantage prendre conscience de son handicap actuel.

Ivy et Katie s'étaient relayées pour lui apporter à manger. Elles étaient bien plus sympathiques et chaleureuses que ses propres frères. Mais lorsque Zachary posa des questions sur Frannie, tout ce qu'il obtint, c'était l'assurance qu'elle avançait vite.

Il lui avait envoyé un texto le dimanche soir pour lui faire savoir que la cheville n'était pas cassée.

Sa réponse avait été courte à l'extrême.

Super.

Et après ça, rien.

Qu'avait-elle fait à part dormir ? Dans la matinée ? Tout l'après-midi ?

La curiosité le consumait. Il voulait tout savoir sur Frances Wickersham. La profondeur de ce manque le fit réfléchir. Pourquoi ? Pourquoi était-il si obsédé par elle ?

Quinten passa lui rendre visite à l'improviste. Zachary en fut heureux, cela brisait la monotonie de son assignation à résidence.

— J'ai apporté une bouteille de vin et du filet mignon, dit-il, en soulevant un sac qui sentait très bon. Je me suis dit que tu devais reprendre des forces.

Il porta une main à son front.

— Sauf si tu prends toujours des analgésiques. Pardon, Zachary, je n'y ai pas pensé.

— Seulement des trucs en vente libre. Et en ce moment, je me contenterais d'un contact humain. Je crois que je déteste cet appartement.

Quinten apporta la nourriture dans la cuisine, versa deux verres de vin et revint en riant.

— Tu as surenchéri sur trois autres acheteurs parce que tu voulais absolument avoir l'une des meilleures vues de la ville. Et maintenant tu n'en veux plus ?

— Il a trop de murs, déclara Zachary. J'ai besoin de grand air.

— On est en novembre. La météo est pourrie. Qui plus est, tu n'en as pas non plus pour une éternité.

— Sinon, comment ça va à SRO ?

— Tu veux dire comment va Frances Wickersham ?

— Aussi, oui.

Quinten se vautra dans le sofa gris anthracite.

— Pour autant que je sache, elle va bien. Farrell lui a

brièvement parlé cet après-midi. Stanley doit s'absenter ce soir. Farrell voulait dire à Frances qu'elle n'avait pas à venir au bureau, mais elle a dit qu'elle avait l'habitude de travailler seule. C'est vraiment une femme très indépendante.

Zachary secoua la tête, fronçant les sourcils.

— C'est ce qu'elle veut que tu penses. De mon point de vue, Frannie est comme un caneton nouveau-né, tout doux, mignon et sans la moindre idée de la dureté du monde.

— Sensationnel.

Quin le regarda fixement, finissant son vin.

— C'est peut-être ce que toi, tu veux croire.

— C'est Farrell qui souffre du complexe de Galaad, pas moi.

— Mais cela ne te dérangerait pas du tout si la charmante Frances Wickersham pensait que tu étais son héros, non ?

Quinten n'avait pas tort. Zachary voulait être le héros de Frannie. Sentir pour une fois qu'il avait le dessus sur elle. Mais il n'allait pas l'avouer à son petit frère.

— Tu es un fieffé abruti.

Quinten pouffa.

— Eh bien, sur cette bonne nouvelle, je m'en vais. Ma chère femme m'attend.

— Allez, insiste, je ne t'en voudrai pas.

— C'est vraiment une belle soupe à la grimace que tu t'es préparée, dis-moi. Bon, en tant que type qui gâchait encore sa vie par les deux bouts il y a peu, je te suggère de faire preuve de patience. C'est un art perdu chez les Stone mâles, mais je te jure que ça peut faire des merveilles.

Le jeudi soir vers 22 heures, Zachary avait atteint pour de bon ses limites. Après la douche et le rasage, il passa un jean et une chemise puis un pull-over. C'était toujours une tannée de mettre et de retirer son pantalon sans se faire mal au pied, mais il était motivé.

Une fois prêt, il commanda un VTC et dit au chauffeur où le déposer, puis il envoya un SMS à Stanley pour lui faire savoir qu'il serait bientôt là.

Le siège de Stone River était enveloppé d'obscurité à son arrivée. Zachary activa son badge pour entrer et monta dans l'ascenseur. Il parcourut tous les étages jusqu'à apercevoir un bureau allumé au cinquième. Il s'avança tranquillement dans le couloir et fit une pause devant la porte ouverte.

Frannie lui tournait le dos. Ses doigts survolaient les touches de l'ordinateur si vite que cela semblait impossible. Ce soir, elle avait lâché ses cheveux. La vue de la riche chute de boucles noir corbeau faisait picoter ses doigts. Il aurait tant voulu les toucher.

Elle portait l'un de ses pulls à col roulé en cachemire. Celui-ci était d'un blanc crème, ce qui contrastait avec ses cheveux et les rendait encore plus beaux.

— Ne crains rien, s'annonça-t-il dit. Ce n'est que moi.

Frannie se retourna si vite qu'elle faillit faire basculer sa chaise de bureau et tomber. Elle mit une main sur sa poitrine.

— Zachary Stone ! Tu m'as fait mourir de peur. Dire « ne crains rien » à quelqu'un, c'est la meilleure façon de lui ficher la trouille !

Elle baissa les yeux sur son pied.

— Que fais-tu ici ? Quin m'a dit que tu étais assigné à résidence avec ordre strict du médecin de rester couché, avec le pied surélevé.

— C'est ce que j'ai fait, grogna-t-il. Quatre jours

entiers. J'avais besoin d'une pause. Et en plus, je voulais voir comment tu vas.

Elle désigna son bureau parsemé de dossiers et de papiers.

— Là, je suis sur une employée tire-au-flanc comme pas deux, mais ça n'en fait pas une criminelle.

— Bon à savoir. Comment se déroule l'enquête ?

— Jusqu'ici, tout va bien. Je ferai le premier rapport quand j'aurai fini demain soir.

— En d'autres termes, laisse-moi tranquille.

Elle lui sourit.

— Je n'ai pas dit ça.

Mais c'était vrai qu'elle appréciait sa solitude. Un homme toujours par monts et par vaux comme Zach pouvait-il comprendre cela ?

— Tu m'as manqué.

Elle analysa sa déclaration laconique pour y trouver une signification cachée. Il était beau mais il avait aussi l'air fatigué. Son pull à col en V bleu marine sur une chemise à carreaux soulignait ses larges épaules. Chaque fois qu'elle était près de lui, elle ressentait cette étrange énergie. Comme s'il y avait un lien entre eux capable de produire de l'électricité.

— Cela ne fait que quatre jours. Sans doute un effet de l'ennui.

Ses yeux brillèrent.

— Oui. Je m'ennuie. Mais je parlais de toi, Frannie. Tu m'as manqué. J'ai apprécié le temps que nous avons passé ensemble ce week-end.

De quoi voulait-il parler ? De la randonnée ? Du baiser ? D'autre chose ?

Elle avait eu du temps pour réfléchir à ce qui s'était passé. Plein de temps. Voulait-elle être l'amie platonique de Zachary Stone ? Ou voulait-elle quelque chose de plus profond, de plus excitant ? Une aventure qui risquait - une fois terminée - de signifier la mort de leur amitié récemment ressuscitée ?

La question était intrigante, mais manquait d'une réponse claire.

— Tu m'as manqué aussi, dit-elle, essayant de ne pas lui laisser voir à quel point elle était affectée par sa simple présence dans ce minuscule bureau.

Après un long silence, il s'approcha.

— Tu peux me montrer ce que tu fais ? demanda-t-il.

Elle acquiesça.

— Pour cela, tu dois t'asseoir.

Elle récupéra une petite chaise et la plaça à sa gauche.

En quatre jours, Zachary était devenu plus habile avec les béquilles. Il s'assit sur la chaise, posa les béquilles de côté et hocha la tête.

— L'état de ma cheville s'améliore chaque jour.

— Espérons que cette incursion inopinée dans la vie de tes employés ne va pas te dégoûter.

— Tu ne vas pas me dénoncer, Bestiole, n'est-ce pas ?

Il était si proche que son après-rasage l'enivrait. Ou quelque chose comme ça. Une petite entaille sur sa mâchoire sculptée lui fit comprendre qu'il s'était rasé très récemment. Pour elle ?

— Pas si tu restes tranquille.

Elle se mordit la lèvre et resta le plus immobile possible, essayant de ne pas le toucher. L'espace de travail n'était pas large. Se concentrant sur ce qu'elle faisait de mieux, elle sépara son écran en plusieurs clics.

— Là, en général, j'obtiens le gros lot. Je peux voir chaque site web visité par un utilisateur. Souvent, s'il y a quelque chose de suspect, je suis un fil conducteur et je peux même accéder aux comptes personnels d'un employé s'il les a consultés au bureau. Bien sûr, en général, c'est quelque chose qui exige le mandat d'un juge.

— Tu es sérieuse ?

— Cela dépend du règlement d'une entreprise. Chez SRO, vous exigez que vos employés n'aient absolument aucune utilisation personnelle de leur ordinateur de travail. Ce n'est pas un problème si quelqu'un vérifie ses e-mails sur son téléphone pendant une pause. Mais sur ce poste de travail, il ne devrait y avoir rien d'autre que des activités liées à SRO.

Il se pencha plus près.

— Et ?

— Celui-ci, ça va, jusque-là. Mais le gars du 207 a du porno sur le sien. Non seulement il s'agit d'un usage personnel, mais je crains que quiconque regarde du porno au bureau ne soit pas digne d'y travailler.

— Je suis d'accord, dit-il en secouant la tête.

— Tout cela figurera dans mon rapport de la première semaine.

Il lui toucha la main. Fugacement. Juste pour attirer son attention.

— Je suis tellement impressionné, Frannie. Tu es incroyable.

Ses éloges la mettaient mal à l'aise.

— Oh ! c'est de la routine pour les gens comme moi.

— Peut-être. Mais je doute que tous les informaticiens soient aussi zélés que toi. Tu as toujours adoré résoudre des énigmes.

Le cœur de Frannie battit plus fort dans sa poitrine. La réponse à sa question se trouvait devant elle. Zach était intéressé. Clairement intéressé.

Mais si elle hésitait beaucoup plus longtemps, elle ne

pourrait pas profiter de la compagnie de Zachary pendant la durée de son séjour.

Elle avait eu quatre jours pour y réfléchir. Rien d'impulsif dans cette décision. Et si elle faisait le mauvais choix ?

— Zach ?

— Hum ?

Ils étaient si proches qu'elle pouvait sentir son souffle sur sa joue quand il parlait. Elle retourna sa main pour pouvoir lier ses doigts aux siens.

— Tu ne voudrais pas me rejoindre à mon hôtel quand j'aurai fini ?

Il se figea. Chaque muscle de son corps sembla s'être arrêté. Mais ses yeux brillaient de chaleur.

Il déglutit bruyamment.

— Euh, ce soir, ce n'est pas un peu tard ?

Sa témérité commença à s'estomper.

Avait-elle tort ? Il l'avait draguée, pas l'inverse. Avait-elle mal interprété la situation ?

Elle lâcha sa main et fit rouler sa chaise de quelques centimètres vers la droite.

— Tant pis, murmura-t-elle, mortifiée.

Elle n'était décidément pas dans son élément lorsqu'il s'agissait de commencer des relations intimes. Et pour cause. Elle n'en avait jamais saisi les codes.

— En plus, je suis bête, dit-elle, tu devrais rentrer chez toi et surélever ton pied. Sans compter que je n'ai pas encore fini. J'en ai encore probablement encore pour une bonne heure…

Elle savait à peine ce qu'elle disait.

S'il te plaît, mon Dieu, fais-le partir.

Elle se sentait tellement humiliée.

Zachary, qui semblait avoir été dans un coma momentané, se leva d'un bond, trébuchant en attrapant ses béquilles.

Puis il se rassit, abandonnant les béquilles à la dernière minute. Il se pencha en avant et glissa une main sous ses cheveux, prenant son visage en coupe.

— Frannie. Tu m'as pris par surprise.

Ses beaux yeux chocolat étaient en feu.

— La réponse est oui. J'aimerais beaucoup ça.

Elle plissa le nez.

— Tu es sûr que tu es un play-boy international ? Sans vouloir t'offenser, tu m'as l'air tout penaud.

Son sourire s'atténua alors qu'il lui caressait la joue du pouce.

— Je sais bien, Frannie. Je sais bien. Mais c'est l'effet que tu me fais. Je ne sais pas comment me comporter avec toi. Une partie de moi veut être cet adolescent qui a passé des heures chaque semaine avec toi, et une autre veut poursuivre cette… attraction. Tu es une femme terriblement fascinante.

Frannie avait suivi des tonnes de cours de science. Mais rien ne pouvait expliquer la façon dont son corps semblait trembler, fondre et être aspiré par le sol en même temps. Elle avait envie de Zach. Désespérément. Envie de le sentir, peau contre peau. Savoir ce qu'elle ressentirait lorsqu'il la pénétrerait et la prendrait sauvagement.

Son cœur battait si fort qu'elle était à bout de souffle.

— Je ne suis pas non plus très claire avec moi-même, avoua-t-elle. Cela ne veut pas dire que nous ne pouvons pas nous amuser.

Il fronça les sourcils.

— Nous amuser ?

— Parce que tu penses qu'on ne va pas s'amuser ?

Le regard de Zach était si torride qu'elle eut l'impression d'être carbonisée sur place.

— Ma chérie, avec moi, je peux t'assurer que l'amusement ne sera pas un vain mot.

Le bas-ventre de Frannie devint aussi chaud et humide qu'une forêt tropicale.

— Je devrais peut-être finir ce que j'ai à faire pendant que tu passes chez toi pour récupérer une brosse à dents.

Il se pencha en avant et l'embrassa.

Un baiser dur. Avide.

— Je m'en fous, de ma brosse à dents, pas question que je sorte de cette pièce sans toi.

— Mais je…

Il l'embrassa à nouveau. Un baiser plus long, plus doux, plus affirmé aussi.

— Ne recule pas maintenant, Frannie. Les choses commencent à devenir intéressantes. De plus, il est minuit moins le quart. Ton travail est terminé.

Ils quittèrent le bâtiment ensemble. La soirée était venteuse, froide et sèche. Elle glissa le menton dans son manteau et regretta de ne pas avoir pensé à prendre des gants. Zachary avait appelé une voiture pendant qu'ils descendaient en ascenseur. Le chauffeur était dans la zone et se présenta moins de cinq minutes plus tard.

Ils entrèrent dans le véhicule. Zach donna ses instructions à l'homme derrière le volant. Frannie était prête à se blottir dans son coin de la banquette arrière, mais son compagnon avait d'autres idées. Il enroula un bras autour d'elle et l'attira contre son épaule.

Comment était-il possible de se sentir autant en sécurité tout en étant si incroyablement excitée ? Tel était l'effet que produisait Zach. Un Zach beau à tomber, compliqué, macho. Elle avait déjà eu des relations physiques auparavant. Mais jamais elle n'avait ressenti un mélange aussi turbulent d'excitation et d'incertitude.

Le célibat était sans risques. Chaque fois qu'elle laissait les gens s'approcher d'elle, elle finissait par être blessée. Son instinct lui disait que Zach avait le pouvoir de la blesser plus que personne d'autre. Elle voulait tellement se rapprocher de lui émotionnellement et lui laisser voir la vraie Frannie. Mais cela signifiait abattre les murs autour de son cœur. Baisser son armure.

Le jeu en valait-il la chandelle ?

À l'hôtel, ils se retrouvèrent seuls dans le hall. La petite boutique de cadeaux était fermée. Zach eut quelques mots avec le concierge. L'homme disparut un instant et revint avec un petit sac en papier. Puis Frannie monta dans l'ascenseur, suivie de Zach. Et les choses se passèrent lentement et beaucoup trop vite à la fois.

Elle essaya de faire une blague, même si sa gorge était aussi sèche que le Sahara.

— Alors, tu as trouvé une brosse à dents finalement ?

Il sourit, ressemblant un bref instant au garçon pour qui elle se pâmait au lycée.

— Des préservatifs, Frannie. Et oui, une brosse à dents.

— Oh.

Elle savait qu'elle rougissait. Elle pouvait sentir la chaleur monter, depuis le cou jusqu'à la racine des cheveux. Zachary devait penser qu'elle était la femme la plus niaise qu'il ait jamais connue. Ce qui n'était pas vrai. Frannie avait parcouru le monde en long et en large. Elle pouvait commander un repas en quatre langues. Il était rare que quoi que ce soit l'intimide.

Mais là, c'était différent. C'était Zach.

Quand ils atteignirent son étage et avancèrent dans le couloir recouvert d'une épaisse moquette, elle fouilla dans son sac pour y trouver sa carte-clé, puis ouvrit la porte de sa chambre. Elle comportait un lit king-size et toutes les commodités habituelles.

— Fais comme chez toi, dit-elle.

Avant que Zachary puisse faire plus que hocher la tête, elle attrapa quelque chose dans sa valise et s'enferma dans la salle de bains. Le pantalon de pyjama en flanelle ne serait pas le meilleur choix pour ce soir. Heureusement, elle avait apporté sa robe préférée. C'était de la soie noire brodée de minuscules dragons rouges. Elle l'avait achetée à Chinatown lors d'une mission qui l'avait emmenée à San Francisco.

Comme elle s'était douchée avant d'aller travailler, elle n'avait qu'à se rafraîchir rapidement et se parer d'une petite touche de son parfum préféré. Quand elle se regarda dans le miroir, elle aima ce qu'elle y vit. La robe noire était sensuelle et flatteuse. Mais ses yeux étaient remplis de méfiance. Elle savait qu'elle avait atteint le point de non-retour.

Lorsqu'elle sortit de la salle de bains, elle trouva Zach allongé dans son lit. Il s'était mis sous les draps, mais il semblait nu. Seule la lampe de chevet brillait à côté de lui.

Son sourire était aussi sensuel qu'une caresse.

Elle joua nerveusement avec le nœud de sa ceinture.

— À ce que je vois, tu es prêt.

Zach hocha lentement la tête.

— Si tu l'es.

Il lui ouvrit alors ses bras.

— Viens ici, Frannie. Laisse-moi te réchauffer.

- 9 -

Frannie se délectait de tout ce bonheur. Un lit confortable. Un amant inventif. La promesse d'une longue nuit à venir. Qu'est-ce qu'une femme pouvait demander de plus ?

Des années auparavant, quand elle avait dix, peut-être onze ans, ses austères et sérieux parents avaient eu un coup de folie et accepté d'emmener leur fille unique à la fête foraine.

Frannie se souvenait encore des images, des sons et des odeurs. Surtout, elle se souvenait d'être montée dans une douzaine de manèges, d'avoir mangé de la barbe à papa et de s'être sentie comme au milieu du plus bel endroit de la terre. Impossible de concevoir que, quelques jours plus tard, tout aurait disparu et qu'ils s'installeraient dans une autre ville. Tout aussi provisoirement.

Dans la voiture, sur le chemin du retour, elle s'était assoupie sur le siège arrière, comprenant peut-être pour la première fois de sa vie que certaines expériences étaient magiques justement parce qu'elles étaient rares.

Maintenant, près de deux décennies plus tard, elle était dans une chambre d'hôtel banale mais avait l'impression d'être montée une nouvelle fois au sommet de la grande roue. Rien ne pouvait lui ôter ce sentiment. La magie de l'éphémère.

Zachary s'agita et lui caressa la joue de sa mâchoire qui commençait à picoter.

— C'était incroyable, Bestiole. Tu m'as détruit.

Frannie n'avait pas eu la tête à compter. D'ailleurs, elle se souvenait à peine de ce qui venait de lui arriver depuis deux heures, mais la boîte de préservatifs était désormais largement entamée.

— Nous devrions probablement dormir, dit-elle. Et ta cheville ? Il faut la surélever. Farrell m'a dit que tu retournais chez le médecin lundi. Je ne voudrais pas qu'il t'impose une nouvelle semaine d'immobilisation.

Zachary bâilla et la rapprocha de lui.

— Mon pied va bien. Arrête de t'inquiéter. Dors, Frannie. Détends-toi. Tout va bien, tout est parfait.

Ses mots eurent l'effet escompté. Avoir un homme dans son lit était une nouveauté. Elle aurait pu craindre une insomnie, passée à se ronger les sangs sur la frontière qu'ils venaient de franchir. Mais non, la nuit fut parfaite à tous les points de vue.

Lorsqu'elle se réveilla, elle se sentit rajeunie, bien qu'un peu endolorie par endroits. Ils avaient encore fait l'amour au petit matin. Une première fois de manière lente, somnolente et paresseuse. Une deuxième fois comme la toute première. Affamée, sauvage, à se perdre dans l'amnésie.

Une fois la matinée bien avancée, Frannie se glissa doucement hors du lit et attrapa des sous-vêtements propres dans son sac. Dans la salle de bains, elle enveloppa ses cheveux dans une serviette pour les garder au sec et prit une douche rapide. Elle s'habilla ensuite avec les mêmes vêtements qu'elle avait portés la veille et retourna dans la chambre. Elle y trouva Zach, assis sur le lit, passant ses mains dans ses cheveux.

Il la regarda sans sourire.

— Tu as trop de vêtements, grommela-t-il.

Elle savait qu'elle devait tenir bon. Sinon, il la persuaderait de passer la journée au lit. Aussi délicieux que cela puisse paraître, elle avait peur de se livrer. Sa détermination était fragile. Elle pouvait gérer un peu de plaisir et d'amusement avec Zach. Mais elle devait se souvenir de la promesse qu'elle s'était faite en revenant du Maine. Elle ne pouvait pas tomber amoureuse de Zachary Stone.

— Tu dois rentrer chez toi, dit-elle fermement. Et moi, je dois travailler sur mon rapport.

— Tu as dit que tu serais au siège de SRO du lundi au vendredi soir. Tu n'es pas encore prête à rédiger ton rapport, si ?

— Je le rédige petit à petit tous les jours, dès que j'ai des informations fraîches.

— Tu peux très bien travailler de chez moi, alors. Viens vivre avec moi, Frannie. Pendant que tu es à Portland. Ça va être génial.

Pendant que tu es à Portland.

Six petits mots qui faisaient toute la différence entre fantasme et réalité. Elle s'était engouffrée de son plein gré dans ces eaux troubles.

Prenant une profonde respiration pour convoquer tout son courage et ses maigres talents d'actrice, elle s'assit sur le matelas et se pencha pour l'embrasser du bout des lèvres.

— Hier soir, c'était super, Zach. Mais je ne suis pas en vacances. Je suis ici pour travailler. Et si je nous prenais du café en bas ? Et peut-être des viennoiseries ? Je reviens dans quinze minutes.

— Traduction, bouge tes fesses et prépare-toi à débarrasser le plancher.

— Quelque chose comme ça.

— Tu es une femme sans cœur.

— Pas du tout. Mais je prends mon travail très au

sérieux, c'est tout. Et je ne peux pas travailler si tu es dans mes pattes. Ou plutôt dans mes jambes.

— Tu as peur de succomber à la tentation ?

Son sourire arrogant l'amusait.

— Oui, Zach. Tu es très tentant.

Sans un mot de plus, elle attrapa son sac et se dirigea vers le hall. Du peu qu'elle se souvenait de la nuit dernière, elle savait que celle-ci avait été une révélation. Elle ne voulait pas n'être qu'une passade dans la vie de Zachary Stone.

Personne ne la connaissait mieux que lui et personne ne le connaissait mieux qu'elle. Ils étaient les deux moitiés d'un tout. Se reconnecter à lui avait été un ravissement.

Le seul problème, et pas un petit, était le sexe. Pour beaucoup d'hommes, le sexe sans attaches n'était pas un souci. Pour certaines femmes aussi. Mais pas pour Frannie.

Si elle voulait rester dans la vie de Zach comme sa meilleure amie, elle devait se libérer de son attirance physique. Comment ? En l'épuisant. Au bout d'un moment, l'attrait de la nouveauté allait forcément perdre de son lustre. Sur le papier, sa théorie était parfaite. Restait encore à la mettre en application…

Arrivée au bar de l'hôtel, elle commanda du café et des croissants et remonta avec ses victuailles dans l'ascenseur, obnubilée par son projet d'anéantissement du versant sensuel de son histoire avec Zach, au profit d'une amitié à nulle autre pareille.

Comme s'il voulait lui prêter main-forte, Zachary s'était enfin habillé et semblait prêt à vaquer à ses occupations. D'une manière ou d'une autre, malgré ses béquilles, il avait réussi à installer deux chaises et une table devant la fenêtre pour en faire un réjouissant coin petit déjeuner.

— Je suis de retour, dit-elle, grimaçant intérieurement à la note trop joyeuse de sa voix.

Zachary sourit.

— Ça sent super bon.

Ils mangèrent en silence. Le café était chaud et fort, les viennoiseries fraîches et réconfortantes. Le moment était idéal pour poser une question qui l'obsédait depuis qu'elle savait que SRO l'avait embauchée et qu'elle allait revoir Zach.

— Je peux te poser une question indiscrète ? demanda-t-elle.

Il leva vers elle sa tasse de café.

— Ne te gêne pas.

— Je sais que la mort de ton père t'a obligé à jouer un rôle actif à Stone River Outdoors en tant que directeur financier.

— Oui.

— Mais j'ai l'impression que ton travail est plus une responsabilité qu'un défi. Que fais-tu pour exercer ton cerveau, utiliser tous ses capacités ?

Il se renfrogna.

— Pourquoi tu dois toujours faire ça, Frannie ?

— Faire quoi ?

— Même quand nous étions gosses, tu me disais toujours qu'il fallait que je me pousse à fond pour atteindre mon potentiel. Je suis qui je suis. Tout le monde n'est pas aussi intelligent que Frances Wickersham.

Et comme lorsqu'ils étaient gosses, sa tête de lard n'avait pas sa pareille pour la crisper.

— Arrête, Zach. Tu es tout aussi intelligent que moi. Ce que je veux dire, c'est que c'est du gâchis d'avoir un cerveau comme le tien et de ne rien en faire. Certaines personnes te diraient même que c'est un péché. Tu es brillant. Tu joues les play-boys parce que tu es effectivement très beau et séduisant, mais je sais qu'il n'y a pas que ça chez Zachary Stone.

Plus elle déroulait son discours passionné, plus elle voyait Zach se raidir. Lorsqu'elle reprit sa respiration, il lui lança :

— Ça doit être agréable de vivre dans un monde où tu as toutes les réponses, dit-il avec fureur.

Il se leva brusquement, saisit ses béquilles et laissa son café et son croissant entamés sur la table.

— Je te laisse à ton rapport, madame Wickersham. Peut-être qu'avant de nous revoir, il faudrait qu'on se mette d'accord sur un point. Je te laisse ton analyse des ordinateurs et tu me laisses gérer ma vie.

Lorsque la porte claqua derrière lui, Frannie grimaça. Sans le vouloir, elle avait peut-être épuisé leur désir charnel plus vite qu'elle ne l'escomptait. Mais avait-elle aussi tué par là même leur amitié renaissante ?

Peut-être qu'elle n'était pas si intelligente que cela, après tout.

Le samedi après-midi, Frannie avait envoyé son premier rapport par courrier électronique aux frères Stone. Deux d'entre eux avaient répondu. Le troisième, pas du tout.

Le silence de Zachary la rendait triste et nerveuse - et oui, en colère aussi. Elle voulait qu'il soit quelque chose qu'il n'était pas, apparemment.

La semaine suivante se terminait sur Thanksgiving. Une courte semaine. Elle n'avait dit à personne qu'elle prévoyait de travailler pendant les jours fériés. C'était son affaire.

Le samedi soir, elle alla voir un film. Le dimanche, elle prit un brunch dans un restaurant à la mode près de l'hôtel. Passer du temps seule ne l'avait jamais dérangée auparavant. Mais maintenant, chaque fois que son esprit n'était pas occupé, elle pensait à Zachary lui ouvrant les draps de son lit encore et encore. Et à ce qui avait suivi.

Il était facile de confondre une connexion physique avec une intimité émotionnelle. Ce qui avait été cataclysmal pour Frannie, aux yeux de Zach, n'avait été qu'un point supplémentaire dans sa liste de conquêtes. Si elle arrivait à concevoir cette vérité de manière abstraite, son cœur avait toujours du mal à se mettre à la page. Zach avait-il réellement ignoré la magie qui s'était exprimée entre eux ? Qu'importe qu'elle soit aussi éphémère que celle d'une fête foraine !

Elle ne le saurait jamais avec certitude, car elle avait délibérément rompu tous les liens qui commençaient à se former entre eux.

Le lundi soir, elle était de retour au travail. Avec Stanley, l'agent de sécurité, elle avait noué une amitié superficielle. Le monsieur n'était pas un grand orateur, mais ils échangeaient quelques mots ici et là. Des banalités, la plupart du temps, mais elles lui faisaient chaud au cœur. Stanley était un vrai gentil. Et à vrai dire, c'était réconfortant de savoir que quelqu'un d'autre était dans le bâtiment.

Le mercredi soir, elle était tombée sur une piste inquiétante. Elle ne voulait pas en tirer de conclusions trop hâtives, mais les faits étaient là. Des données qu'elle allait vérifier plutôt deux fois qu'une avant de les révéler à la famille Stone. Les accusations étaient trop graves pour être portées sans fondement.

Après avoir éteint l'ordinateur du dernier employé sur sa liste à minuit, le jour de Thanksgiving, elle sortit discrètement du bâtiment. Elle ne voulait pas croiser

Stanley et qu'il lui pose des questions sur ses projets pour le week-end prolongé.

Une fois arrivée dans la rue, elle trouva la nuit silencieuse et humide. Juste quelques gouttes pour faire friser ses cheveux. Pas grave, elle n'avait rendez-vous avec personne. Au lieu d'appeler un taxi, elle se décida à marcher. Après de longues heures à rester assise, un peu d'exercice n'allait vraiment pas lui faire de mal.

Elle remonta la capuche de son imperméable, enfouit son téléphone dans une poche intérieure et partit. Les rues vides avaient un air de fête qui se prépare à bas bruit dans le confort et la chaleur des foyers. Noël était dans les starting-blocks.

Depuis longtemps, elle avait compris que sa famille n'avait rien de normal, ne serait-ce que par la taille. Ses deux parents venaient de petites familles. De chaque côté, ses grands-parents étaient décédés depuis longtemps. Chez elle, les repas de Thanksgiving n'avaient jamais rien eu d'exceptionnel.

Et même Noël, d'ailleurs. Ce qui ne posait aucun problème à Frannie, surtout depuis qu'elle était adulte et indépendante.

Elle aimait vivre sa petite vie. Le monde était plein de divertissements. Des livres. Des films. Internet. Elle n'avait jamais compris les gens qui se plaignaient de l'ennui. Comment une personne pouvait-elle s'ennuyer alors qu'il y avait toujours quelque chose à apprendre ?

Pour autant, il y avait de rares jours où sa solitude lui pesait. Oh ! rien de vraiment très lourd non plus. Juste une petite sensation de vide dans la poitrine. L'envie, parfois, que quelqu'un l'attende quelque part…

Quand l'hôtel fut en vue, elle poussa un grand soupir de soulagement. Elle était glacée jusqu'aux os. Soit la température avait baissé, soit elle ne savait vraiment pas comment s'habiller pour le climat de Portland.

La tête baissée, face au vent, elle passa le dernier virage avant sa destination. Puis, soudain, elle entra en collision avec quelque chose de dur et d'inflexible. Un homme, grand et fort comme un arbre. Un homme qu'elle connaissait bien. Quand elle leva les yeux vers lui, elle trouva ses traits fermés, ses lèvres pressées en une mince ligne.

Malgré son langage corporel, son cœur bondit de joie. Elle était tellement contente de le voir.

— Zach, dit-elle, à bout de souffle. Que fais-tu ici ?

Il la prit par le poignet.

— Viens, mets-toi à l'abri, il gèle. Je t'attendais. Tu aurais dû appeler une voiture. C'est une folie de marcher par ce temps.

À l'intérieur de l'hôtel, il l'attira dans un coin du hall à l'abri des regards et des oreilles indiscrètes.

— Assieds-toi, Frannie.

Elle n'aimait pas le ton autoritaire de sa voix, mais elle était fatiguée, alors elle s'assit. Après avoir enlevé son imperméable, elle se lissa les cheveux avec les deux mains. Elle ne voulait pas imaginer à quoi elle ressemblait. Ses cheveux et l'humidité ne faisaient pas bon ménage.

— Je ne comprends pas, Zach. Pourquoi m'attendais-tu ?

Il avait l'air un peu coupable en s'installant sur le siège à côté du sien.

— Stanley a dit qu'il t'avait vue quitter le bâtiment à minuit. J'avais supposé que tu serais partie ce matin pour retrouver ta famille ce week-end. Que se passe-t-il, Frannie ?

Ses sourcils se levèrent.

— Tu m'espionnes ?

— J'ai simplement demandé à Stanley de garder un œil sur toi. Je ne m'en excuserai pas. Une femme seule dans une grande ville étrangère… Des choses peuvent arriver.

Elle soupira.

— Comme tu peux le voir, je vais très bien.

— C'est Thanksgiving demain.

— Et alors ?

Il la regardait comme si elle s'était occupée personnellement de tuer tout un élevage de dindes.

Elle n'avait pas besoin de se justifier. Et surtout pas auprès de lui.

— Je pensais que tu passerais les vacances avec ta famille.

— Il n'y en a pas.

Elle se ravisa.

— Bon, ce n'est pas techniquement vrai, mais nous ne sommes pas proches.

Elle haussa les épaules.

— Mes parents n'aiment pas beaucoup les fêtes. Demain sera une journée normale, l'un des deux la passera à l'hôpital. Ou même les deux, d'ailleurs. Depuis que je suis adulte, ils ne s'empêchent plus de prendre des gardes au même moment. Qui plus est, notre relation est ce que tu pourrais qualifier de tendue, donc je préfère rester ici et continuer à travailler.

— Je n'aime pas ça.

Son expression paternaliste était grotesque.

— Qu'est-ce que tu veux que cela me fasse, Zach ? Je suis une femme adulte. Et si j'apprécie que tu t'inquiètes pour moi, tu n'as pas à le faire. J'ai suivi plusieurs cours d'autodéfense depuis le lycée. Je peux m'occuper de moi.

Il tendit la main et saisit la sienne.

— En fait, je suis désolé qu'on se soit disputés. Tu as le droit de penser ce que tu penses.

Elle plissa le nez, entremêla leurs doigts, immédiatement submergée par la chaleur du désir.

— Moi aussi, confia-t-elle. Mais j'aurais dû garder mes pensées pour moi. Je suis désolée.

— On fait la paix ? demanda-t-il avec un sourire qui la retourna comme une crêpe.

— On fait la paix.

Il caressa du pouce l'intérieur de son poignet.

— Monte dans ta chambre et prépare ton sac. Passe la nuit avec moi, s'il te plaît. Je t'emmènerai au déjeuner de Thanksgiving demain. Quin et Katie viennent d'emménager dans leur nouvelle maison. Ça va être amusant.

— Ou tu pourrais venir me chercher demain matin.

Elle en était de nouveau là. À essayer de croire qu'elle allait pouvoir résister à la tentation.

Le regard de Zach était rempli de détermination et d'une autre émotion qu'elle ne pouvait pas nommer.

— Ne m'oblige pas à mendier, Bestiole. Je te veux dans mon lit ce soir.

Son ventre partit en une longue chute libre jusqu'au rez-de-chaussée. Mais elle n'était pas lâche.

— J'aimerais bien aussi. Tu veux monter avec moi et attendre que je me prépare ?

Il rougit, les yeux fiévreux.

— Vaut mieux pas. Nous pourrions ne jamais partir. J'ai passé les cinq dernières nuits seul dans mon lit, Frannie. Je n'en peux plus. Tu as beaucoup de chance que je ne sois pas exhibitionniste, sinon je te prendrais maintenant, tout de suite, sur cette chaise.

L'image se matérialisa immédiatement dans son esprit.

Et dans le creux de ses reins.

— Oui, tu as sans doute raison, mieux vaut que je monte seule.

— Bonne idée.

Trente minutes plus tard, Zach l'aidait à monter dans sa voiture. Elle lui lança un coup d'œil latéral, remarquant à quel point il avait regagné en mobilité.

— Je suppose que le médecin t'a autorisé à conduire ?

— Tout à fait.

Zachary regarda à gauche et à droite avant de sortir du parking, mais il n'y avait pas de circulation à 1 heure du matin.

— On n'est pas obligés de faire quoi que ce soit ce soir si tu es fatiguée, dit-il.

Il essayait manifestement d'être un gentleman.

Elle posa une main sur sa cuisse.

— Je ne suis pas *du tout* fatiguée.

La voiture eut un soubresaut.

— Ne sois pas idiote, Bestiole. J'ai deux tonnes de métal hurlant sous mes mains. Garde cette pensée pour plus tard.

Elle était curieuse de voir son appartement. Après avoir eu un aperçu de sa résidence secondaire surplombant l'Atlantique, elle se demandait quel genre de nid il s'était construit à Portland. Comme elle l'avait remarqué au siège de SRO, l'espace personnel de quelqu'un en disait beaucoup.

Zachary gara sa voiture sur une place numérotée à l'intérieur d'un parking privé. Lorsqu'ils sortirent, elle attira son attention sur le ciel.

— La pluie a cessé. Est-ce qu'on peut marcher un peu ? J'ai l'impression de déborder d'énergie en ce moment. C'est l'inconvénient de travailler la nuit. J'ai toujours besoin de temps pour me détendre.

— Pour la détente, j'ai une idée, si tu veux, dit-il d'une voix traînante.

— On va y arriver, je le promets. Mais j'ai besoin d'un peu d'exercice.

Elle lui avait involontairement lancé une autre perche pour un commentaire suggestif, mais il ne l'attrapa pas.

— Tout ce que tu veux.

Lorsqu'il prit sa main dans la sienne, Frannie dut se faire une leçon sévère dans sa tête.

Ce n'était pas un conte de fées.

Zachary n'était pas un prince charmant.

Mais il était difficile de ne pas se laisser aller à la fantaisie, malgré la réalité de la vie. Il n'y avait pas de lune. L'homme à côté d'elle voulait faire l'amour, mais il ne voulait pas de l'amour. Et il voulait encore moins se laisser apprivoiser. Mais une fille avait le droit de rêver, non ? S'imaginer vivre dans le bonheur pour toujours n'était pas un crime.

Jusqu'où allaient-ils marcher ? Frannie n'en avait pas la moindre idée. Elle était grande, donc Zach n'avait pas du tout à modifier sa foulée pour elle.

Elle était si heureuse, presque étourdie. Était-elle en train de tomber amoureuse de Zachary Stone ? Cela en avait tout l'air.

Et comment pouvait-il en être autrement ? Il avait été son premier coup de cœur, sa première expérience romantique. Au cours des années, elle avait passé du temps avec d'autres hommes, mais elle savait qu'elle ne les avait pas jugés à leur juste valeur. Ils n'étaient tout simplement pas Zach.

Tous les deux avaient tant en commun : une histoire, des centres d'intérêt, une façon de voir le monde. Mais contrairement à l'adolescent de ses souvenirs, Zachary était un homme maintenant. Fort, sexy, le yang de son yin. Ou peut-être l'inverse. Sa philosophie chinoise était rouillée.

Sans avertissement, le ciel s'ouvrit. La pluie tomba comme si quelqu'un avait essoré un nuage. Frannie glapit et se blottit contre Zachary.

Il la tira dans l'entrée d'un immeuble et passa son manteau autour d'eux deux.

— Peut-être qu'on aurait dû vérifier la météo, Bestiole.

La lumière d'un lampadaire voisin illumina les rideaux de pluie qui se déversaient près d'eux. Frannie trembla en riant alors qu'ils se pressaient sous le minuscule auvent. La seule chose qui les sauvait était le fait que le vent venait de derrière le bâtiment.

— Tu vas regretter de m'avoir ramenée avec toi, dit-elle.

Zach mit son manteau au-dessus de leur tête et, de sa main libre, lui prit le menton et le releva.

— Jamais, Frannie, dit-il.

Il l'embrassa profondément, avec une urgence impossible à ne pas déceler. Ils étaient séparés depuis cinq jours, et cela semblait une éternité.

— Tu m'as manqué, dit-il.

— Pareil de mon côté.

Elle se pencha vers lui, gémissant sans essayer de se contenir. C'était bon, tellement bon. Comme plonger d'une falaise et s'enfoncer dans une mer chaude.

Un émerveillement absurde.

Désespoir et rire. Désir et satisfaction.

Une fin à ses doutes, un début. Peut-être le yin et le yang, après tout. Elle se hissa sur la pointe des pieds, essayant de se rapprocher, de sentir tout de lui.

— Trop de vêtements, marmonna-t-il en passant une

main sous plusieurs couches pour trouver son dos nu. Ah, c'est mieux.

La main de Zach était glacée, mais elle choisit de ne pas le signaler. Ses doigts sur sa peau, le long de sa colonne vertébrale, créaient une chaleur particulière.

— Et si on n'attendait pas d'être chez toi ? demanda-t-elle entre deux baisers.

Une voiture de police passa au ralenti, puis les officiers décidèrent vraisemblablement que Zach et Frannie n'étaient pas une menace pour la société et quittèrent la rue.

Zachary gloussa.

— C'est toi le boss. Je ferai ce que tu veux.

— Attends, je mets en balance l'inconvénient majeur d'être trempée et le confort de ton lit…

— Oh ! il est confortable, dit sobrement Zach, ses yeux pleins de désir. Très confortable.

Mère Nature dut avoir pitié d'eux. La pluie ralentit pour devenir une bruine régulière.

— Je suis prête, déclara Frannie. Faisons cela.

Ils déguerpirent à un rythme un peu moins rapide qu'un jogging. La distance de retour à la voiture sembla s'être multipliée. Même si la pluie avait diminué d'intensité, ils furent tous les deux trempés quand Zachary récupéra son sac dans le coffre et la conduisit à l'intérieur de son immeuble. Ils se frayèrent rapidement un chemin dans le hall et vers l'ascenseur.

Frannie gémit intérieurement lorsqu'elle vit son reflet dans le miroir de la cabine. Elle ressemblait au proverbial chien mouillé.

— Arrête ça, dit Zach.

— Arrête quoi ?

Il la regarda avec un regard chaud, sexy et déterminé.

— Je me fiche que tu sois trempée. Tu es belle, Frannie. De la tête aux pieds.

Elle ne savait pas quoi répondre. Recevoir des compliments n'avait jamais été son point fort. Elle ne doutait pas de sa sincérité, mais ce fut un soulagement lorsque l'ascenseur sonna, signalant leur arrivée à destination. L'appartement de Zach occupait la moitié du dernier étage de l'immeuble. En plein jour, la vue était à n'en pas douter phénoménale.

Pour le moment, ce n'était pas ce qui les intéressait. Les rideaux étaient tirés sur la nuit froide et morne de novembre. Lorsque Zach commença à allumer des lampes, Frannie fut émerveillée. Sa maison sur la côte nord, dans les bois, était moderne, mais ici, il avait choisi un mobilier classique. Beaucoup de tons chauds, du bois et des velours riches.

Devant sa cheminée, un tapis en fausse peau d'ours invitait à toutes sortes de folies.

— J'adore, Zach ! C'est beau et cosy. Très chaleureux.

— Merci.

Il se débarrassa de son manteau et le suspendit sur un perroquet près de l'entrée. Frannie l'imita. Ils étaient encore mouillés. Trop de froid et d'humidité. Les dents de Frannie se mirent à claquer.

Zachary la regarda avec un petit sourire.

— Avant de te voir gelée à mort, j'ai une question. En tant qu'invitée, tu as la priorité pour la douche, bien sûr. Ou, pour gagner du temps, nous pourrions y aller ensemble. Tu choisis.

Elle ne s'y attendait pas. Quand l'horloge avait sonné minuit, elle avait pensé qu'elle retournerait à l'hôtel, passerait son pyjama préféré et se goinfrerait de sucreries et de films de Noël à la télévision. Mais maintenant, elle était là. Dans l'appartement de Zach.

Elle choisissait.

Mais la spontanéité lui faisait peur. Surtout quand il s'agissait d'un homme qui pouvait lui voler son cœur et ne jamais le lui rendre.

Son choix…

Le mot, ce simple mot, passait en boucle dans son esprit, comme un mantra hypnotique.

Son choix fut donc de fouler aux pieds ses doutes et de sauter sans filet.

— Je m'en voudrais de te savoir grelottant dans la pièce à côté, dit-elle en plongeant ses yeux dans les siens. Va pour la douche à deux.

- 10 -

En voyant son expression, Frannie se réjouit d'avoir accepté. Il avait dû s'attendre à un refus. L'espace d'un instant, une étincelle de surprise anima son regard. Puis son expression devint impénétrable.

Un homme. Qui désirait une femme.

Affamé. Tendu.

— Viens par là, grogna-t-il.

Il la saisit par le poignet et l'entraîna dans sa chambre. Elle eut juste le temps d'apercevoir son lit immense avant qu'il la conduise dans la salle de bains. Tout ici respirait l'hédonisme et le luxe.

— Wow.

Voilà qui lui coupait la chique.

— Le sol en marbre est chauffé, dit-il en appuyant sur un interrupteur. Enlève tes chaussures, tu verras.

Commencer par se déchausser lui sembla une première étape bénigne et rassurante. Mais lorsqu'elle se retourna, Zach était déjà torse nu.

— Tu as raison, pour le carrelage, dit-elle en faisant comme si elle ne sentait pas ses genoux se dérober.

La suite ressembla à une partie de strip-poker au ralenti. Elle ôta sa montre. Il en fit autant. Elle détacha la chaîne en argent toute simple autour de son cou. Zach vida ses poches : quelques pièces et un stylo. Lorsqu'elle défit la fermeture Éclair de son pantalon noir et qu'elle l'enleva, il ôta le sien et le jeta dans le panier à linge.

Elle était en culotte devant lui.

Zach portait un boxer gris foncé avec des rayures bleu marine. Le tissu soulignait la partie la plus intéressante de son anatomie et ne laissait rien à l'imagination ; ni sa forme ni son excitation.

Frannie sentit son sexe s'humidifier et se gonfler de désir, comme s'il avait attendu ce moment.

Zachary la regardait comme un faucon en vol qui a repéré une souris. Il s'approcha.

— Je peux t'aider à enlever ce pull, Bestiole ?

— Eh bien, je…

Elle perdit le fil de ses pensées lorsqu'il saisit le bas de son chandail en cachemire si doux et le fit passer par-dessus sa tête. Elle se retrouva encore plus décoiffée, mais Zachary ne sembla pas le remarquer.

Il était rouge, et elle aurait juré que ses mains tremblaient.

Il ne lui restait plus que son soutien-gorge. Elle se félicita d'en avoir choisi un joli ce jour-là. Il n'était pas particulièrement sophistiqué, mais le rose poudré lui allait bien au teint. Il posa une main sur chacun de ses seins, qu'il soupesa et pétrit doucement. Il poussa un soupir.

— Heureusement que je ne savais pas à quoi tu ressemblais, nue, quand nous étions ados.

Elle posa la joue contre son torse nu, juste sur son cœur, dont le battement régulier lui donna un sentiment soudain de réconfort absolu. Mais très vite la sensation de leurs deux corps collés se fit plus érotique qu'autre chose. Aucun homme ne lui avait fait le même effet que Zach. Elle avait tant envie de lui qu'elle fut tentée de zapper la douche et de se coller à lui à même le sol de la salle de bains.

Pour une femme qui se targuait d'être réfléchie et intellectuelle, ce soudain besoin irrépressible de tout envoyer valser était pour le moins effrayant.

Elle souligna du doigt une petite cicatrice blanche sur sa clavicule, à peine visible :

— Qu'est-ce que c'est ?

Il rit, et sa poitrine se souleva.

— Farrell avait sept ans et moi cinq. Papa lui avait acheté un fusil à air comprimé pour Noël. Avant qu'il ait eu le temps de lui expliquer les mesures de sécurité, Farrell m'avait déjà tiré dessus, dans le salon. J'ai hurlé comme un putois. Quinten, qui avait trois ans, sanglotait de peur.

Il secoua la tête :

— On n'est pas près d'oublier ce Noël.

Frannie embrassa la petite imperfection, goûtant la saveur salée de sa peau.

— Tu as d'autres cicatrices à me montrer ?

Zachary frissonna et se demanda si ses genoux allaient tenir le choc. En une minute, Frannie était passée de bibliothécaire guindée à femme fatale quasiment irrésistible. Laquelle des deux était la plus redoutable ?

Il enfonça la main dans ses cheveux, cette magnifique crinière de soie noire. Il avait hâte de la voir répandue sur son oreiller. Il en avait rêvé.

— Attends un peu, grommela-t-il.

La lâcher fut réellement douloureux. Il entra dans l'immense cabine de douche et actionna le robinet. Il aimait quand l'eau était brûlante, mais il ferait attention pour Frannie : juste chaude, ça suffirait.

Il se retourna et sa gorge se serra. Frannie était nue. Pendant qu'il réglait la température de l'eau, elle s'était débarrassée de son soutien-gorge et de sa culotte. Mon

Dieu, elle était incroyable. Cette peau blanche, translucide, et ces cheveux noir de jais. Elle lui faisait penser à un personnage de conte de fées d'un livre qu'il avait vu chez un ami quand il était petit. La fille qui mangeait la pomme empoisonnée.

Il perdait des neurones à une vitesse alarmante et sentait le désir le consumer. Il se rendit soudain compte qu'il était le seul des deux à ne pas être complètement nu. Avant qu'il ait pu remédier à la situation, Frannie avait posé la main sur son caleçon, les doigts épousant son érection.

Elle sourit, à la fois timide et déterminée.

— J'aime ton corps, Zach. Il est tellement différent du mien.

Elle le caressa avec douceur et fermeté.

Il lâcha une exclamation de surprise.

— J'aime que tu me touches comme ça, réussit-il à dire. Je suppose qu'on est faits l'un pour l'autre.

Elle avait beau ne pas être experte en la matière, elle parvint à le mettre dans un tel état qu'il allait devoir intervenir pour ne pas exploser trop tôt.

— Arrête, dit-il d'une voix rauque.

Il recula, enleva son boxer et lui prit la main.

— Tu aurais une serviette pour mes cheveux ? demanda-t-elle.

— Et si je te les lavais ?

Elle écarquilla les yeux. Il aurait pu tout aussi bien demander : Tiens, et si on dansait à poil sur la terrasse ?

— Toi ?

— Pourquoi pas ? J'ai du bon shampoing. Pas très fille, mais il sent bon.

Il y eut un long silence.

— D'accord.

Il entendit distinctement le doute dans sa voix.

— C'est quoi, le problème, Bestiole ?

Elle haussa les épaules, mal à l'aise.

— Que tu me laves les cheveux, c'est… très intime.

Zachary éclata de rire. Ses épaules tressaillaient et ses yeux se mirent à briller.

Frannie croisa les bras.

— Et pourquoi c'est drôle ?

— Mon Dieu, Frannie. Tu es chez moi, totalement nue, à deux doigts d'entrer dans ma douche, et un petit shampoing entre amis te fait peur ?

— Tu peux rire, répondit-elle en lui lançant un regard noir. Mais tu verras quand ce sera ton tour.

Il secoua la tête, perplexe, pas tout à fait sûr de comprendre.

— Allez, viens. On va attraper froid.

La cabine était immense et équipée de deux pommeaux. Il ouvrit un flacon de gel douche rapporté d'un récent voyage en France. C'était un savon pour homme, mais son parfum épicé aux accents d'orange et de gingembre convenait parfaitement à Frannie.

Impossible pour lui de détourner son attention du corps nu et mouillé de la jeune femme.

— Laisse-moi d'abord te laver, et ensuite le shampoing, fit-il.

— Je peux me laver toute seule.

— Sûrement, mais laisse-moi ce plaisir.

Il fit couler une noix de gel dans sa paume, attendit qu'elle se réchauffe et posa les mains sur sa peau. Par où commencer ?

— Tu te réchauffes ? demanda-t-il en lui savonnant les deux seins.

Le gémissement doux que poussa Frannie lui fit dresser les poils sur les bras.

D'autres choses étaient déjà dressées. Il lui savonna le cou, le ventre jusqu'aux hanches, sans cesser de revenir à la courbe de ses seins. Spectaculaires.

Elle avait les yeux fermés, les bras de chaque côté du corps. Comme si elle lui disait silencieusement qu'il pouvait faire ce qu'il voulait. Cette invitation tacite l'excita de plus belle. Il reprit un peu de gel et descendit jusqu'au creux entre ses cuisses. Lorsqu'il la toucha, elle ouvrit les yeux.

— Déjà ? demanda-t-elle. Tu ne m'as pas encore lavé les cheveux. Je ne t'ai pas touché. C'est un peu prématuré.

Il l'embrassa voluptueusement, les doigts toujours pressés contre les doux replis de son corps.

— Qui a dit que ce serait la seule fois ?

Quelques minutes plus tard, elle jouit sous ses doigts. Ce n'était que le début, il leur restait toute la nuit. Frannie était alanguie par le plaisir lorsqu'il lui lava les cheveux.

— Tu ferais mieux de me laisser faire, dit-elle. T'embête pas avec ça.

Il mourait d'envie d'être à l'intérieur de son corps. Mais il appréciait énormément de prendre ainsi soin d'elle.

— Détends-toi.

Il lui massa le cuir chevelu, faisant bien pénétrer le shampoing dans ses longues mèches ondulées.

— J'y prends beaucoup de plaisir, Bestiole, reprit-il.

Il lui fallut un certain temps pour le rinçage. Lorsque l'eau fut de nouveau claire, il lui donna un long baiser langoureux. Frannie passa les bras autour de son cou, et les courbes généreuses de sa poitrine pressée contre son torse lui firent perdre un moment la tête.

— Tu pourrais ouvrir un salon, plaisanta-t-elle. Un spa. Les femmes feraient des kilomètres de queue pour venir. Maintenant assieds-toi sur le banc, c'est mon tour de te laver les cheveux. Tu vas voir comme c'est bon.

Zachary ferma les yeux et se convainquit qu'il pouvait tenir encore un peu. Il la sentit faire couler le shampoing sur son crâne. Puis elle se mit à lui frotter le cuir chevelu, autour des oreilles, la nuque, puis de nouveau le sommet du crâne. Sensation érotique. Délices. Chaque fois qu'il ouvrait les yeux, il avait ses seins en ligne de mire.

Il finit par craquer. Il se pencha en avant et happa un de ses deux mamelons couleur framboise entre ses dents, tout en posant les mains sur ses hanches luisantes.

— Tu as un goût exquis, Frannie.

Elle se vengea en lui éclaboussant le visage.

— Tu es censé te détendre, fit-elle mine de se plaindre. Je ne crois pas que tu aies bien compris le principe.

Il se leva, ferma le robinet et essuya de la main l'eau qui lui coulait sur le visage.

— Les hommes n'ont que deux moyens de se détendre. En buvant de l'alcool, ou en faisant ce que je vais te faire maintenant.

Elle eut une micro-expression de surprise avant de rétorquer :

— Des promesses, toujours des promesses…

Puis elle fronça les sourcils.

— Je ne t'ai pas lavé le reste du corps.

— Je suis assez propre comme ça. Sors de là.

Il lui tendit une serviette et en prit une pour lui. Le sol chaud sous leurs pieds était un vrai bonheur. S'il n'avait pas été si dur, il aurait bien été tenté d'y commencer les préliminaires.

Frannie lui jeta un regard en coin.

— Il me faut un certain temps pour me brosser et me sécher les cheveux.

— Oh non !

La voix de Zachary était catégorique.

— C'est hors de question, reprit-il.

Il l'embrassa de nouveau, lentement, en lui faisant bien sentir à quel point il avait envie d'elle.

— Je vais mouiller ton lit.

— J'en achèterai un autre.

— Zaaach.

Elle recommençait. Ce petit cri si féminin qui le faisait sourire. Cette exclamation prolongée qu'il avait entendue si souvent au lycée.

Sa cheville s'était suffisamment remise pour qu'il puisse la prendre dans ses bras. Quand sa serviette glissa et que Frannie eut le réflexe de se protéger, il éclata de rire. Le problème, c'était qu'elle n'avait que deux mains… Il la laissa tomber sur le lit et chercha des préservatifs dans la table de nuit. Pas moyen de se souvenir du nom de la dernière fille qu'il avait mise dans son lit. Cela faisait-il de lui un salaud ? En général, ça se passait plutôt chez elles, en l'occurrence.

Le sexe avec Frannie était différent. Il n'aurait pu expliquer en quoi. C'était comme ça. Elle était encore en train de s'inquiéter des taches d'humidité sur son luxueux couvre-lit damassé lorsque Zachary ouvrit brutalement les draps.

— J'ai envie de toi, Frannie. S'il te plaît. Viens sous les draps.

Elle avait la chair de poule sur les bras et les jambes.

Il finit par avoir gain de cause. Les cheveux de Frannie - ce magnifique nuage sombre et ondulé - s'étalèrent enfin sur l'oreiller. Il sentit comme un coup dans la poitrine. Pour la toute première fois, il se laissa à aller à imaginer une vie où il reviendrait tous les soirs à la maison pour contempler ce spectacle.

Frannie, étourdie de fatigue, était conquise par la douceur du lit de Zachary. Le solide baldaquin en bois de noyer lui donnait l'impression d'être dans la chambre d'un roi. Prisonnière, butin de guerre. Elle gloussa intérieurement à son fantasme.

Zachary tamisa la lumière. Il ne riait plus. Il semblait décidé à savourer sa conquête.

Il n'aurait pas besoin de se battre trop farouchement. L'orgasme qu'il lui avait déjà donné sous la douche avait été un amuse-bouche qui n'avait fait qu'aiguiser son appétit pour la suite.

Son excitation n'empêcha pas Frannie de constater que Zachary Stone avait une sacrée expérience en la matière, et qu'il devait accumuler les conquêtes. Cela ne la choquait pas, et elle n'avait pas l'intention de juger ce qu'un jeune homme viril avait pu faire dans sa vie avec des femmes consentantes. Mais une part d'elle, celle qui avait envie de sentir à sa place, aurait bien voulu penser qu'elle était différente des autres aux yeux de Zach. Elle avait besoin de croire qu'elle était capable de lui donner quelque chose d'unique. La seule chose que ces femmes sans visage voulaient, c'était son corps… et son argent, éventuellement.

Si cette relation avait la moindre chance d'aller quelque part, Frannie voulait être une partenaire, une vraie.

Il se souleva sur un coude. Lorsqu'il se pencha pour embrasser son ventre, sa peau se contracta.

— Ça chatouille, dit-elle, quasiment essoufflée.

— Désolé.

Il ne s'arrêta pas pour autant.

Elle allongea le bras et découvrit une érection tendue et palpitante qui la fascina. Une peau chaude, de velours, autour du membre viril d'un homme qui avait désespérément envie d'elle. Est-ce que toutes les femmes ne méritaient pas un homme affamé d'elles ? Elle-même ne le méritait-elle pas ?

Elle l'enserra doucement, sentit une goutte de liquide sortir de l'extrémité et fit glisser sa main dans cette humidité. Quand Zachary frissonna et poussa un grognement, elle se sentit invincible.

— J'ai envie de toi, murmura-t-elle. Prends-moi, Zach. Je t'en prie.

Il saisit un préservatif sur la table de nuit et l'enfila. Puis il lui écarta les cuisses de ses deux mains chaudes. Et il regarda.

Elle se sentait à découvert. Et encore davantage lorsqu'il souleva une de ses chevilles pour la poser sur son épaule.

— N'aie pas peur, Frannie. Je ne te ferai pas de mal.

Dans cette position, elle était absolument sans défense. Mais cette vulnérabilité ne faisait que l'exciter davantage, et lui confirma que, déjà, elle lui faisait confiance.

Il la pénétra doucement, en lui laissant le temps de s'ajuster à la taille de son membre. Pour l'instant, il était tout-puissant, lui maintenant les cuisses ouvertes tout en excitant son clitoris du pouce. La double stimulation la renvoya vers les sommets en quelques secondes. Des vagues de plaisir électrique se déchaînaient dans son ventre pour se rejoindre au point même où leurs deux corps se rencontraient.

Une décharge de plaisir intense, incroyablement puissante, la secoua. Attends, cria-t-elle. Attends. Elle ne se rendit pas compte que les mots restaient dans sa tête. Elle jouit fort, se perdant en lui.

Zachary se mit à bouger plus vite, plus farouchement. Jamais il ne perdit le contrôle. Il la protégeait, en mesurant ses coups de boutoir, qui chaque fois s'arrêtaient juste avant la frontière de la douleur pour ne lui procurer qu'un plaisir pur.

Elle sentit son esprit se perdre. Elle ne sentait plus, ne voyait plus, ne voulait plus que lui.

Il finit enfin par atteindre ses limites. Il reposa sa jambe sur le matelas, sortit d'elle et embrassa la toison de son sexe. Puis il la pénétra de nouveau et ses va-et-vient avaient une telle intensité qu'on aurait dit qu'il en avait été privé pendant des semaines, des mois, des années.

Frannie perdit toute notion du temps. Le monde se réduisait à ce lit, à cet homme. Au moment de jouir, il prononça son nom comme une prière. Son corps se tendit, fut secoué de spasmes incontrôlables, jusqu'à ce que l'orgasme s'empare de lui.

Il se laissa retomber sur elle de tout son poids.

Ils somnolèrent tous les deux ; la nuit avait pris une dimension un peu irréelle. En sombrant dans le sommeil, elle se souvint que la batterie de son téléphone était presque vide lorsqu'elle avait quitté le siège de Stone River. Cela n'aurait pas eu d'importance si ses parents n'avaient pas risqué de l'appeler, en ce jour férié. Et puis une de ses amies était sur le point d'accoucher. Frannie ne voulait manquer ni l'un ni l'autre.

— Zach ?

Elle le repoussa sur le dos et sourit lorsqu'il grogna dans son sommeil.

— Zach ? Tu as un chargeur de téléphone ? J'ai laissé le mien à l'hôtel.

Il devait être 3 heures du matin. Il avait une excuse pour ne pas réussir à se réveiller. Elle tenta de nouveau sa chance. Cette fois il ouvrit des yeux hagards et se passa une main sur le visage.

— Dans mon bureau. Le grand tiroir. À gauche. Reviens vite.

Elle saisit le plaid en angora posé sur le banc au bout du lit et le drapa autour d'elle avant de sortir de la chambre sur la pointe des pieds. La maison silencieuse était plongée dans l'obscurité. Une minuscule veilleuse dans le couloir éclairait juste assez pour qu'elle ne se cogne pas dans les murs.

Ils étaient passés devant le bureau tout à l'heure, en allant dans la chambre. La porte était entrouverte. Frannie l'ouvrit tout à fait. Demain, peut-être l'explorerait-elle. C'était l'espace privé de Zach, très différent de son bureau à SRO. Ça sentait le cuir et son parfum.

Le bureau était une table élégante, surmontée de piles de papiers. Elle distingua des catalogues, des prospectus de pizzeria et un formulaire fiscal. Zach voyageait beaucoup. Il devait être si occupé qu'il posait tout son courrier ici dans l'idée de le trier plus tard.

Il avait dit le grand tiroir, mais tous lui semblaient aussi grands. Et ils étaient pleins à craquer. Elle dégota une agrafeuse et un vieux BlackBerry, mais pas de chargeur. Il lui avait dit de regarder à gauche, mais elle tenta sa chance de l'autre côté. Lorsqu'elle ouvrit le tiroir en bas à droite, elle découvrit qu'il était aussi ordonné que les autres étaient en bazar.

Prise de curiosité, elle s'empara d'une grosse pile de papiers. Un manuscrit. La page de garde ne portait que quelques mots : *La Vengeance du faucon, par Zachary Stone.*

Sans réfléchir, elle tourna la page et se mit à lire. À la fin de la page quatre, elle se rendit compte qu'elle était en train d'aller trop loin. À première vue, le livre de Zach semblait être un polar, une histoire de mystère ou de crime. C'était encore trop tôt pour être sûre de l'intrigue, et rien ne l'autorisait à aller plus loin. Soigneusement, elle remit les premières pages en place et reposa le manuscrit dans le tiroir.

Zachary écrivait un livre ? Pourquoi ne lui en avait-il rien dit ? Est-ce qu'il pensait que ça ne l'intéresserait pas ? Cela semblait un secret énorme, une omission curieuse en regard de leurs récentes retrouvailles. Elle resta assise au bureau de longues minutes, l'esprit courant la campagne, les doigts malmenant les rebords du plaid. C'était idiot de se sentir blessée pour ça, mais c'était pourtant le cas. Pourquoi ne pas partager un projet si excitant, si personnel ? Cela faisait bien deux semaines que Frannie lui racontait sa vie.

La réponse était à la fois claire et consternante, et, finalement, pas surprenante pour un sou. Zach était une île, un homme à part. Personne ne lui disait quoi faire. Il avait sûrement pensé que Frannie voudrait intervenir. Qu'elle lui proposerait de corriger son manuscrit, ou lui demanderait s'il avait un agent, ou toute autre suggestion enthousiaste.

Elle sentit son cœur se serrer. C'était vrai. Elle avait toujours souhaité pour Zach tout ce qu'il y avait de meilleur. S'il lui avait dit qu'il écrivait, elle l'aurait harcelé de commentaires et de questions. Pour Frannie, cela aurait été la chose la plus normale du monde. Elle et Zach étaient amis, plus qu'amis…

Zach dormait. Il n'allait pas venir la chercher. Soudain, elle se sentit accablée de fatigue, de tristesse et de déception. Le voir après toutes ces années lui avait fait tellement de bien. Cette joie de refaire connaissance. Le bonheur d'évoquer les souvenirs d'autrefois. Lui savait, plus que quiconque sur la planète, comment son cerveau fonctionnait. Il la comprenait. Et elle avait cru que c'était réciproque.

Elle s'était bien trompée. Zachary Stone n'était pas son âme sœur. Ce n'était qu'un type ordinaire, prêt à prendre ce qu'une femme consentante voulait bien lui donner sans rien donner en retour. Elle s'était ouverte à lui, mais lui, non. En outre, elle avait fait des choix pour être avec Zachary, elle avait enfreint la plupart des règles qu'elle s'était données.

Et maintenant, elle était dedans jusqu'au cou.

Luttant contre les larmes, elle se tourna vers la petite table à côté du bureau, ouvrit un tiroir et finit par tomber sur un chargeur. Elle retourna dans la chambre, brancha son téléphone et remonta dans le lit. Zachary se réveilla juste assez pour l'embrasser et l'attirer à lui.

Une demi-heure auparavant, elle était en train de vivre le meilleur moment de sa vie. Mais c'était avant de se rendre compte à quel point cette intimité avait été superficielle. Il ne s'était pas donné à elle. Zach était comme l'iceberg du dicton ; il l'avait laissée voir la toute petite fraction de ce qui sortait de l'eau, mais le principal était bien caché dans les profondeurs.

Heureusement qu'elle était éveillée depuis presque vingt-quatre heures. Elle plongea dans un profond sommeil, et ne se réveilla qu'en entendant son téléphone biper au matin. Elle se leva pour regarder : un petit garçon était né cette nuit. La photo la fit sourire. Puis elle regarda l'heure.

— Zach !

Debout près du lit, elle lui secoua le bras.

— Réveille-toi !

Il ouvrit un œil.

— Dormir, grogna-t-il. Il faut dormir encore.

— C'est Thanksgiving. À quelle heure doit-on être chez ton frère ?

— Midi.

— Il faut encore que je me change. Tu veux que je m'appelle un taxi pour aller à l'hôtel ? Tu pourras passer me chercher.

Il l'attira sur le lit, et profita de sa nudité pour la caresser.

— Ce que je veux, jolie Frannie, c'est que tu reviennes te coucher.

Il l'embrassa langoureusement et elle sentit son cœur prêt à exploser.

Elle était penchée sur le lit selon un drôle d'angle, totalement nue. Zachary était la tentation personnifiée, malgré tout ce qui s'était passé. Si elle s'était écoutée, elle serait revenue sous les draps, lui aurait fait l'amour et aurait prétendu que tout allait bien.

Mais elle lui tapa sur la main.

— Suffit, Zach. Est-ce qu'on est censés apporter quelque chose ?

Il bâilla, s'étira, à mi-chemin entre le mannequin et le bûcheron.

— J'ai acheté un énorme jambon que j'ai fait livrer chez Quin hier. Lui et Katie se chargent de la dinde, de la sauce et des patates douces. Farrell et Ivy apportent les légumes et le dessert.

Elle s'enveloppa de nouveau dans le plaid.

— Tu les as prévenus que tu m'avais invitée ?

— Pas encore. Ils devaient dormir hier soir. Mais ça ira.

— Ça n'ira pas, non. Pour les fêtes, les gens dressent de jolies tables en plaçant les invités à l'avance. Envoie un SMS, s'il te plaît, pour que Katie ne soit pas prise de court quand on arrivera.

Il se mit à rire.

— De toute évidence, tu ne connais pas encore assez bien Katie. C'est la personne la plus organisée que j'aie jamais vue. Mais je vais la prévenir. Arrête de me faire les gros yeux.

Une fois Zachary occupé sur son téléphone, Frannie décida de se changer. Dans le petit sac qu'elle avait apporté, elle prit des sous-vêtements propres, un pantalon en crêpe de laine noir et un chemisier en soie bleu sarcelle. Elle entra dans la salle de bains pour s'habiller. Elle avait sans doute besoin d'une nouvelle douche, mais le temps manquait.

Ses cheveux étaient dans un état catastrophique. Le séchage sur l'oreiller les avait transformés en un nuage de frisottis. Elle se les brossa sans pitié et les releva en un gros chignon à l'arrière de la tête. Des boucles d'oreilles en cristal assorties à son chemisier complétèrent sa tenue. Un peu de maquillage, et le tour fut joué.

Elle ouvrit la porte de la salle de bains.

— Je suis prête.

- 11 -

Lorsque Frannie sortit de la salle de bains, Zachary était toujours au lit, profitant des couvertures chaudes et rejouant dans sa tête ce qui s'était passé la veille. Quand il sursauta d'un air coupable, Frannie remarqua sûrement son érection, mais elle n'en laissa rien transparaître.

En réalité, il trouvait même qu'elle se comportait bizarrement.

— Donne-moi dix minutes, dit-il. Et pour info, Katie et Quin sont ravis que tu viennes.

Lorsqu'il fut rasé, habillé et dans la voiture avec Frannie, l'heure limite de midi approchait dangereusement. Mais ils réussirent à arriver devant la nouvelle maison de Quin et Katie avec trois minutes d'avance. Durant tout le trajet, Frannie était restée silencieuse, ce qui était inhabituel. Regrettait-elle la nuit dernière ?

Zachary, lui, était aux anges. Et il était heureux que Frannie partage Thanksgiving avec sa famille.

À vrai dire, la perspective de cette journée l'angoissait depuis longtemps. Deux couples heureux. Un mignon bébé. Et lui au milieu, l'anomalie.

Ce n'était pas qu'il voulait se marier. Pas du tout. Mais c'était agréable d'avoir une femme à son bras aujourd'hui.

Et quelle femme ! Au milieu de l'agitation d'une fête de famille, Frannie avait l'air d'être dans son élément et se précipita pour aider à mettre la table. Même si tout était quasi prêt lorsqu'ils franchirent le seuil de la maison.

Ivy tendit le bébé à Frannie.

— Est-ce que tu peux t'occuper de Dolly, s'il te plaît ? Je vais lui faire faire la sieste un peu plus tôt que d'habitude histoire que les adultes puissent profiter du repas en toute tranquillité.

Zachary faillit éclater de rire en voyant l'expression du visage de Frannie, mais il sut se contenir. Elle tenait la petite Dolly comme si l'enfant était un paquet de dynamite. Et que la mèche était allumée.

Il eut pitié de la femme qui avait, manifestement, une peur des nourrissons aussi grosse que son QI.

— Tu veux que je la prenne ?

— Oh oui !

Frannie lui passa la petite fille avec un soupir de soulagement.

— Ce n'est pas que je n'aime pas les enfants, précisa-t-elle. Mais je n'ai jamais passé beaucoup de temps avec des bébés. J'aurais peur de faire une bêtise.

Il lui lança un regard ironique.

— Tu es bonne dans tout ce que tu entreprends, Bestiole. Les bébés, ce n'est pas de la physique quantique.

— Peut-être.

Elle haussa les épaules et ajouta :

— C'est un point qui n'est pas tranché. Le truc, c'est que je ne pense pas me marier un jour. Et même si cela m'arrivait, je me vois mal avoir des enfants, car mon travail m'emmène partout dans le monde. Je ne serai pas maman, j'en ai fait mon deuil.

— Ce n'est pas justement le but du mariage ? Les compromis ?

Elle lui lança un regard qu'il ne put déchiffrer.

— Que sais-tu des compromis, Zachary Stone ? Le monde tourne à ta guise, à ce que j'en vois.

Ce commentaire étrange et troublant fut le seul moment d'intimité qu'il partagea avec Frannie pendant l'heure et demie qui suivit. Un problème qu'il décida de mettre de côté afin de le régler plus tard.

Le repas fut un énorme succès. Les différents cuisiniers s'étaient surpassés. En plus de la dinde et de la sauce, Katie avait fait la recette de patates douces de sa grand-mère et confectionné des petits pains à vous faire pleurer de plaisir. Ivy, cordon-bleu hors pair, avait quant à elle apporté plusieurs plats aux saveurs de Charleston, car elle y avait vécu de nombreuses années.

Le dessert se composait à la fois de tartes à la citrouille et aux noix de pécan. Tout le monde autour de la table n'en prit que de petites portions. Le repas avait été pantagruélique. Alors qu'il touchait à sa fin, Farrell leva son verre.

— À Stone River Outdoors. J'espère qu'on ne va pas tout louper.

Zachary hocha la tête.

— Puissent les dieux t'entendre.

Quin porta un toast à leur invitée.

— Et à Frannie qui, nous l'espérons, apaisera nos craintes dans un sens ou dans l'autre.

Frannie se racla la gorge.

— Je déteste avoir à parler affaires au milieu d'une si belle tablée, mais il faut que je vous dise que j'avance très vite. Si je travaille un peu plus ce week-end et si mes soupçons sont corrects, je pourrais terminer ma mission d'ici lundi.

Ce fut au tour de Farrell de froncer les sourcils.

— Je n'aime pas ça, Frannie. Le week-end, c'est pour la détente et la famille.

Elle semblait décontenancée. Peut-être n'était-elle pas habituée à ce que quiconque lui dise quoi faire de son temps.

— Dans ce cas, rectifia-t-elle, peut-on envisager que les trois frères Stone soient libres mercredi après-midi ? Je voudrais passer en revue mes conclusions préliminaires avec vous.

Quin se pencha en avant.

— Tu peux au moins nous dire qui a allumé tes voyants au rouge ?

Frannie hésita.

— Hum, je n'aime pas porter d'accusations tant que je ne suis pas sûre.

Quin hocha la tête.

— Compris. Nous allons garder cela secret. Personne ne juge !

— D'accord. Alors si vous voulez vraiment savoir, il semblerait qu'Edward Cordell soit au cœur de vos problèmes.

Zachary secoua la tête.

— Impossible, dit-il catégoriquement. Edward et mon père étaient meilleurs amis. Edward a travaillé pour SRO pendant trente-cinq ans. Tu fais une grossière erreur.

Tout d'un coup, la pièce devint silencieuse. Zachary comprit que son ton avait été beaucoup trop cassant. Ce que lui confirma le visage de Frannie. Elle était pâle, les yeux baissés et la bouche pincée.

Les quatre autres convives manifestèrent à leur tour divers degrés d'embarras.

Zachary se leva.

— C'est impossible, insista-t-il. Edward m'a appris à faire du canoë. Il a intéressé Quin au ski. Lors du premier mariage de Farrell, c'était Edward le témoin. Tu as tort, Frannie, c'est obligé.

Katie se mit alors à débarrasser la table.

— Allons, dit-elle d'une voix blanche. Ce n'est vraiment pas le jour pour parler boulot, d'autant plus que le match va bientôt commencer.

Frannie était mal à l'aise et en colère. Clairement, Zachary n'avait aucun respect pour ses capacités professionnelles. Il avait rejeté son hypothèse comme si elle était une enfant stupide. Son arrogance lui faisait mal, non seulement parce qu'elle pensait qu'ils s'étaient rapprochés, mais surtout parce que cela signifiait qu'il ne lui faisait pas confiance.

Lorsque les hommes s'éloignèrent dans le salon, Frannie prit Katie à part.

— Merci beaucoup de m'avoir incluse aujourd'hui. Je ne voudrais pas être impolie, mais je sens une migraine qui pointe. Je vais appeler un taxi pour rentrer à l'hôtel.

Elle sortit son téléphone de sa poche et tapota sur l'application de VTC.

— Je suis vraiment désolée, dit Katie. Tu veux emporter quelques restes pour ton dîner ?

— Oh c'est adorable, mais ne t'embête pas, le service en chambre est super. Je ne veux pas faire d'histoires. Tu peux m'excuser auprès des autres tout à l'heure ? Mon chauffeur sera là dans trois minutes.

Katie hocha la tête, mais elle semblait troublée. Sans doute parce qu'elle comprenait la véritable cause de la fuite précipitée de Frannie.

Alors qu'elle repassait dans la cuisine pour récupérer ses affaires, celle-ci tomba sur Zachary. Il posa les deux mains sur ses épaules.

— Quel chauffeur ? demanda-t-il, fronçant les sourcils.

— J'ai mal à la tête. Je rentre à l'hôtel.

— Je te ramène. Ne sois pas stupide.

— Zachary ! dit Katie en lui lançant un regard autoritaire. C'est la décision de Frannie. Arrête d'être si grossier.

Frannie sourit, en espérant que cela soit suffisant pour camoufler sa détresse émotionnelle.

— Mais non, souffla-t-elle. Reste et passe du temps avec ta famille, Zach. Ça va aller. Le repas était délicieux.

— Si c'est ce que tu veux.

Son expression était fermée. Une nouvelle fois, il la rejetait. Et une fois de plus, Frannie se retrouvait devant Zachary Stone et essayait tant bien que mal d'apercevoir ce qu'il y avait à l'intérieur. Mais elle ne voyait rien d'autre qu'un cœur muré.

À l'hôtel, Frannie mit son téléphone portable en mode « Ne pas déranger » et fit de même avec l'appareil de l'hôtel sur la table de chevet. Sa fausse migraine était devenue réalité.

Elle dormit cinq heures d'affilée. Quand elle se réveilla, il faisait nuit. Ce n'était pas le pire Thanksgiving qu'elle ait connu, mais ce n'était pas le meilleur non plus.

Lorsqu'elle saisit son téléphone, elle y trouva pas moins de vingt-deux SMS, chacun plus agacé que le précédent.

Tout allait pour le mieux dans le meilleur des mondes. Elle ne voulait pas voir Zachary Stone, elle ne voulait pas lui parler et surtout, elle ne voulait plus jamais coucher avec lui.

L'homme était expert pour parvenir à ses fins. Il valait mieux ne pas lui donner une seule occasion de tester sa volonté.

Peut-être qu'elle n'aurait jamais dû accepter ce travail en sachant qu'elle reverrait Zachary…

Elle avait toujours eu un faible pour lui. Et elle avait toujours été faible en sa compagnie. À treize ou à trente ans, rien n'avait vraiment changé.

Mais le pire de tout était peut-être de devoir admettre qu'elle était en train de tomber amoureuse de lui…

Elle avait mal, mais elle devait se rappeler qu'elle n'avait pas le cœur réellement brisé. Elle avait eu les meilleures notes possibles en anatomie à l'université, alors elle savait que l'organe logé dans sa poitrine était plus fort qu'il n'y paraissait pour le moment.

Il y avait cependant certaines choses que les manuels scolaires ne pouvaient ni prévoir ni expliquer. Frances Wickersham aimait Zachary Stone parce qu'il était la seule personne au monde capable de la comprendre et de l'aimer exactement comme elle était.

Le seul problème ? Il s'en fichait. Pour lui, elle ne représentait qu'un moment de plaisir au lit, une agréable promenade dans le passé.

Il n'était pas amoureux d'elle, et après l'épisode du déjeuner, elle devait comprendre qu'il ne le serait jamais.

Quand elle se réveilla le lendemain matin, son mal de tête avait disparu. Son chagrin d'amour lui faisait toujours mal. Elle se rappela que Quin avait donné son week-end à Stanley. Un autre gardien allait être en poste aujourd'hui. Parfait, même si l'homme avait été probablement informé de la mission de Frannie, rien ne disait qu'il allait faire de rapport à Zachary.

Frannie décida donc de tenter sa chance. Elle n'était pas fan de la chasse aux bonnes affaires du Black Friday et elle en avait assez de rester assise à ne rien faire dans sa chambre d'hôtel. Le siège étant fermé pour le week-end prolongé, il n'y avait aucune raison réelle d'attendre la soirée.

Le ciel était ensoleillé et la température approchait les 5 °C, alors elle choisit d'y aller à pied. Les rues étaient remplies de gens décontractés aux bras chargés de sacs. Des employés de la ville se démenaient pour installer les premières décorations de Noël.

La journée était festive, mais l'humeur de Frannie était sombre. Elle était parfaitement satisfaite de sa vie jusqu'à son arrivée à Portland. Certes, elle pouvait parfois se sentir seule, mais cela ne durait jamais très longtemps. Elle savait toujours comment chasser le blues. Avec du travail. Toujours plus de travail.

Quand elle atteint le bâtiment de SRO, elle se servit de sa carte-clé pour entrer et rejoindre son poste. Les bureaux, vides, étaient silencieux. Le calme la rasséréna. Elle n'avait pas fini d'analyser tous les ordinateurs du bâtiment, mais comme elle était tombée sur ce qui semblait être une piste importante dans son enquête, elle allait repartir de là.

Si la piste ne menait finalement nulle part, elle serait la première à être heureuse de le reconnaître. Et d'admettre que Zach avait raison. Malheureusement, Frannie avait bien peur que les frères Stone ne soient pas au bout de leurs surprises. Et pas de celles qui font plaisir.

La matinée et l'après-midi filèrent. Plus elle plongeait dans la vie numérique d'Edward Cordell, plus elle en dénichait. Une histoire troublante commençait à se dessiner, et une grande partie impliquait la famille Stone. D'une manière ou d'une autre, elle allait devoir trouver un moyen de convaincre Zachary que sa loyauté aveugle était déplacée. Ce qui ne serait pas chose facile.

À 17 heures, elle décida qu'il était temps d'arrêter. Elle

éteignit l'ordinateur et restaura soigneusement l'espace de travail d'Edward tel qu'elle l'avait trouvé.

Elle ramassa son manteau et son sac et éteignit les lumières. Quand elle se retourna pour partir, Zachary se tenait dans l'embrasure de la porte. Elle sursauta et mit une main sur sa poitrine.

— Tu es fou, j'aurais pu avoir une crise cardiaque ! Depuis quand es-tu là ?

Son expression était sombre.

— Depuis que tu ne réponds pas à mes textos. Cela ne te ressemble pas, Frannie, alors je me suis inquiété. J'ai vérifié auprès du gardien qui m'a dit que tu étais là depuis ce matin.

— C'est parce que tu m'as énervée hier, Zach. Pire, tu m'as blessée. Et je n'avais donc effectivement pas très envie de te parler.

Les angles de son visage s'adoucirent.

— Je suis désolé. Mais je pense toujours que tu suis une fausse piste avec Edward. Il ne nous ferait jamais de mal.

Elle prit une profonde inspiration, serra les poings, compta jusqu'à dix et changea de sujet.

— Qu'est-ce qui t'amène ici, sinon ?

Il haussa les épaules.

— Je me disais qu'on pouvait sortir dîner.

Et voilà, elle était là de nouveau. La tentation. Comment pouvait-elle à la fois avoir tellement envie de Zach quand elle savait qu'elle n'avait qu'une chose à faire : fuir le plus vite et le plus loin possible.

— Les restaurants seront bondés ce soir, bredouilla-t-elle. En plus, je suis épuisée, je pense que je vais me coucher tôt.

— C'est ennuyeux, Bestiole. On peut faire mieux que ça.

Il attrapa sa main, la porta à ses lèvres. Quand il

embrassa chaque doigt et grignota son petit doigt, elle sut qu'elle était perdue.

— Zach…

Il leva la tête.

— Quoi ?

— Si je trouve la source des problèmes de SRO, je serai bientôt partie. Je ne sais pas si je veux me lier davantage.

Il prit sa joue en coupe, le regard concentré.

— Nous sommes déjà liés, Frannie.

— Et que se passera-t-il quand il sera temps pour moi de partir ?

C'était à peu près la question la plus claire qu'elle pouvait lui poser pour savoir si ces « liens » entre eux n'étaient ou non que du sexe sans lendemain. Mais la clarté était difficile à obtenir quand quelqu'un comme Zachary Stone taquinait ses mamelons.

Il la gratifia d'un large sourire.

— Je suis un fervent partisan du *carpe diem* et j'avance en marchant. Nous n'avons pas à nous soucier de l'avenir, n'est-ce pas ? Il prend généralement soin de lui-même.

Son cœur se serra. Elle était planificatrice. À chaque étape de sa vie. Ne pas penser au lendemain avec Zach représentait un risque énorme. Mais quelle était l'autre option ? Plus de Zach du tout ?

Non, la perspective était intolérable. Elle devait donc, pour une fois dans sa vie, faire preuve de témérité.

— Très bien, murmura-t-elle. On va chez toi ou chez moi ?

Il ne prit même pas un quart de seconde pour lui répondre :

— L'hôtel est plus proche.

Elle aurait pu jurer qu'une flamme minuscule brûlait dans ses beaux yeux.

Le trajet vers l'hôtel fut sans doute le plus rapide de l'histoire. Par un heureux hasard, ils se retrouvèrent seuls dans l'ascenseur. Lorsque la porte se referma, Zach se tourna vers elle et grogna, claquant la bouche contre la sienne, agrippant ses hanches assez fort pour lui laisser une ecchymose.

— Tu me rends fou, Frannie.

— *Idem*, haleta-t-elle.

Arrivés à son étage, ils eurent à peine le temps de sortir de la cabine et d'entrer dans la chambre que leurs bouches étaient une nouvelle fois scellées l'une à l'autre.

Il la souleva, la forçant à enrouler les bras autour de son cou. Elle haleta quand il se débattit mais il réussit à faire glisser sa culotte le long de ses jambes et à jeter le morceau de tissu soyeux de côté. Puis il passa le bras sur le bureau intégré et la posa doucement sur le bord. Seule la télévision à écran plat était restée sur la commode. Tout le reste était éparpillé sur le sol.

Frannie portait des bottes en cuir noires et une jupe lui arrivant au-dessus des genoux en tricot gris. En haut, elle portait un pull en maille torsadée noir et gris boutonné sur le devant. Enfin, elle ne le portait plus depuis déjà un petit moment.

Zachary fit glisser sa jupe sur ses hanches et ouvrit sa braguette. Il ne s'arrêta que le temps de saisir un préservatif avant de la retourner et de la tirer vers lui.

Quand il la pénétra, Frannie gémit. Elle voulut lui faire face et lui déboutonner sa chemise, mais Zach était un homme sauvage qui ne se laissait pas dompter. Alors elle se laissa faire, pour en retirer un plaisir qui l'effraya par son intensité. Son corps et son cœur s'embrasaient et l'incendie lui faisait tout oublier. La montée vers l'orgasme fut aussi rapide que tellurique.

Au loin, très loin, elle crut entendre Zach hurler sa jouissance. Puis il se colla à son dos et enfouit la tête dans sa nuque avant de murmurer :

— Tu me rends fou, Bestiole. Tellement fou. Tu n'es pas une femme, tu es une drogue dure.

- 12 -

Reprenant contact avec le sol et la réalité, Frannie fouilla le visage de Zach dans l'espoir de comprendre ce qu'il avait bien voulu dire. Mais tout ce qu'elle trouva, c'est qu'il était pleinement satisfait de la situation actuelle.

Se penchant vers lui, elle bâilla.

— Tu as des affaires pour la nuit dans la voiture ?

Un rire retentit dans sa poitrine.

— Malheureusement non. Quand je suis parti de chez moi, je n'avais pas prévu…

Il n'eut pas besoin de terminer sa phrase, cette fois-ci aucune ambiguïté ne planait. Ils avaient tous les deux été pris de court par l'orage sensuel qui s'était abattu sur eux.

— Tu veux passer chez toi pendant que je me douche ?

Il lui tira doucement les cheveux pour lui renverser la tête et l'embrasser paresseusement.

— Ou tu pourrais venir chez moi.

Il avait raison. L'hôtel était cossu, mais il ne soutenait pas la comparaison avec l'appartement de Zach.

— Ça marche. Donne-moi dix minutes pour me rafraîchir.

Frannie avait fait le choix du déni, pour essayer de suivre la philosophie de Zach à la lettre. *Carpe diem.* Vivre dans l'instant… Pour l'instant, le week-end s'annonçait paresseux et elle n'avait pas la moindre envie d'être intelligente. Autrement dit, de garder ses distances.

Il lui fallait aussi éviter de penser au danger qui l'attendait dans l'appartement de Zach. Ce stupide manuscrit qui se moquait d'elle en lui rappelant qu'il n'était pas l'homme sans complications qu'il prétendait être.

Après un rapide passage dans la salle de bains, elle se saisit du plus petit de ses deux sacs et y fourra un jean et un pull en coton moelleux, et quelques produits de beauté nécessaires pour passer la nuit. Et plus si affinités ?

Elle détestait l'incertitude.

Quand elle fut prête, Zachary porta son sac à la voiture. Une fois qu'ils furent arrivés à son appartement, Zach alluma la cheminée et alla ouvrir une bouteille de vin.

— Je reviens, dit-il.

À son retour, il s'était changé. Il portait désormais un pantalon de jogging et un vieux T-shirt Harvard bleu marine et blanc qui se tendait sur ses pectoraux puissants.

Frannie aurait voulu elle aussi une tenue plus confortable, mais elle n'y avait pas pensé. Les vêtements qu'elle avait mis dans son sac étaient pour le lendemain.

Zach se laissa tomber à côté d'elle sur le canapé et lui caressa le genou.

— Si tu veux te mettre à l'aise, j'ai un peignoir. Je m'en sers rarement, il est propre comme un sou neuf. Tu le trouveras sur le crochet derrière la porte de la salle de bains.

Son imagination s'emballa. Être nue sous le peignoir de Zachary invitait à toutes sortes de perversions. En même temps, ce n'était pas comme si ses vêtements avaient un jour empêché Zach de faire quoi que ce soit. Et pas plus tard que ce soir en sortant de l'ascenseur de l'hôtel…

— Merci, dit-elle. Je crois que je vais suivre ton conseil.

Dans la salle de bains, elle ne put s'empêcher de penser à la douche qu'elle avait prise dans cette même pièce avec l'homme de la maison. Son dernier orgasme était peut-être aussi récent que tonitruant, cela ne m'empêcha pas de ressentir l'appel du désir pulser entre ses jambes. L'avait-il transformée en femme insatiable ?

Frannie avait toujours aimé le sexe, même le sexe en solo. Mais tout ce qu'elle avait vécu avant Zach lui semblait désormais tellement… tiède. Les grandes envolées charnelles, l'ivresse de la passion l'avaient toujours laissée perplexe. Aujourd'hui, elle les vivait dans sa chair.

Quand elle retourna dans le salon, Zach avait éteint les lampes et récupéré une grande couverture qu'il avait étalée sur le canapé. Il tapota le coussin près de lui.

— Tu viens ? Il y a un marathon *Star Wars* qui va bientôt commencer. Ça te dit ?

— Sympa, dit-elle avec prudence.

Elle était bonne en statistiques, entre autres. Les probabilités qu'ils réussissent à laisser passer le premier film sans se jeter l'un sur l'autre étaient au mieux minimes.

Elle se recroquevilla contre lui, une joue pressée sur sa cage thoracique que le T-shirt rendait terriblement confortable. Ils posèrent leurs pieds sur la table basse. Ces quatre pieds, deux masculins, deux féminins, exposaient leurs différences. Frannie était grande et ses pieds étaient plus longs que ceux de la moyenne des femmes. Mais à côté de ceux de Zach, ils semblaient minuscules.

Il lui ébouriffa tendrement les cheveux alors que la musique du générique culte se faisait entendre.

— À quoi penses-tu, Bestiole ? J'entends les rouages de ta cervelle tourner.

Elle haussa les épaules.

— J'admirais tes pieds.

Manifestement surpris, il éclata de rire.

— Sérieusement ?

— Sérieusement. Ils sont sexy.

Il remua les orteils.

— Si tu aimes une des parties de mon corps, je suis content.

Elle se retint de lui dire qu'il y avait d'autres parties de son corps qui lui plaisaient encore plus, mais le diable avait déjà été bien trop tenté pour la soirée.

Ils restèrent silencieux pendant les quarante-cinq premières minutes du film.

L'odeur de Zach avait suffi à faire monter en Frannie une bouffée de plaisir. Dans ses bras, elle se sentait à sa place. Mais lui, à quoi pensait-il ? Un pincement de regret vint troubler sa satisfaction.

Elle avait tant donné d'elle-même, s'était livrée autant qu'une femme pouvait le faire. Est-ce que cela avait été une énorme erreur de lui donner un tel pouvoir sur son bonheur ?

Lui aussi semblait détendu. Il se mit à lui caresser la clavicule, là où son décolleté s'était entrouvert. Sa main gauche tenait toujours la télécommande, mais le bras qu'il avait passé sur son épaule était libre.

C'était une caresse plutôt innocente, qui ne s'aventurait même pas vers sa poitrine… Mais déjà, elle avait trop chaud dans son peignoir.

Frannie essaya de rester immobile. De ne pas faire de bruit. Lorsqu'il lui embrassa la tempe, elle laissa échapper un tout petit gémissement. Elle murmura son nom, peut-être trop bas pour qu'il entende.

Zach éteignit le son et laissa tomber la télécommande. Avec douceur, il l'allongea sur le dos et se plaça au-dessus d'elle. Leur baiser commença doucement mais il ne tarda pas à s'enflammer. Lorsqu'il défit la ceinture de son peignoir et en ouvrit les deux pans, il poussa une exclamation.

— Tu peux me dire d'arrêter, chuchota-t-il, les yeux fixés sur ses seins.

Elle posa les deux mains de chaque côté de son visage. Elle aimait tant la façon dont ses yeux s'assombrissaient et ses joues rosissaient quand il avait envie d'elle.

— N'arrête pas.

Après ça, tout devint flou et sembla se passer au ralenti. Peut-être Zach essayait-il de compenser leur rapport si expéditif dans sa chambre d'hôtel. Elle ne s'en était pas plainte, mais ça aussi, c'était très bon. Délicieux.

Il lui saisit les poignets et lui leva les bras au-dessus de la tête.

— Reste comme ça.

Les mains de Zach sur ses seins étaient douces et chaudes. Il passa une langue langoureuse sur ses mamelons, jusqu'à ce qu'ils se tendent au point de faire mal.

Enfin, au moment où elle crut ne plus pouvoir le supporter, il revint vers sa bouche et lui donna un long baiser appuyé et passionné.

Ils étaient collés l'un à l'autre et elle sentait la poussée rigide de son érection contre son ventre.

— Déshabille-toi, supplia-t-elle.

Ils n'avaient pas beaucoup de temps. Le monde s'imposerait à eux bien trop tôt.

— C'est trop bon.

Il avait chuchoté ces mots tout en lui déposant de petits baisers et des coups de langue dans le cou. Il lui mordilla l'oreille. Elle poussa un petit cri.

Elle était tellement prête à l'accueillir que ses hanches tentaient de se soulever, mais Zach l'écrasait de tout son poids, et c'était bon. Elle était sans défense, et elle aimait ça. Elle l'aimait.

Comment faire autrement ? Hélas, elle avait tellement peur que pour lui, ce ne soit qu'une passade.

Il connaissait aussi intimement son esprit que son corps. Aucun autre homme n'avait été si parfait. Non, pas parfait, c'était trop demander. Mais parfait pour elle. Elle avait envie de le lui dire. Il avait gardé tant de ses secrets à elle, au fil des années.

Et maintenant que c'était si important, elle avait peur.

S'il rejetait son amour, elle serait dévastée.

Mais elle ne le saurait jamais, parce qu'elle ne s'autoriserait pas autre chose que ce nouvel interlude.

Il se leva enfin et ôta ses vêtements à toute vitesse. À quoi ressemblerait une vie où ce genre d'instants se reproduiraient tous les soirs ? Où elle partagerait tous les aspects de sa vie ?

Elle n'eut pas le temps de poursuivre ce fantasme qu'il était déjà sur elle, en elle, haletant son nom.

Il la prit tout doucement, avec de longs coups de reins qui leur donnaient à tous les deux un maximum de plaisir. Il avait fermé les yeux. Était-ce important pour lui que ce soit Frannie qui lui offre son corps ? Ou n'était-elle qu'une femme accueillante parmi d'autres ?

Comme s'il avait lu dans ses pensées, il grogna cinq mots tout simples.

— Tu comptes pour moi, Frannie.

Était-ce vrai ? Il ne lui avait pas fait confiance pour l'entreprise, ni pour ce qu'elle avait découvert. Comment le croire maintenant ? Cette phrase n'aurait pas dû tant l'affecter. Pourtant, sa manière de la prononcer lui donna une lueur d'espoir. Ils partageaient un passé, ce n'était pas rien. Pouvait-il envisager qu'elle fasse aussi partie de son avenir ?

Et moi, je t'aime, Zach.

Elle n'osa pas. Un curieux mélange de souffrance émotionnelle et d'extase physique la plongea dans une totale confusion. Elle passa les bras autour de sa taille et sentit la chaleur que dégageait sa peau. C'était là qu'hommes et femmes se rejoignaient.

Toutes les différences entre eux s'effacèrent au moment où il se donna à elle, en l'aimant de toutes ses forces avec son corps tout en gardant jalousement cette part de lui qui lui appartenait et qu'il ne partageait pas.

Lorsque ce fut terminé, repus et ensommeillés, ils abandonnèrent le canapé et se rendirent dans la chambre. Après une douche platonique et rapide, ils se glissèrent entre les draps en soupirant à l'unisson.

Alors que Zach tendait la main pour éteindre, Frannie posa la sienne sur sa poitrine.

— Attends, dit-elle. J'ai une confession à faire.

Avoir fait intrusion dans son intimité lui pesait et elle ne pouvait plus le supporter. Même si elle n'avait pas fouiné intentionnellement, le résultat était le même. Elle avait appris que Zach avait des secrets, qu'il ne lui révélait qu'une partie de lui-même. Peut-être que le lui dire était une erreur, mais elle devait savoir. Elle s'excuserait et verrait ensuite s'il était prêt à la laisser entrer dans sa tête et dans son cœur, pas seulement dans son lit.

Il roula sur le côté, calant sa tête d'une main.

— Intrigant. Est-ce une position coquine que tu voudrais essayer ?

Elle grimaça, s'asseyant en tailleur.

— L'autre jour, quand j'étais ici, tu m'as laissé emprunter un chargeur de téléphone. En le cherchant dans ton bureau, je suis tombée sur un manuscrit. Ton manuscrit.

Le visage de Zach devint livide. Il se glissa contre la tête de lit et croisa les bras sur sa poitrine.

— Est-ce que tu l'as lu ?

— Seulement les quatre premières pages. Puis j'ai compris que je ne devais pas faire ça, alors je me suis arrêtée. Mais pourquoi ne m'en as-tu jamais parlé ? Un roman, Zach ! C'est tellement excitant.

Il resta un long moment silencieux, comme si sa mâchoire était subitement faite de pierre.

— Il n'y a rien à dire.

Son cœur se serra, bien qu'elle eût prédit cette réaction.

— Tu plaisantes, j'espère ?

Elle fronça les sourcils.

— C'est incroyable. Tu as toujours été meilleur que moi à l'écrit au lycée. Mais un roman ? Je suis tellement impressionnée ! J'ai un ami agent littéraire à New York qui serait prêt à y jeter un œil, j'en suis sûre. Ou peut-être en as-tu déjà un ?

Les mots trébuchaient en sortant de sa bouche. Elle savait pertinemment qu'ils étaient inutiles. Elle essayait désespérément de l'atteindre, mais elle était maladroite.

— Arrête, Frannie.

Il était sec. Lointain.

— Je ne comprends pas. C'est énorme. Et quel accomplissement ! Il est fini, n'est-ce pas ? Tu en as commencé un deuxième ?

Elle était tellement concentrée sur son envie de le percer à jour qu'elle avait oublié à quel point il pouvait être têtu.

Il se frotta le front du revers de la main.

— Ce livre a été une passade, un délire. Depuis l'accident de mon père, je n'ai pas eu le temps de faire mumuse, crois-moi. Oublie-le, Frannie. Je sais ce que je suis et ce que je ne suis pas.

Les mots se déversèrent comme un torrent. Leur signification n'aurait pas pu être plus claire. *Laisse-moi tranquille, Frannie. Ne te mêle pas de mes affaires.* Avait-il vraiment envie d'écrire ? Ou est-ce que ce roman n'était qu'un exemple d'une longue série de passions éphémères ?

En faisait-elle partie, elle aussi ?

— Je croyais que nous commencions à vivre quelque chose de spécial, Zach. Que savoir ce que je ressens pour toi t'importait. Mais je constate que tu me caches toujours qui tu es vraiment.

— C'est ton opinion, Bestiole. Pas la mienne.

Ses mots étaient saccadés. Secs.

— Super, changeons de sujet alors.

S'il ne pouvait pas gérer le personnel, il pouvait au moins s'occuper des affaires en cours. Elle ajouta :

— Je vais passer le reste du week-end au siège. Avec la réunion de mercredi, peut-être qu'il faudrait que tu viennes avec moi demain, j'ai des éléments à te montrer. Je pense que tu conviendras ensuite que le vieil ami de ta famille n'est pas celui que tu crois.

Le regard de Zach, de mécontent, se fit glacial.

— Demain, non, j'avais prévu des trucs. Je vais faire du canoë avec un ami dans le Minnesota.

— En novembre ? Mais tu vas geler !

— Ne t'inquiète pas, je le fais chaque année.

Elle se redressa.

— Zach, on parle de l'entreprise de ta famille, là. Quelqu'un a essayé de vous blesser professionnellement et physiquement. C'est important. Tu ne peux pas annuler ou décaler ?

Il ne lui répondit pas directement.

— Je serai de retour pour la réunion de mercredi, c'est le mieux que je puisse faire.

Frannie ne s'attendait pas à ce que la nuit se déroule ainsi. Au lieu d'être enlacés et épuisés par le plaisir, ils étaient désormais tournés chacun de leur côté du lit, un gouffre invisible et profond entre eux.

Peut-être était-ce sa faute… en partie.

Parce qu'elle avait eu besoin de se connecter avec lui, elle avait en réalité déchiré quelque chose de fragile. En voulant savoir qui il était vraiment, elle avait déniché et exposé la vérité de leur relation.

Ce n'était pas aussi important, pas aussi fort qu'elle l'avait imaginé.

Son estomac se serra sous l'effet du regret et du désespoir. Incapable de dormir, elle se releva et alla récupérer ses vêtements.

— Je pense que c'est mieux si je retourne à l'hôtel, dit-elle, ses mots à peine audibles.

— Si c'est ce que tu veux.

Son silence de pierre tandis qu'elle rassemblait ses affaires lui fit plus de mal qu'elle ne le pensait possible. Une fois passés son jean et son pull, et ses vêtements de ville rangés dans son sac, elle prit la direction de la porte d'entrée.

— Tu veux que je te ramène ? demanda Zach. Il est tard.

La dernière chose dont elle avait envie était bien de se retrouver enfermée dans une voiture avec lui, écrasée par le silence.

— Non, dit-elle laconiquement. Je suis une grande fille, je vais me débrouiller. Au revoir, Zach.

Jusqu'à ce qu'elle retrouve la rue, elle espéra qu'il se précipiterait pour la retenir. Qu'il lui dirait quel idiot il avait été. Qu'il lui ferait une déclaration d'amour enflammée. Mais non. Le bruit sec de la grande porte vitrée de l'immeuble se refermant derrière elle sonna le glas de ses rêves.

Son béguin du lycée, son égal intellectuel, son amant

le plus extraordinaire n'était pas intéressé par ce que Frances Wickersham avait à offrir.

Frannie dormit d'un sommeil léger, suffisamment pour n'avoir aucun mal à se lever quand son réveil sonna à 8 h 30. Son cœur avait beau être comme un morceau de glace dans sa poitrine, elle refusait de pleurer pour Zach. Leur histoire avait été agréable le temps qu'elle avait duré. Le plus tôt elle quitterait Portland pour reprendre une vie normale, le mieux ce serait.

À cette fin, elle s'habilla et prit la direction du siège de SRO. Elle n'avait pas demandé à Zach à quelle heure était son vol. L'imaginer dans un avion, penser à la distance qui s'étirait entre eux lui nouait l'estomac.

Même s'ils allaient se revoir lors de la réunion du mercredi, leur relation était bel et bien terminée.

Le travail allait une nouvelle fois l'aider à oublier son chagrin. Elle retourna au bureau d'Edward Cordell et continua à compiler des notes pour le dossier qu'elle avait élaboré.

Les heures passèrent. Elle avait oublié de prendre quoi que ce soit pour le déjeuner. Cela n'avait pas d'importance. Elle n'avait pas faim, de toute façon.

Pour terminer son travail, il ne lui fallait plus que vérifier les ordinateurs de deux employés sur sa liste. Cela allait sans doute lui prendre jusqu'à la réunion, puis peut-être un jour ou deux de plus.

Si tout allait bien, elle allait pouvoir rentrer chez elle dans une semaine.

Elle espérait toujours que Zachary accepte d'examiner les preuves et en vienne à changer d'avis. Et même si elle ne voulait pas l'admettre, elle espérait aussi qu'il change d'avis sur leur vie personnelle.

Quand elle entendit un bruit de pas dans le couloir, son cœur s'accéléra. Il n'avait pas pris son avion, après tout. Ses espoirs n'étaient pas aussi vains qu'elle le craignait…

Alors qu'elle se tournait pour lui faire face, elle sentit quelque chose de dur entrer en collision avec sa tête.

Puis un rideau noir s'abattit sur le monde.

Zachary était d'humeur si maussade qu'il remercia le ciel de ne croiser personne dans le parking. Dans le cas contraire, il aurait peut-être effrayé ses voisins.

Il jeta ses sacs à l'arrière de sa voiture et sortit en trombe. Il n'arrêtait pas de se repasser le film de la dispute avec Frannie. Il était furieux. Le souvenir de son visage quand elle était partie faisait pulser une douleur brute dans sa poitrine.

Le seul bon côté de l'affaire, c'était qu'il n'y avait personne dans les rues. Perdu dans ses pensées, il avait pris machinalement la direction du siège de SRO, bien que le bâtiment ne soit pas techniquement sur son itinéraire pour l'aéroport.

Est-ce que Frannie était là ? Pourquoi s'en souciait-il ? Il avait sa propre vie à vivre. Il s'était bien débrouillé sans Frannie depuis une douzaine d'années. Il n'avait plus besoin d'elle maintenant. Il n'avait besoin d'aucune femme.

En réalité, il avait peur. Peur d'apprécier la compagnie de Frannie pour autre chose que le plaisir des sens qu'il pouvait en tirer. Cette peur était ce qui l'avait poussé à la rejeter.

Peur de l'échec. Peur de la décevoir elle, et lui-même.

Même le fait de récuser ses conclusions était une réaction à la peur. Si tous les problèmes venaient d'Edward, alors Zach avait mis sa famille dans de sales draps. S'il était aussi intelligent que le disaient les tests de QI, pourquoi n'avait-il rien soupçonné ?

Alors qu'il s'approchait de la rampe d'accès à l'autoroute, un vilain pressentiment l'envahit. Quelque chose n'allait pas. La sensation était si lourde, convaincante, qu'il dut s'arrêter sur la bande d'arrêt d'urgence et mettre sa tête entre ses mains.

Est-ce qu'il partait pour passer du temps avec son ami ou parce qu'il avait quelque chose à prouver ?

La sensation de danger persistait. Il soupira. Il avait passé une nuit blanche, c'était tout. Il était fatigué, voilà. Le stress était une réaction naturelle dans ces cas-là. La bonne vieille adrénaline qu'il ne connaissait que trop bien.

Subitement, il se souvint de la seule autre fois où il avait connu une prémonition aussi prégnante. C'était au lycée. Une nuit, alors que Frannie rentrait dans son dortoir, deux garçons ivres avaient tenté de l'agresser sexuellement. Zachary était arrivé à la dernière seconde, après l'avoir cherchée partout.

La scène lui revint à l'esprit comme si elle se déroulait devant ses yeux. Fou de rage, il avait battu les deux garçons avec ses poings jusqu'à ce qu'ils s'effondrent au sol. Frannie avait finalement réussi à l'éloigner, craignant pour leur sécurité à tous les deux. Les bagarres sur le campus étaient strictement interdites.

Naturellement, Frannie avait été très choquée. Bouleversée, même. Ils s'étaient enfermés dans une salle de classe vide et étaient restés à parler jusqu'à l'aube.

Il n'avait pas pensé à cette nuit depuis des années.

Jusqu'à maintenant.

Le nuage noir revint le harceler. Cette fois-ci, il décida de faire demi-tour et de retourner au siège, sans la moindre considération pour le code de la route et les limitations de vitesse.

Le soleil était bas dans le ciel. Il se gara sur sa place réservée avec un crissement de pneus et se précipita vers la porte d'entrée. Son badge fut refusé et un voyant rouge autoritaire lui barra l'accès aux bureaux. Quel idiot, il l'avait inséré à l'envers ! Le second essai fut concluant.

Frannie pouvait être n'importe où dans le bâtiment. Mais son instinct et ce qu'elle lui avait dit de son travail lui indiquèrent le chemin à emprunter - celui du bureau d'Edward Cordell. Lorsqu'il arriva devant la porte, il la trouva verrouillée. Bizarre. Heureusement, son badge lui donnait accès à tous les bureaux.

Lorsqu'il entra, son cœur bondit dans sa poitrine. Frannie gisait sur le sol, comme un vieux sac froissé. L'ordinateur avait disparu.

Hors d'haleine, il s'accroupit à côté d'elle et prononça son nom une douzaine de fois.

Elle ne répondit pas.

Il passa soigneusement les mains sur son corps. Sa peau était chaude. Elle n'était pas morte. Mais elle était inconsciente. Et ses joues étaient anormalement livides.

Il ne lui fallut pas plus de quelques secondes pour en identifier la cause. Ses cheveux, ses si beaux cheveux, baignaient dans une mare de sang.

— Oh mon Dieu, non, Frannie !

Son estomac se noua de colère et d'impuissance. En composant le numéro des secours, il regretta amèrement leur dispute et sa réaction quand elle lui avait dit avoir trouvé son manuscrit. Comment pouvait-il être aussi lâche ? Comment avait-il pu vouloir garder ses distances avec Frannie, la seule femme qui avait toujours cru en lui ?

L'évidence le frappa. Toute cette peur, cette lâcheté

n'avaient qu'une seule signification : il l'aimait. Et il n'allait peut-être jamais pouvoir le lui dire.

— Ne la laisse pas mourir, murmura-t-il dans une prière désespérée.

Il posa son front sur celui de Frannie et s'accrocha à sa main comme s'il s'agissait de sa bouée de sauvetage.

— Tiens bon, Bestiole. Je t'en prie, tiens bon. J'ai encore tant à vivre avec toi.

- 13 -

Frannie somnolait.

Des odeurs inconnues lui firent froncer le nez. Lorsqu'elle essaya de bouger, elle grogna sous l'effet de la douleur. Si c'était une migraine, alors c'était la mère de toutes les migraines.

Plus facile de garder les yeux fermés…

Elle ne savait pas où elle était. Ni pourquoi elle souffrait autant.

De vagues souvenirs se glissèrent dans sa conscience mais s'éloignèrent avant qu'elle puisse réellement se concentrer. Sa bouche était sèche et pâteuse.

— Est-ce que je peux… ?

Les mots se formèrent à peine. Quelqu'un pouvait-il seulement l'entendre ?

Elle devait peut-être réessayer d'ouvrir les yeux. Cette fois, la tentative fut un peu plus fructueuse. Elle réussit à voir une horloge sur le mur, mais elle n'avait aucune idée de la date précise.

Ou même si c'était le jour ou la nuit. Précautionneusement, elle tourna la tête, inspirant brusquement quand un couteau poignarda l'arrière de son crâne.

Doux Jésus.

Un de ses bras était attaché à quelque chose. Était-elle à l'hôpital ?

Quand elle tourna la tête, elle devina Zach qui se tenait

à son chevet. Il semblait endormi. Ses cils noirs gisaient comme des ombres sur ses joues bronzées. Son menton était couvert d'une barbe de plusieurs jours. Elle ne l'avait encore jamais vu aussi négligé.

Sa joue reposait sur le bord du matelas. Une de ses mains tenait la sienne. Il était courbé dans ce qui devait être une position terriblement inconfortable.

Elle voulait soulever sa main et lui caresser les cheveux, mais son cerveau ne parvint pas à effectuer le mouvement souhaité. Et son cœur ne voulait pas non plus lâcher ses doigts.

Lentement, sans bouger à nouveau la tête, elle parcourut la pièce du regard. Oui. Certainement un hôpital. Quand elle essaya de comprendre la raison de sa présence, l'explosion dans sa cervelle la convainquit de laisser tomber. Penser était trop dur.

Le besoin en eau devint intense.

— Zach, gémit-elle.

Son nom ressemblait à peine à un mot, mais il l'entendit. Il leva la tête et se redressa sur sa chaise.

— Frannie ? Tu es réveillée ?

Elle acquiesça lentement.

— Soif.

— Bien sûr.

Il se déplaça rapidement, saisit un pichet rose et versa de l'eau dans un verre. Puis il y ajouta une paille coudée. Quand il porta la paille à ses lèvres, elle put entendre la glace se craqueler dans sa petite tasse en plastique. Elle but lentement. Jamais de l'eau du robinet ne lui avait semblé si délicieuse.

— Super, merci, gémit-elle.

L'effort eut raison de ses maigres forces. Elle secoua la tête et ferma les yeux.

Lorsqu'elle se réveilla une nouvelle fois, Katie avait remplacé Zach. Le fait qu'il soit parti la rendit triste, mais elle essaya de ne rien laisser paraître.

— Quel jour sommes-nous ? demanda-t-elle, les mots comme du gravier dans sa gorge.

Katie lui caressa la main.

— Mardi, répondit laconiquement Katie. Tu as sans doute mal à la gorge parce qu'on t'a mis un tube dans la trachée pendant un certain temps. Mais ça va aller.

— D'accord.

Katie lui servit de l'eau sans même lui demander. Frannie réussit à en avaler davantage.

Elle n'allait pas poser de questions sur Zach. Non, elle n'allait pas le faire.

Le sourire de Katie était tendre.

— Zach est resté ici jour et nuit. Farrell l'a finalement convaincu de sortir pour faire le tour du pâté de maisons. Il reviendra bientôt. Est-ce que je peux t'apporter autre chose ? À manger ?

L'idée même suffit à lui soulever le cœur. Elle grimaça.

— Non, merci.

Elle essaya de bouger, mais fut assaillie de douleurs. Son corps et sa tête semblaient peser des tonnes et être recouverts de débris tranchants.

— Je peux rentrer chez moi ? réussit-elle à articuler péniblement.

— Pas encore, ma chérie. Tu te détends et tu nous laisses prendre soin de toi.

Frannie s'assoupit de nouveau. Elle n'avait jamais connu une telle fatigue.

Lorsqu'elle refit surface, Zachary était de retour, mais il ne dormait pas. Son regard était fixé sur son visage.

— Tu t'es rasé, dit-elle.

Son rire sembla rouillé.

— J'étais une belle épave tout à l'heure. J'avais besoin d'une bonne douche.

— Tu peux me ramener à l'hôtel ?

Il se figea.

— Tu te souviens de l'hôtel ?

Elle fronça les sourcils. Est-ce qu'elle se le rappelait réellement ? Essayer de reconstituer ses souvenirs lui donnait envie de pleurer.

— Je ne sais pas.

Elle sentit une larme couler sur sa joue.

Zachary avait l'air consterné.

— Tant pis, dit-il rapidement. Peu importe.

Il l'embrassa sur la joue et lissa ses cheveux.

— Tu m'as fait peur, Bestiole.

— Qu'est-ce qui ne va pas avec ma tête ?

Il fronça les sourcils.

— Tu es tombée. Sur le dos. Tu avais besoin de quelques points de suture et les médecins pensent que tu pourrais avoir une fissure du cuir chevelu, mais ne t'inquiète pas, tu vas vite guérir.

— Je suis contente que tu sois là, dit-elle.

Elle était bien trop fragile et anéantie pour ne pas être honnête.

L'expression de Zachary était confuse, difficile à interpréter.

— Je n'ai nulle part ailleurs où aller, murmura-t-il. Là où tu es, je suis.

Elle enroula les doigts autour des siens.

— Je crois me souvenir de ton appartement. Tu peux m'emmener là-bas, non ?

Sa gorge s'enflamma de plus belle lorsqu'elle déglutit.

— Je le ferais si je pouvais, ma Bestiole, mais le

médecin veut te garder encore au moins un jour de plus. Le temps que tu manges de nouveau des aliments solides et que tous tes examens soient normaux. Ce n'est pas si grave. Je ne bouge pas.

Une jolie femme entra alors dans la pièce, vêtue d'une blouse blanche et d'un pantalon noir.

— Je suis le Dr Maroney, dit-elle. Nous nous connaissons bien, vous et moi, madame Wickersham, mais je suppose que je ne vous évoque rien. C'est normal, vous avez subi un sacré traumatisme et les médicaments sont là pour vous détendre. Mais je suis contente de vous voir toute guillerette.

— Je ne me sens pas guillerette.

Frannie grimaça.

Le médecin éclata de rire.

— Je suis sûre que non, mais vous allez bien. C'est mon métier, vous pouvez me faire confiance.

La femme tourna la tête vers Zachary.

— Monsieur, c'est l'heure.

Zach secoua nerveusement la tête.

— C'est le premier jour où elle reprend ses esprits. Vous ne pensez pas qu'il faut encore attendre un peu ?

Frannie les regarda l'un après l'autre.

— Quelqu'un peut me donner les sous-titres ? Je ne comprends rien à ce que vous racontez.

Le médecin tira une chaise et se mit face à sa patiente.

— On vous a agressée, Frances. C'est pourquoi vous êtes ici. La police doit vous interroger.

Le cœur de Frannie se mit à battre de plus en plus fort.

— La police ?

L'un des moniteurs émit un bip.

— Vous voyez ! cria Zachary. C'est trop tôt.

— Arrête, ne hausse pas la voix contre mon médecin, dit Frannie, embarrassée.

Le Dr Maroney sourit.

— Il est inquiet pour vous. Mais vous êtes forte, Frances. Vous avez pris un sale coup sur la tête, mais vous êtes encore des nôtres. C'est un motif de célébration.

— Et la police ?

Le médecin hésita.

— Vous souvenez-vous de ce que vous faites dans la vie, madame Wickersham ?

— Vous pouvez m'appeler Frances. Je suis…

Frannie fouilla dans son cerveau.

— Je travaille avec des ordinateurs. Je suis…

Sa tête lui faisait un mal de chien.

— Je suis hackeuse.

— Oui.

Le médecin hocha la tête en signe d'approbation.

— Et où travailliez-vous récemment ?

Frannie jeta un coup d'œil à Zach.

— Je travaillais pour lui, non ?

Le médecin continua doucement :

— Je veux que vous essayiez de vous souvenir de samedi dernier. C'était il y a moins d'une semaine. Vous êtes allée dans les bureaux de Stone River Outdoors, la société que M. Stone possède avec ses frères.

L'anxiété monta dans sa poitrine.

— Samedi dernier était une mauvaise journée, murmura Frannie.

— Pourquoi ?

— Eh bien, je…

Frannie ferma les yeux et se souvint.

— Zach était parti, dit-elle d'un ton lourd. Dans un avion.

— D'accord, mais vous vous souvenez de ce que vous avez fait dans la soirée, quand vous êtes allée travailler ?

— Oui. C'est vrai, je suis allée travailler. Je faisais des progrès dans l'affaire.

— Et ce qui est arrivé ?

Frannie se sentait subitement frigorifiée.

— J'ai entendu un bruit derrière moi. Je pensais que Zach avait peut-être changé d'avis. Mais avant que je puisse me retourner, quelque chose ou quelqu'un m'a frappé à l'arrière de la tête.

Elle se mit à trembler.

— C'est bon ? Je ne veux plus parler.

Zachary se précipita dans le hall, furieux. Il fixa le détective qui écoutait à la porte.

— J'espère que vous avez obtenu ce dont vous aviez besoin. Elle ne se souvient de rien. Et vous venez de lui faire vivre un enfer.

La vérité était que Zachary lui-même en était responsable. Il s'était éloigné d'elle, avec l'intention de monter dans ce fichu avion. Il ne se pardonnerait jamais.

Le médecin les rejoignit.

— Mme Wickersham n'aura pas à recommencer. Mais la police avait besoin de sa déclaration.

— Jamais de la vie, marmonna Zachary.

Il frappa son poing contre le mur, voyant le visage de Frannie se dessiner dans son esprit lorsqu'elle avait dit *Zach était parti. Je pensais qu'il avait peut-être changé d'avis.*

Il l'avait abandonnée. Il lui avait dit qu'il se fichait de son enquête. Il avait remis en question sa sagacité.

Pire encore, il l'avait repoussée lorsqu'elle avait voulu parler de son livre, lorsqu'elle avait essayé de se connecter à tout ce qu'il gardait caché. Le *lui* qu'il n'avait jamais montré à personne d'autre.

Il était un abruti et il ne méritait sûrement pas d'avoir Frances Wickersham dans sa vie.

Mais il l'aimait et il refusait d'abandonner. Il mettrait ses émotions à nu devant elle si cela pouvait arranger les choses.

Soixante-douze heures plus tard, Zachary ramena Frannie chez lui. La trouvant très stressée, le médecin avait préféré la garder encore quelques jours en observation en raison de ce qui se passait avec Edward Cordell. Ivy était allée à l'hôtel quelques heures plus tôt, avait récupéré les affaires de la jeune femme et payé la note. Il n'y avait aucune raison pour que Frannie ne reste pas avec Zach.

La famille se réunissait quelques heures plus tard pour entendre le rapport qu'elle devait faire. La police avait procédé à quelques arrestations. Frannie avait insisté pour l'aider dans l'enquête. Après tout, personne ne connaissait la situation mieux qu'elle.

Zachary l'installa sur le canapé au beau milieu de couvertures et de coussin moelleux, avec tout un stock de collations à proximité. Frannie secoua la tête avec un sourire ironique.

— Je pense que c'est un peu exagéré, mais merci.

— Comment te sens-tu aujourd'hui ? demanda-t-il. Et n'essaye pas de me la faire à l'envers, Bestiole. Je te connais comme si je t'avais faite.

Elle refusa de s'allonger, mais elle ramassa ses jambes sous elle et se pelotonna sous un plaid en laine afghane qui lui allait parfaitement au teint.

— Beaucoup mieux. Sérieusement. Le mal de tête

est maintenant gérable et j'ai récupéré quasiment toute mon énergie.

— Si tu veux quand même repousser la réunion de ce soir, tout le monde comprendra, tu sais.

— Non, je suis prête. Qui plus est, une fois tout cela terminé, mon travail aussi sera terminé et je pourrai rentrer chez moi.

Son estomac se serra.

— Peut-être.

Elle croisa les bras sur sa poitrine, pencha la tête et le regarda.

— Tu agis bizarrement. Qu'est-ce qui se passe ?

Il avança vers elle et s'assit sur la table basse pour qu'ils soient genoux contre genoux.

— Je sais que j'aurais pu choisir un autre moment, mais cela ne peut pas attendre. Je t'aime, Frannie.

Elle cligna des yeux et secoua lentement la tête.

— Non, arrête. Tu ne m'aimes pas, tu te sens coupable car j'ai été blessée dans les locaux de SRO. Mais ne t'inquiète pas, je ne vais pas porter plainte.

La neutralité de sa réponse le heurta, mais il garda son sang-froid, car il méritait tout ce que Frannie pouvait lui faire endurer. Mais le moment était trop important pour la laisser changer de sujet.

— Même avant de te voir dans ce lit, inconsciente, j'ai compris.

— Compris quoi ?

— Que je t'aimais.

Elle se pinça les lèvres.

— Je peux te poser une question ?

— Tout ce que tu veux.

— Ils m'ont dit que c'était toi qui m'avais trouvée et

appelé les secours. Comment est-ce possible si tu étais dans un avion ?

Repenser à cette soirée le fit frissonner.

— J'étais quasiment arrivé à l'aéroport, précisa-t-il. Et j'ai été assailli par un horrible pressentiment. Comme cette nuit à Glenderry, quand ces deux garçons t'avaient coincée. J'ai fait demi-tour et j'ai roulé comme un dératé jusqu'au siège, mais il était trop tard.

Elle lui tapota la main.

— Peut-être pas. La police pense que mon agresseur était probablement encore dans le bâtiment. Quand il t'a entendu, cela a dû l'effrayer. Tu m'as sauvé la vie.

La voix de Zach se brisa.

— Je pensais que tu étais morte. Il y avait tellement de sang, tu ne bougeais plus…

— Je suis désolée que tu aies eu à vivre cela.

— Oh ! ne t'excuse pas, tu n'as rien fait de mal.

Frannie soupira, comme si elle était en train de se dégonfler.

— C'est fini, Zach. Tout est fini. Je vais bien. Tout va bien.

Sauf que non, tout n'allait pas bien.

Il avait dit à Frannie qu'il l'aimait et elle l'avait ignoré comme si sa déclaration était sans importance ni conséquence. Comme il l'avait repoussée lorsqu'elle avait tendu une main vers lui et voulu connaître le vrai Zachary Stone…

Malgré ce qu'elle avait prétendu, Frannie était faible. La preuve : elle s'était profondément endormie quelques minutes après la fin trop précoce de leur conversation. Sa sieste avait duré plus de deux heures. Pendant ce temps,

Zachary avait réfléchi en faisant les cent pas dans son appartement.

Il fallait qu'elle le croie. Il l'aimait et, aussi effrayant que cela puisse être, il ne voulait plus lui cacher qui il était réellement. Sans compter qu'il ne pouvait pas la laisser quitter Portland et prendre le risque de ne plus jamais la revoir.

Ses frères et belles-sœurs arrivèrent sur les coups de 17 heures. Dolly était avec une nourrice. Katie et Ivy avaient préparé des amuse-gueules pour le repas du soir, comprenant sans doute que Frannie ne serait pas encore d'attaque pour rester assise à la table de la salle à manger pendant de longues heures.

Au début du repas, la conversation resta banale et légère. Mais Frannie aborda rapidement le sujet qui les avait tous amenés ici.

Du regard, elle passa en revue le groupe, un sourire aux lèvres.

— Ce n'était pas tout à fait comme cela que j'imaginais rendre mon rapport, mais voilà.

Farrell leva une main.

— Avant de commencer, et je pense que je parle au nom de nous tous, j'aimerais dire à quel point nous sommes heureux que tu sois sortie de l'hôpital. Tu nous as fait peur, Frances.

— Eh bien, ça va, dit-elle gaiement. Malheureusement, votre paranoïa était bien fondée, je crains que cela ne fasse plus aucun doute maintenant.

Quin fronça les sourcils.

— Et c'est vraiment Edward Cordell, le coupable ?

— Oui, mais il avait de l'aide. Son petit-fils de vingt-quatre ans était impliqué. Le règlement de SRO stipule que les e-mails personnels sont interdits sur les ordinateurs de l'entreprise. Edward respectait cette règle… ou presque. À deux reprises avant que vous commenciez à remarquer des bizarreries et avant l'accident de voiture, Edward a envoyé un message à son petit-fils depuis son poste de travail. Après avoir découvert cela, j'ai pu pirater son compte de messagerie personnel, et tout était là.

— Mais pourquoi ? demanda Katie.

— D'après ce que j'ai pu voir, continua Frannie, Cordell nourrissait une rancune depuis plusieurs décennies à l'encontre de M. Stone, votre père. Il avait été son meilleur ami, mais Edward avait l'impression d'avoir été floué dans une affaire qu'ils avaient montée tous les deux au début des années 1970. Edward a ensuite commencé à se servir de son petit-fils comme d'une caisse de résonance. Petit à petit, le petit-fils s'est persuadé qu'Edward méritait davantage que sa retraite et ils ont élaboré un plan pour détruire Stone River Outdoors en guise de vengeance.

Farrell était pâle comme un linge.

— Et l'accident de voiture ?

— Une fois ces preuves obtenues, j'ai discuté avec le détective que vous aviez engagé. Notre hypothèse, c'est que le petit-fils a payé un drogué pour simplement provoquer l'accident et que les choses ont dégénéré.

— Et mes créations volées ?

— J'ai trouvé des photographies numériques. Apparemment, Edward était dans ton bureau à un moment donné, il a vu un carnet de croquis et a pris quelques photos avec son téléphone. Il les a données à son petit-fils, qui les a diffusées sur une demi-douzaine de sites web interlopes et a trouvé un acheteur. Comme vous le savez tous maintenant, la police a arrêté les deux hommes. Le petit-fils a joué la provocation, en disant qu'il n'était pas au bout de ses projets pour SRO. Mais Edward s'est excusé dans sa déposition. Il dit qu'il n'a pas su contrôler son amertume, qu'il a créé un monstre.

Ivy se prit le visage dans les mains.

— C'est terrible. Trois frères ont perdu leur père et maintenant, ces deux-là passeront probablement le reste de leur vie en prison. C'est comme une tragédie grecque. Et même pire encore, car l'histoire touche des gens que j'aime.

Zachary se leva et fit les cent pas. Il se sentait terriblement nerveux. Dans une tragédie grecque, il n'y avait jamais de place pour le bonheur, l'amour et la romance. Il devait réécrire la fin de cette maudite pièce, mais comment s'y prendre ?

Farrell se leva.

— Bon, je pense qu'il est temps pour nous tous de rentrer chez nous et de laisser la convalescente se reposer. Et de nous reposer aussi par la même occasion, car nous avons tous vécu des journées éprouvantes.

Frannie secoua la tête.

— Je vais bien. Je ne suis pas contre un peu de compagnie.

Zachary comprit parfaitement le sous-entendu. Elle ne voulait pas être seule avec lui. Heureusement pour son programme de réécriture des tragédies, la famille se décida quand même à rentrer chez elle.

Frannie s'étira.

— Je dors ici ce soir, Zach. Ce canapé est super confortable et j'aime être près de la cheminée.

Il la regarda et haussa les épaules.

— D'accord, si c'est ce que tu veux.

Frannie se sentait atrocement mal. Si elle en avait eu la possibilité, elle aurait passé la nuit à l'hôtel, mais sa chambre avait été vidée et payée. Sans compter que ni Zachary ni aucun de ses proches ne lui auraient permis une telle solitude.

Leur sollicitude était touchante, mais Frannie désirait plus que tout se retrouver seule. Cela lui brisait le cœur de se rappeler comment elle avait été mise sur la touche et comment Zach avait rejeté son amour. Même s'il ne l'avait pas dit explicitement.

Sa récente déclaration était plus que suspecte. Elle avait beau vouloir ardemment croire à sa sincérité, elle devait aussi se rendre à l'évidence et faire face à une vérité aussi froide que désagréable : ses mots avaient été dictés par la culpabilité et le remords.

Zachary la fixa.

— Je vais me coucher, dit-il d'une voix blanche. Si tu as besoin de quoi que ce soit, tu sais où est ma chambre.

— Merci, murmura-t-elle avant de le regarder partir et d'aller faire sa toilette dans la salle d'eau au bout du couloir.

Quand elle retourna dans le salon, toutes les lampes étaient éteintes, à l'exception de celle qu'elle pouvait atteindre à côté du canapé. Zachary avait rangé et sorti un drap-housse épais pour couvrir les coussins du canapé, ainsi qu'un oreiller supplémentaire. Sa couverture avait été soigneusement repliée.

Sur la table basse, bien en évidence, une pile épaisse de pages imprimées et reliées était posée.

Le livre de Zach.

Son cœur fit un bond dans sa poitrine et ses jambes cédèrent sous le coup de l'émotion. Elle s'assit et ramassa le manuscrit en laissant de côté l'enveloppe qui l'accompagnait. Elle ne voulait plus perdre de temps et commença sa lecture.

Cinquante pages plus tard, des larmes roulèrent sur ses joues. C'était bon. Tellement bon. Brillant, même. Le début de son thriller était si habile qu'elle aurait pu rester éveillée toute la nuit pour le terminer d'une traite.

Mais il était tard et ses réserves d'énergie étaient épuisées.

À contrecœur, elle ramassa l'enveloppe. À l'intérieur, sur un morceau de papier plié en quatre, elle reconnut l'écriture de Zach. Son message était aussi laconique que bouleversant :

Je t'aime, Bestiole. Tu es mon potentiel.

Son cœur se serra. Sa poitrine lui faisait mal. Elle voulait tellement le croire. Pourquoi lui avait-il laissé son livre à lire ? Était-ce une offrande de paix ou quelque chose de plus ?

Oui, il lui avait déjà dit qu'il l'aimait. Mais ils avaient tous les deux été soumis à une pression et à un stress énormes. La situation était sans précédent.

Pendant des années, même au lycée, Zachary avait refusé de révéler sa vraie personnalité. Ou peut-être qu'il n'avait jamais compris ce qu'il avait à offrir… Qu'il n'avait jamais réellement cru à son propre potentiel.

L'idée qu'il pouvait exprimer des remords ou de la culpabilité et confondre ces émotions avec l'amour la déchirait de part en part.

Pour en avoir le cœur net, il n'y avait qu'une seule chose à faire. Quelque chose de risqué.

Sur ses jambes flageolantes, elle remonta le couloir jusqu'à la chambre de Zach et se tint silencieusement dans l'embrasure de la porte. Sa lampe de chevet éclairait la tête de son lit d'une lumière douce et chaude. Le reste de la pièce était plongé dans l'obscurité.

Frannie vit qu'il ne dormait pas. Il était simplement

allongé sur le dos avec un bras replié derrière sa tête. Ses yeux grands ouverts fixaient le plafond. Il était nu au-dessus du drap qu'il avait tiré jusqu'à sa taille.

— Zach.

Elle s'appuya contre le cadre de la porte.

Il se redressa dans son lit, ses cheveux en bataille.

Elle grimaça.

— Je suis désolée, je ne voulais pas te déranger.

— Aucun problème, bredouilla-t-il. Je ne dormais pas, je réfléchissais.

Frannie fit quelques pas de plus vers le lit mais s'arrêta au milieu de la pièce.

— Tu réfléchissais à quoi ?

Le visage de Zach était affligé de chagrin. Il n'y avait pas d'autres mots pour décrire l'angoisse qu'elle lisait en lui.

— Au fait que j'ai tout raté avec toi. Dans tous les sens. En tant qu'ami, en tant qu'amant, en tant qu'être humain.

— Tu es qui tu es, Zach. Et je t'aime… J'aime tout de toi.

D'un geste, il repoussa le drap, se leva et réduisit la distance entre eux. La façon dont il l'attira contre son corps nu et chaud avant d'enfouir le visage dans ses cheveux lui donna envie de pleurer.

— Je t'aime aussi, Frannie, dit-il d'une voix rauque, presque austère. Je le jure sur la tombe de ma mère.

Elle lui caressa le dos.

— L'amour ne suffit pas toujours. Comment cela pourrait-il fonctionner, Zach ? Tu as deux maisons incroyables, une entreprise florissante et un patrimoine vieux de plusieurs décennies. Une famille qui te tient à cœur et qui compte sur toi. Mon travail m'emmène partout dans le monde…

Il passa un bras sous ses cuisses et la porta sur le canapé près de la cheminée.

— J'y ai pensé aussi, Bestiole. J'ai déjà parlé à mes frères, et ils m'ont chacun donné leur bénédiction. Je vais embaucher quelqu'un pour me remplacer en tant que directeur financier. Il y a beaucoup d'hommes et de femmes dignes de confiance et passionnés par notre projet.

Elle le dévisagea.

— Mais pourquoi ?

— Ce poste n'est pas ma passion, voilà pourquoi. Je veux parcourir le monde avec ma femme, si elle veut de moi.

Il l'embrassa tendrement.

— À quoi sert d'être riche si on ne peut pas dépenser son argent pour faire quelque chose de grand ? On pourra revenir dans le Maine à tout moment, mais je veux vivre où tu vis, ma chérie. Frannie, je t'adore. Et si jamais tu veux être maman, je pourrai être un papa au foyer.

Son cœur allait exploser de bonheur.

— Tu es sérieux ?

Elle n'arrivait toujours pas à y croire.

— Terriblement, mon amour. Voilà pourquoi je t'ai laissé le livre. Pour que tu saches que tout ce que je te promets est bien au-delà du sérieux. Personne d'autre n'en a lu ne serait-ce qu'un paragraphe. C'est profondément personnel pour moi. Mais à partir de maintenant, tout ce que j'ai est à toi. Corps et âme. Cœur et esprit. Jusqu'à ce que la mort nous sépare.

Des larmes mouillèrent son visage. Des larmes de joie que Zach but avidement.

Elle posa la joue sur son torse. Leurs deux cœurs battaient à l'unisson.

— Tu veux me faire l'amour ? dit-elle dans un souffle.

Il secoua la tête, l'air peiné.

— Tu sais ce qu'a dit le médecin. Repos total pendant au moins une autre semaine.

— Personne n'est là pour me surveiller, protesta-t-elle en tendant la main vers son impressionnante érection.

Zachary grogna et la repoussa.

— J'en ai autant envie que toi, tu le vois bien, mais il faut être raisonnable. Je vais te garder contre moi pendant que tu te reposes, mon amour. Je te promets que je ne te ferai plus jamais de mal. Tu es à moi, Frances. Ton corps magnifique, ton cœur généreux et bienveillant, ton cerveau incroyablement fascinant.

Il l'installa sous les couvertures et se glissa à côté d'elle.

— Dors, ma si douce. Demain est un autre jour.

Épilogue

Réveillon de Noël

Frannie se tenait dans le salon joliment décoré de Quin et Katie et se demandait si elle arrêterait un jour de sourire. La plaie à l'arrière de sa tête était complètement guérie, à part quelques petites douleurs occasionnelles. Au matin, Katie lui avait offert les services d'un salon de beauté haut de gamme où la coiffeuse avait soigneusement lavé et séché ses cheveux longs et épais, avant de les épingler savamment à l'arrière de sa tête pour que des boucles tombent en cascade sur ses épaules.

Elle était entourée de guirlandes tressées et de bouquets de conifères dont l'odeur fraîche lui rappelait sa première escapade avec Zachary sur la côte nord. Dans un coin de la pièce, un fabuleux sapin de Noël ajoutait sa note festive à l'ensemble.

Devant la cheminée, un pasteur vêtu de blanc félicitait Ivy et Farrell, sur le point de prononcer leurs vœux, accompagnés de Katie et Quin comme seuls témoins.

Le cœur de Frannie débordait. Elle n'avait jamais été aussi heureuse.

Elle jeta un rapide coup d'œil à l'homme à ses côtés. Zachary Stone en smoking, tenant un bébé, était le plus beau spectacle qu'elle ait vu de toute sa vie. Sa mission consistait à calmer Dolly pendant la courte cérémonie, puis de la redonner à ses parents devenus officiellement mari et femme.

Zachary surprit le regard de Frannie et sourit.

— Je t'aime, murmura-t-elle.

Son hochement de tête rapide et la façon dont il attrapa sa main et la serra furent plus signifiants que des mots. Son fiancé ressentait la même chose.

Au troisième doigt de sa main gauche, elle portait l'énorme et parfaite émeraude qu'il lui avait offerte pour sceller leurs fiançailles. La pierre, sertie dans un anneau de platine, était entourée de minuscules diamants.

Ils avaient envisagé un mariage pour la Saint-Valentin, après la fin de sa mission de janvier. Mais elle pouvait parfaitement se passer d'une grande cérémonie. Un passage à la mairie un de ces jours la comblerait tout autant.

La cérémonie terminée, toute l'assistance applaudit le nouveau couple. Zach remit le bébé à sa maman et à son papa adoptif.

Pendant que tout le monde était occupé, Zachary attira Frannie sous le gui et l'embrassa longuement et profondément.

Quand il releva la tête, ses yeux étaient humides.

— Tu es ma meilleure amie, Frannie Wickersham. Mon amour. Tu seras ma femme pour toujours. Je t'adore.

Elle l'embrassa en retour, étourdie par tout ce que l'avenir lui réservait.

— Tu valais la peine d'attendre, Stoner. Vraiment, tu valais la peine.

Vous avez aimé *Un play-boy énigmatique* ?
Retrouvez vite en numérique l'intégrale de la série
« Les héritiers de Stone River » :

1. *Une situation si troublante*
2. *Un nouveau départ à deux*
3. *Un play-boy énigmatique*

JAYCI LEE

Mariée à son patron

Traduction française de
MARIE MOREAU

PASSIONS

HARLEQUIN

Titre original :
TEMPORARY WIFE TEMPTATION

- 1 -

À en juger par le grand respect et la fascination qu'il suscitait, Garrett Song, le directeur du département business et développement du groupe Hansol, aurait pu être un dieu ou un super héros. C'était pourtant bien juste un homme, fait de chair et d'os.

C'étaient ses grands-parents qui avaient fondé l'entreprise de prêt-à-porter qui faisait désormais partie des acteurs principaux du secteur. Ce succès était le fruit du travail acharné des membres de la famille Song, et Garrett jouait pleinement son rôle au sein de cette lignée. Tout le monde reconnaissait le talent et l'énergie qu'il mettait depuis des années au service de Hansol, à commencer par Natalie Sobol elle-même. Bien qu'elle ne l'ait pas encore rencontré, elle était bien placée pour apprécier son travail, car cela faisait huit semaines qu'ils collaboraient sans se voir, par e-mails et par téléphone.

Cela avait commencé l'année précédente, quand la directrice générale des ressources humaines, en poste à New York, était partie en congé maladie. Natalie, qui travaillait dans les bureaux de Los Angeles, avait été nommée pour assurer l'intérim à distance. Garrett Song était alors devenu son supérieur hiérarchique. Elle avait découvert un homme très exigeant mais doté d'un grand sens de l'équité et de la loyauté. Elle ne pouvait qu'admirer son intelligence et son dévouement total au groupe Hansol. De surcroît, elle avait cru deviner un certain sens de l'humour derrière le sérieux qu'il affichait dans le travail.

Cela faisait maintenant un mois qu'il avait rejoint le siège à Los Angeles. Pourtant, il n'avait toujours pas trouvé le temps de signer les papiers qu'elle lui avait fait parvenir pour finaliser son transfert. Pourquoi ? C'était la question qu'elle se posait. Ne pouvait-il pas consacrer une demi-heure à la lecture de son nouveau contrat ? Considérait-il que son statut royal le plaçait au-dessus des employés ordinaires ? Avait-elle pu se tromper à ce point sur lui ? Elle ressentait un mélange de colère et de déception.

— Bon, marmonna-t-elle en tapotant avec son stylo le dossier incomplet de Garrett. Que faire ?

Tout le monde avait l'obligation de se plier à la politique et aux procédures de l'entreprise. Tout le monde, y compris l'héritier de la famille Song.

Heureusement qu'elle avait appris à remettre à leur place les cadres pleins d'arrogance. Ce n'était pas en fuyant ses responsabilités qu'elle était devenue la plus jeune directrice des ressources humaines de l'histoire du groupe Hansol. Non, certainement pas ! Et elle n'allait pas attendre une minute de plus pour faire respecter les règles. Après avoir rassemblé les documents en attente et les avoir glissés dans la pochette, elle prit le tout et sortit dans le couloir. Tant pis pour Garrett s'il se sentait au-dessus des lois. Une fois qu'elle lui aurait mis ses papiers sous le nez, il serait bien obligé de les signer.

Arrivée devant son bureau, elle frappa deux petits coups, entra et referma la porte derrière elle. Elle découvrit alors un mobilier fin et sobre, tout en verre et en métal, et une seule peinture abstraite pour habiller le mur blanc.

Cette décoration était beaucoup plus élégante et moins prétentieuse que celle des bureaux des autres cadres dirigeants qu'elle avait pu connaître.

Comme il était penché sur sa table de travail, éclairé par le rayon de soleil qui entrait par la fenêtre, elle vit d'abord ses cheveux noirs qui brillaient dans la lumière. Elle ne put réprimer un léger frisson quand elle prit conscience qu'elle allait enfin faire la connaissance de Garrett Song.

Mais elle se rappela aussitôt que ce n'était pas une visite de courtoisie. D'une démarche autoritaire, elle avança jusqu'à son bureau en faisant claquer ses talons sur le sol. Il ne leva même pas les yeux. Qu'attendait-il au juste ? Tandis qu'elle cherchait une façon polie d'attirer son attention, il se redressa enfin pour la regarder.

— Oui ? demanda-t-il de sa voix profonde.

Elle resta muette en voyant ses yeux bruns se fixer sur les siens. Son cœur se mit à battre plus fort. Même s'il avait la réputation d'être un homme très séduisant, elle ne s'était pas préparée à un tel magnétisme. Cet homme était d'une beauté à couper le souffle et, malgré tout son professionnalisme, elle ne put ignorer la réaction de ses sens.

Tu n'es pas là pour te pâmer devant lui. Tu es là pour le réprimander.

— Bonjour, monsieur. Je suis Natalie Sobol.

En lui tendant la main, elle fut soulagée de voir qu'elle ne tremblait pas.

— Je suis heureuse de vous rencontrer enfin en personne, ajouta-t-elle.

— Tout le plaisir est pour moi, répondit-il. Je reconnais la valeur inestimable de votre travail depuis que vous remplacez notre directrice générale des ressources humaines. Vous êtes un atout majeur pour notre entreprise.

Sa remarque la fit rougir et, lorsqu'il lui serra la main, elle ne put s'empêcher de frissonner en sentant ses doigts se refermer sur les siens. Comment rester insensible à son corps athlétique, son charisme, sa sensualité ? Que se passait-il lorsqu'il quittait son habit de directeur consciencieux pour laisser s'exprimer sa virilité ? Brusquement, elle eut l'envie folle d'être celle qui lui ferait perdre le contrôle…

— Que puis-je pour vous ? demanda-t-il.

Tirée de sa rêverie insensée, elle ôta sa main de celle de Garrett, non sans avoir l'impression qu'il la retenait légèrement. Elle se concentra pour afficher une expression neutre et posa le dossier devant lui, sur son bureau.

— Qu'est-ce que c'est ?

— Votre dossier personnel, répondit-elle sans se laisser intimider par son regard glacial. Et un avertissement écrit pour manquement aux règles de l'entreprise.

— Oui, ça, je le vois bien. Mais pourquoi ?

— Tous les employés doivent impérativement signer leur contrat de travail dans les quinze jours suivant leur embauche, ou suivant leur transfert, comme c'est le cas pour vous. Cela fait plus d'un mois que vous êtes ici, or vous n'avez pas encore signé. En tant que directrice des ressources humaines, j'ai le devoir de vous signaler que vous contrevenez à la politique du groupe Hansol.

Il la dévisagea avec une stupéfaction évidente. Puis, au bout de quelques instants, il se cala au fond de son siège et croisa les bras, ce qui ne manqua pas de faire ressortir les muscles de son torse sous sa chemise ajustée. Il fallait se rendre à l'évidence : c'était bien plus facile de travailler avec lui quand elle ne l'avait pas en face d'elle.

— Bien entendu, si vous signez les documents tout

de suite, cet avertissement écrit n'apparaîtra pas dans votre dossier.

Elle avait toutes les peines du monde à parler sans bafouiller. Ce n'était pas la première fois qu'elle devait rappeler à l'ordre un cadre dirigeant de l'entreprise, loin de là, mais jamais aucun d'eux ne l'avait troublée comme Garrett Song. Son attirance pour lui était aussi inattendue qu'incontrôlable.

— Corrigez-moi si je me trompe, dit Garrett d'une voix traînante, mais cela ressemble étrangement à une menace.

— Je ne vois pas en quoi le fait que je fasse mon travail devrait représenter une menace pour vous, répliqua-t-elle sèchement. Il est de mon devoir de faire respecter les règles, c'est tout. Je suis là pour ça.

— Si vous tenez à ce point à suivre à la lettre la politique de l'entreprise, sachez que vous êtes vous-même en train de l'enfreindre. Les employés ont droit à un avertissement oral avant l'avertissement écrit. N'est-ce pas, madame Sobol ?

C'était bien tenté de sa part. Malheureusement pour lui, dans son domaine de compétences, personne ne pouvait la prendre en défaut.

— Les ressources humaines vous ont déjà adressé de nombreux rappels. Cependant, si vous préférez une procédure plus formelle, je ne manquerai pas de vous inviter dans mon bureau pour votre prochain avertissement verbal.

Il esquissa alors un léger sourire, infiniment sexy.

— J'apprécie votre dévouement envers Hansol, dit-il avec un air irrésistible.

D'où venait ce soudain changement d'humeur ? Était-ce de la pure tactique ?

— Et si je signais les papiers tout de suite ? proposa-t-il. Je vous en prie, asseyez-vous.

Elle était prise au piège. Elle n'avait qu'une hâte : sortir de son bureau, le fuir pour reprendre ses esprits et calmer le tourbillon qui s'était emparé de ses sens sans qu'elle comprenne comment ni pourquoi. Mais il ne lui laissait d'autre choix que de rester.

Crispant la mâchoire, elle s'assit et posa les mains sur ses genoux. Comment résister à un charme aussi envoûtant ? Elle avait déjà vu des hommes séduisants. Souvent, même. Mais elle n'avait pas ressenti une telle attirance depuis… En fait, c'était la première fois que cela lui arrivait.

Il feuilleta les quelques documents qu'elle avait posés devant lui et y apposa sa signature. Les manches relevées de sa chemise laissaient apparaître ses avant-bras musclés et bronzés, qui ressemblaient plus à ceux d'un sportif de haut niveau qu'à ceux d'un homme d'affaires. Natalie ne put s'empêcher d'imaginer le reste de son corps. Ses pectoraux, ses abdominaux, le bas de son ventre…

Elle se mordit la lèvre et s'efforça de se ressaisir. Était-elle devenue folle ? Elle ne pouvait pas fantasmer sur Garrett Song !

— Ce n'était pas trop dur. Toutes mes excuses pour le retard, dit-il avec un sourire contrit.

— Excuses acceptées.

Elle se leva d'un bond, pressée de s'échapper, mais il prit tout son temps pour former une pile parfaite avec les papiers avant de les lui rendre. Ce qu'il pouvait être agaçant…

N'y tenant plus, elle lui prit son dossier des mains et quitta son bureau sans se retourner. En partant aussi brutalement qu'elle était arrivée, elle l'avait sans doute convaincu qu'elle était bizarre et grossière, mais cela valait toujours mieux que de se jeter sur lui.

Même si Garrett Song n'avait pas été son patron et si elle avait eu la moindre chance qu'il s'intéresse à elle, il n'aurait pas été question pour elle de penser à lui. Elle avait une autre priorité.

Sophie.

Son excitation disparut d'un coup, étouffée par la profonde tristesse qui l'habitait depuis plusieurs semaines. Depuis le tragique accident de voiture qui avait coûté la vie à Traci.

Sa chère Traci.

D'un pas précipité, Natalie parcourut les quelques mètres qui la séparaient de son bureau et eut tout juste le temps de refermer la porte avant qu'un sanglot s'échappe de sa gorge. Parker, le mari de Traci, le grand frère dont Natalie avait toujours rêvé, était mort sur le coup. Sa sœur aînée, elle, avait tenu le coup jusqu'à ce que Natalie la rejoigne à l'hôpital.

— Promets-moi, avait murmuré Traci en saisissant la main de Natalie.

— Tout ce que tu veux. Mais je t'en prie, reste avec moi.

— Promets-moi d'élever Sophie comme ta fille. S'il te plaît, avait-elle insisté en fixant sur Natalie un regard affolé, terrifié.

— Je te le promets.

Aux yeux de la loi, ce serment fait à sa sœur juste avant son dernier souffle ne valait rien. Lily et Steve Davis, les grands-parents paternels de Sophie, devaient devenir ses tuteurs par défaut. Les chances pour que le tribunal accorde à Natalie l'adoption de sa nièce étaient infimes, surtout dans la mesure où les Davis s'y opposaient. Les parents de Parker étaient des gens bien, seulement ils se raccrochaient à leur petite-fille qui représentait leur dernier lien avec leur fils. Ils étaient déterminés à emmener Sophie chez eux, à New York, quitte à mener pour cela une longue et dure bataille juridique.

De surcroît, une assistante sociale avait dit à Natalie qu'un foyer constitué de deux parents aux revenus élevés avait plus de chances d'accéder à l'adoption. Elle n'avait donc plus qu'à trouver la formule magique pour faire apparaître un mari riche et dévoué !

Natalie aurait tout donné pour offrir à sa nièce une enfance heureuse et insouciante. Elle savait trop bien, hélas, tout comme sa sœur Traci, ce que cela signifiait de grandir sans mère.

Poussant un soupir de tristesse, elle s'assit devant son ordinateur et passa en revue les quarante-sept e-mails qu'elle avait reçus pendant qu'elle était dans le bureau de Garrett Song. L'un d'entre eux attira soudain son attention.

— Quoi ?

Elle se frotta les yeux et relut le message. Ce n'était pas possible, elle devait halluciner. C'était trop beau pour être vrai. L'actuelle directrice générale des ressources humaines prenait sa retraite à la fin de l'année et, pour la remplacer, le groupe Hansol voulait promouvoir quelqu'un en interne. Ce poste offrait un salaire à six chiffres, ainsi que de nombreux avantages… De quoi offrir à Sophie les meilleures écoles ! Et cette offre d'emploi concernait les bureaux de New York. Les Davis accepteraient sans doute plus facilement de confier la garde de Sophie à Natalie s'ils avaient la perspective de vivre près d'elle et de la voir souvent.

Enfin, la vie lui envoyait un signe positif pour lui redonner un peu d'espoir.

Si elle obtenait cette promotion, il ne lui resterait

plus qu'à trouver un mari. L'image de Garrett lui vint à l'esprit. Sa force. Son charisme. Elle ne put s'empêcher de frissonner. Il était tellement…

Mais qu'est-ce qui lui prenait ? Pourquoi pensait-elle à lui maintenant ?

Pour la première fois depuis son arrivée à Los Angeles presque deux mois plus tôt, Garrett partit tôt du bureau. Sa grand-mère l'avait convoqué, disant qu'elle voulait le voir avant d'oublier à quoi il ressemblait. C'était sa façon à elle de lui reprocher ses visites trop rares.

Elle vivait avec le père et la petite sœur de Garrett, dans leur maison familiale de Pacific Palisades. Le fait que Garrett ne se soit pas installé avec eux lors de son retour en Californie était toujours un sujet sensible pour sa grand-mère. Traditionnellement, dans les familles coréennes, les jeunes gens habitaient avec leurs parents et grands-parents jusqu'à leur mariage. Seulement, Garrett comptait bien rester célibataire. Il avait donc emménagé seul dès maintenant pour que sa famille se fasse à l'idée.

Coincé dans les embouteillages, alors qu'il laissait son esprit vagabonder, il se surprit à penser de nouveau à Natalie Sobol. Depuis quelques semaines, cela lui arrivait de plus en plus souvent.

Décidément, cette femme ne le laissait pas indifférent.

Il respira profondément. Quand elle était entrée dans son bureau, il l'avait prise pour l'un des mannequins engagés par l'entreprise. Elle n'aurait pas été la première à faire semblant de s'être perdue dans les couloirs pour tomber sur lui comme par hasard et tenter d'engager la conversation. Mais au moment où il allait la renvoyer sèchement, il avait remarqué ses yeux brillants, sa peau de pêche et sa silhouette irrésistible. Aussitôt, il avait oublié sa suspicion et son irritation. Le désir l'avait frappé comme la foudre.

Puis elle s'était présentée, et il avait découvert que celle qui lui avait inspiré les idées les moins avouables n'était autre que la directrice régionale des ressources humaines de Hansol. Une personne avec qui il aimait travailler et qu'il appréciait en tant que collaboratrice. Il était même possible qu'elle devienne bientôt directrice générale des ressources humaines.

Il ne pouvait pas être attiré par une employée du groupe. Et cela tombait bien, car de toute façon Natalie Sobol n'était pas son type de femme. Il ne sortait qu'avec celles qu'il rencontrait en soirée. Celles qui, comme lui, cherchaient des relations sans lendemain. Cela épargnait à tout le monde de souffrir.

Il se passa nerveusement la main dans les cheveux. Il ne pouvait nier que Natalie Sobol était très professionnelle, tant par son allure que par son attitude. Mais au lieu de le refroidir, cela n'avait fait qu'attiser son envie de découvrir quelle femme se cachait sous ce tailleur impeccable et cette rigueur à toute épreuve. Si seulement il avait pu déboutonner sa chemise, glisser les mains sous sa jupe…

Il se donna une tape sur la joue pour se rappeler à l'ordre. Il ne pouvait pas avoir des vues sur une employée. Il s'était toujours interdit de mélanger travail et plaisir, et il n'était pas question qu'il fasse une entorse à cette règle. Surtout pas en ce moment. S'il voulait être bientôt nommé P-DG, comme prévu, et surtout se garder de déstabiliser l'entreprise familiale, il devait éviter tout scandale. Le rapprochement qu'il préparait avec Vivotex, le plus grand groupe du monde dans le secteur de la mode, ne devait en aucun cas être mis en péril. Quelle importance avait sa libido face aux décennies de travail et de sacrifices de sa famille et aux milliers d'employés qui dépendaient de lui ?

Sans oublier sa grand-mère. À quatre-vingts ans, elle était en pleine forme et gardait toute sa force de caractère. Si elle perdait la face à cause de lui, elle serait bien capable de le punir en faisant une crise cardiaque, par le seul pouvoir de sa volonté. Un léger infarctus, juste ce qu'il fallait pour qu'il se sente coupable.

L'image de Natalie Sobol lui revint à l'esprit et il ne put contenir un frisson d'excitation. En rencontrant son regard, il avait ressenti l'envie dévorante de l'embrasser. Pourquoi lui faisait-elle autant d'effet ? Pourquoi n'arrivait-il pas à effacer ce souvenir de sa mémoire ?

Quand il arriva à la maison familiale, il n'avait plus que cinquante minutes devant lui avant son rendez-vous avec Clark Nobu, un potentiel partenaire commercial qui était surtout membre du conseil d'administration de Vivotex. Gagner sa confiance était capital pour l'avenir de Hansol.

— Salut, Garrett. Je sors, Colin m'emmène voir l'un de ses nouveaux clubs.

Il regarda sa sœur qui descendait les marches du perron, vêtue d'une petite robe noire pailletée un peu trop courte au goût de Garrett. En le croisant, elle se hissa sur la pointe des pieds pour l'embrasser sur la joue.

— À plus, Garrett, ajouta-t-elle gaiement.

— Moi aussi, Adelaide, j'étais ravi de te voir.

Leur cousin Colin possédait plusieurs discothèques à la mode dans le quartier coréen de Los Angeles, ainsi qu'à Hollywood. C'était un brillant homme d'affaires qui avait construit sa réussite tout seul. Si Garrett avait le plus grand respect pour son parcours, ce n'était pas le cas de tous les membres de la famille. Certains le traitaient même comme le mouton noir.

— Je soutiens Colin, mais il ne pourra pas éviter grand-mère éternellement.

— Je sais bien, répondit Adelaide avec une moue dépitée. Moi, *oppa*, c'est toi que je soutiens. Bonne chance avec grand-mère.

— Merci, sœurette. Amuse-toi bien.

Il se retourna pour la regarder s'éloigner.

À la mort de leur mère, il avait fait son possible pour s'occuper d'elle au mieux. Du moins, aussi bien qu'un garçon de quinze ans pouvait le faire pour une petite fille de sept ans. Leur père, lui, avait sombré pendant des années. Le jour où il avait enfin réussi à surmonter sa peine, Adelaide était devenue une adolescente irritable, qui changeait de petit ami comme de paire de chaussures, en cherchant désespérément de l'affection et du réconfort dans des relations superficielles.

Néanmoins, il reconnaissait que sa petite sœur était plus intelligente que lui. Contrairement à elle, il n'avait pas été capable de tirer les leçons du spectacle de désolation que leur avait offert leur père. Cela aurait dû lui apprendre le pouvoir destructeur de l'amour. Mais non. Il avait eu besoin de rencontrer Samantha pour se débarrasser enfin de ses illusions. Même des années après leur séparation, il ne pouvait toujours pas penser à elle sans sentir le goût amer de la trahison et de l'humiliation.

Arrivé devant la porte de la chambre de sa grand-mère, il frappa et entra. Cette pièce ne comportait pas de mobilier occidental. Ni lit, ni fauteuil, ni chaise. Assise sur un matelas étendu à même le sol, le dos bien droit, son ordinateur portable posé à côté d'elle sur une table basse, Grace Song l'attendait.

— Bonjour, *halmoni*, dit-il avec respect.

Après s'être incliné devant sa grand-mère, il s'assit en tailleur sur un coussin épais.

— Tu as dîné ? demanda-t-elle.

— Oui, oui, j'ai grignoté quelque chose au bureau.

Comme à leur habitude, chacun d'eux parlait dans sa langue maternelle.

— Bon, dit-elle. Assieds-toi plus confortablement.

Cela voulait dire qu'il devait se préparer à une longue conversation. Il étendit les jambes, les croisa et attendit qu'elle parle.

— Six mois nous séparent de ta nomination au poste de P-DG, dit-elle. J'ai suffisamment confiance en toi pour savoir que tu te prépares consciencieusement à assumer tes futures responsabilités.

— Bien sûr, grand-mère.

Ils savaient tous les deux qu'il était prêt à diriger l'entreprise. Il travaillait dans ce but depuis toujours.

Elle acquiesça d'un signe de tête et prit une grande inspiration. S'il ne l'avait pas si bien connue, il aurait presque pu penser qu'elle hésitait, qu'elle avait du mal à dire ce qu'elle avait à dire. Mais c'était impossible. Elle était l'autorité incarnée.

— Le jour où nous révélerons que tu es le nouveau P-DG de Hansol, nous annoncerons aussi tes fiançailles.

— Mes quoi ?

Stupéfait, il dévisagea sa grand-mère. Avait-elle fait une attaque sans que personne s'en soit rendu compte ?

— Grand-mère, tu te sens bien ?

— Mais bien sûr, je me porte à merveille, répliqua-t-elle en chassant sa question d'un mouvement impatient de la tête. Je disais donc, nous annoncerons tes fiançailles avec Jihae Park, de la firme coréenne Rotelle.

Le sang de Garrett se glaça dans ses veines. En une

seconde, son incrédulité se transforma en colère noire. Sa famille avait contrôlé chaque minute de sa vie pour le faire entrer dans le moule du parfait héritier. Le skateboard, c'était pour les voyous. Le golf correspondait mieux à leur milieu. Le basket pouvait devenir brutal. Le tennis donnait une image plus distinguée.

Et maintenant elle veut décider qui je vais épouser ?

Il savait que l'union de ses parents avait eu pour but de sceller une alliance commerciale entre deux familles coréano-américaines. Il savait aussi qu'au sein de ce mariage arrangé, son père et sa mère avaient trouvé l'amour et le bonheur. Mais lorsque sa mère avait succombé à un cancer, toute joie avait disparu du foyer. La seule chose qui était restée inchangée pour Adelaide et Garrett, c'était le poids de leur nom de famille et la pression constante qui allait avec.

— Pour que ce soit bien clair, demanda-t-il d'un ton aussi calme que possible, c'est la femme ou l'entreprise que je dois épouser ?

— Tu… Tu oses me répondre ? rétorqua sa grand-mère avec un regard indigné.

Comme il ne pouvait s'empêcher de se sentir coupable, il serra les poings pour se donner de la force. Ses grands-parents avaient créé Hansol et, pour en faire l'entreprise prospère que c'était aujourd'hui, ils avaient dû travailler avec acharnement. Pendant dix ans, ils s'étaient abîmé les mains et les yeux sur des machines à coudre, jusqu'au jour où ils avaient pu ouvrir leur premier grand magasin de prêt-à-porter. Le succès était allé grandissant, mais hélas, le grand-père de Garrett était mort trop tôt pour voir son rêve se réaliser. Pour sa grand-mère, Hansol représentait plus qu'une entreprise. C'était l'âme de son défunt mari.

— Toute ma vie, dit Garrett, je t'ai obéi sans sourciller

parce que j'avais conscience des sacrifices que tu avais consentis pour notre famille. Mais un mariage arrangé, c'est hors de question. S'il te plaît, *halmoni*, je te demande de reconsidérer la question.

Il vit les traits de son visage s'adoucir de façon à peine perceptible.

— Minah, dit-elle en l'appelant par son prénom coréen. C'est dans ton intérêt avant tout que j'ai organisé cette union. Jihae est une jeune femme charmante et brillante, issue d'une famille *chaebol* très respectée. Elle fera une bonne épouse et une bonne mère.

— Dans mon intérêt avant tout ? Parce que cela n'a rien à voir avec ton envie de faire entrer une jeune femme *chaebol* dans la famille pour avoir une descendance *chaebol* ?

Les familles *chaebol* constituaient en quelque sorte l'aristocratie coréenne. On ne pouvait obtenir leur pouvoir et leur autorité que par la naissance ou le mariage. Malgré leur succès, les Song restaient seulement des nouveaux riches tant qu'aucune alliance ne se faisait avec une famille *chaebol*.

— Grand-mère, je respecte notre héritage et je veux le meilleur pour Hansol, mais je n'ai pas besoin d'une épouse *chaebol* pour faire honneur à notre nom.

— Quelle insolence. Défier ainsi tes aînés…

Elle baissa la tête et la secoua lentement, comme si elle avait trop honte pour rester droite.

— C'est ma faute, poursuivit-elle. Quand vous avez perdu votre mère, ta sœur et toi, j'ai fait de mon mieux pour vous donner une bonne éducation, mais il est évident que j'ai manqué à mes devoirs envers vous.

Garrett étouffa un grondement de frustration. Ce n'était ni en essayant de la raisonner ni en la suppliant qu'il parviendrait à la faire céder. Elle était impitoyable, et lorsqu'elle avait décidé quelque chose, lui faire changer d'avis était presque toujours mission impossible.

— Tu n'as pas manqué à tes devoirs, répondit-il. Tu nous as appris à nous défendre et à nous battre pour ce en quoi nous croyions.

Il sentit sa voix faiblir sous l'effet des émotions qui l'assaillaient. Prenant une profonde inspiration, il se redressa et leva la tête. Il n'était plus le petit garçon apeuré qui avait perdu sa mère. Il était temps que sa grand-mère voie l'homme adulte qu'il était devenu… même s'il devait pour cela se servir d'un mensonge.

— Je suis déjà fiancé à une autre femme, annonça-t-il. Et je me battrai pour elle.

Pour la seconde fois ce soir, elle resta sans voix. Mais cela ne dura qu'un bref instant.

— Eh bien, rétorqua-t-elle, tu vas devoir dire à cette *autre femme* que vos fiançailles sont rompues. Le mal n'est pas encore fait. Pour la presse, tu es toujours célibataire.

— Le mal n'est pas encore fait ? On m'a appris à savoir préserver mon honneur à tout prix. Je ne vois pas ce qu'il peut y avoir d'honorable à rejeter la femme que j'aime pour en épouser une autre en raison de la fortune et du pouvoir de sa famille.

— Je suis ta grand-mère. Je te défends de me donner des leçons sur l'honneur. Si tu n'épouses pas Jihae, poursuivit-elle en frémissant de colère, je t'empêcherai d'accéder au poste de P-DG. N'oublie pas que je suis actionnaire majoritaire.

— Et je suis le candidat le plus qualifié pour cette place, et le seul qui puisse conclure l'accord avec Vivotex. En votant contre moi, tu votes contre l'entreprise.

Il se leva et s'inclina respectueusement.

— Je tiendrai la promesse que j'ai faite à ma fiancée, conclut-il avec fermeté. Je te fais confiance pour agir dans l'intérêt de Hansol.

Sur ces mots, il quitta la maison à grands pas. Il y avait rébellion et *rébellion*. Après ce qui venait de se passer, il s'étonnait que sa grand-mère ne se soit pas évanouie. Mais c'était Grace Song. Elle n'allait pas commencer aujourd'hui à montrer des signes de faiblesse devant l'adversité.

Une fois sur le parking, pris de vertige, Garrett s'appuya contre le capot de sa voiture. Non seulement il lui fallait maintenant trouver une fiancée, mais en plus, il allait devoir l'épouser. Si sa stratégie ne se déroulait pas à la perfection, il risquait de faire exploser sa famille et de nuire gravement à Hansol. Il n'y avait pas de place pour l'erreur.

Lorsqu'il aurait obtenu le partenariat avec Vivotex, sa grand-mère ne pourrait plus s'opposer à sa promotion. Le bien de l'entreprise était sa priorité absolue. Mais elle ne renoncerait pas à s'immiscer dans la vie privée de Garrett tant qu'il n'aurait pas épousé sa fiancée imaginaire.

Où trouver l'épouse parfaite ?

Laissant échapper un rire amer, il s'installa au volant et referma sa portière. Il n'avait jamais imaginé qu'il aurait un jour à se poser cette question. Pourtant, il n'avait pas d'autre choix. Sa complice devrait être une personne discrète, pragmatique et assez désespérée pour accepter un mariage arrangé. Quoi de plus simple ?

Il démarra nerveusement et prit la direction de Melrose.

Pour lui, ce n'était pas un problème de conclure une union de façade. Le mariage n'était pour lui qu'un pari insensé sur l'avenir. Il refusait de s'engager dans une histoire d'amour capable de détruire un homme et sa famille.

Bientôt bloqué dans les embouteillages, il fut privé de la petite brise dont il avait profité quelques instants en roulant. Il avança au ralenti pendant de longues minutes jusqu'au moment où il put enfin se garer devant le Rêve, le club branché où il avait rendez-vous. Il confia ses clés au voiturier et se dirigea vers le salon VIP.

D'ordinaire, Garrett fuyait les lieux comme celui-ci. C'était Clark Nobu qui appréciait cet endroit et avait fixé ce rendez-vous. Garrett entra dans le salon VIP et fut soulagé de s'y trouver seul un instant. Toutefois, la guerre qu'il avait entamée avec sa grand-mère le mettait dans un état de tension et de colère dont il n'arrivait pas à se départir. Pourquoi avait-il fallu en arriver là ?

Il sentit son téléphone vibrer dans sa poche et soupira avec résignation. Il en était certain, c'était Clark Nobu qui annulait leur rendez-vous.

Je suis retenu par une urgence. Je ne pourrai pas quitter le bureau avant minuit. Toutes mes excuses. Je me rattraperai.

La journée de travail de Garrett était officiellement terminée. S'il épousait cette héritière coréenne, songeat-il, son temps de repos n'existerait plus. Même les aspects les plus intimes de sa vie seraient liés à Hansol. Il fallait vraiment qu'il trouve la femme qui lui permettrait d'éviter cela.

Mais où ?

- 2 -

Debout dans la file d'attente, Natalie sentait à chaque mouvement la caresse de sa robe en soie sur sa peau. C'était pour le moins intimidant de s'exhiber dans cette tenue, sans presque rien en dessous, mais ce soir, elle n'avait eu d'autre choix que de tenter le tout pour le tout.

— Vous. La dame en rouge.

Comme personne ne sortait du rang, elle tourna la tête pour voir qui le videur avait pu appeler ainsi. Peut-être la femme blonde habillée en rose foncé ? Au bout de quelques secondes, elle comprit que c'était à elle qu'il s'était adressé.

— Oui, vous, la beauté, ajouta-t-il avec un sourire presque concupiscent.

En faisant des recherches sur Internet, elle avait appris que moins elle serait vêtue, plus elle aurait de chances d'entrer dans cet établissement. Elle avait donc choisi sa tenue avec cette pensée à l'esprit. Elle portait une robe rouge dos nu, excessivement décolletée, qui lui couvrait tout juste le haut des cuisses. Elle s'était à peine reconnue dans la glace avant de partir, surtout avec le maquillage de ses yeux, plus travaillé que jamais. Mais ce soir, elle ne pouvait pas se permettre de jouer la carte de la modestie et de la discrétion. Être acceptée à l'intérieur comptait plus que tout et, pour cela, il avait fallu sortir le grand jeu. La concurrence était rude le vendredi soir.

Perchée sur ses talons de dix centimètres, elle afficha un sourire forcé et avança aussi naturellement et gracieusement que possible jusqu'au pied de l'escalier qui l'attendait. Il était assez raide, et quelques instants plus tard elle put se féliciter d'être arrivée en haut sans encombre.

À 16 heures, Lily Davis avait téléphoné en pleurs. Natalie n'avait saisi que des bribes de phrases au milieu de ses sanglots. « Sophie », « fièvre élevée » et « vomissements », notamment. Aussitôt, Natalie avait demandé aux grands-parents de Sophie, qui logeaient à l'hôtel, d'emmener sa nièce à l'hôpital le plus proche, puis elle s'était empressée de les y rejoindre. Lorsque le médecin leur avait annoncé que ce n'était qu'un virus inoffensif qui disparaîtrait en vingt-quatre heures et qu'un bain tiède suffirait à apaiser la fièvre du bébé, l'heure de son entretien pour le poste de directrice des ressources humaines était largement passée.

Erreur de débutante. Elle aurait dû commencer par faire une recherche sur les symptômes au lieu de paniquer comme cela. Mais le mal était fait. Elle n'avait aucune chance d'obtenir un nouveau rendez-vous. Le comité de recrutement avait considéré que si elle s'absentait déjà pour une urgence familiale, quelle qu'elle soit, cela signifiait que son implication n'était pas suffisante pour qu'elle obtienne une promotion.

C'était profondément injuste, mais ce qui s'était passé ce matin avait peut-être détruit sa seule chance d'adopter Sophie. Toutefois, elle refusait d'abandonner. Elle avait encore une carte à jouer. Garrett Song était le futur P-DG de Hansol. Il avait certainement le pouvoir de convaincre le comité de lui accorder une autre chance. Lui tendre une embuscade dans une boîte de nuit n'était pas le procédé le plus professionnel, mais que faire d'autre ?

D'après son agenda, il avait un rendez-vous d'affaires dans ce club ce soir, et il allait sans doute partir en voyage dès le lendemain. Si Natalie ne profitait pas de cette petite fenêtre de temps pour lui parler, elle n'aurait plus aucun espoir d'obtenir un nouvel entretien. Il fallait tenter le tout pour le tout.

Le cœur battant, elle traversa la foule qui dansait au rythme de la musique électronique. Elle avait l'impression d'être entrée dans un autre monde. Les gens qui l'entouraient étaient si beaux, si sûrs d'eux…

Allez, se dit-elle pour s'encourager. *Tu le trouves, tu lui demandes et tu repars. C'est tout ce que tu as à faire.*

Un verre lui donnerait sûrement un peu de force.

Elle se dirigea vers le bar circulaire orné de lumières bleues. Au centre, une imposante colonne remplie de bouteilles montait jusqu'au plafond haut de plusieurs mètres. C'était à se demander comment faisaient les serveurs pour attraper les alcools rangés aux étages les plus élevés.

S'efforçant de se concentrer sur sa mission, elle secoua la tête pour chasser toute distraction de son esprit, puis se figea aussitôt. Elle avait passé une heure à dompter ses boucles brunes, mais déjà, Natalie sentait qu'elles menaçaient de s'échapper des multiples épingles qui les tenaient. Elle avait une demi-heure devant elle, au mieux, avant d'être complètement échevelée. Au milieu du club le plus branché de Melrose. Génial !

Elle se fraya un chemin entre les clients et s'assit sur le premier tabouret libre qu'elle trouva. Là, elle fit signe au barman le plus proche, un garçon musclé et tatoué qui lui répondit par un clin d'œil tout en jonglant avec un shaker. Sa gestuelle avait annoncé une boisson plus séduisante que le liquide rose qu'il finit par verser dans un verre pour le donner au client qui l'attendait.

Quand le jeune M. Muscles vint vers elle pour prendre sa commande, elle respira profondément en sachant combien elle allait le décevoir.

— Un double scotch, demanda-t-elle. Sec.

Il fit la moue, montrant qu'il avait espéré quelque chose de moins classique.

— Vous souhaitez une marque en particulier ?

— Bowmore, répondit-elle. Vingt-cinq ans d'âge.

— Ah ! s'exclama-t-il en retrouvant un peu de gaieté. Une belle femme qui s'y connaît en whisky.

Elle lui sourit, heureuse d'avoir échappé à un numéro de cirque, mais son soulagement fut de courte durée.

— On envoie ! cria-t-il brusquement.

— On envoie ! répétèrent ses collègues en écho.

Quelques clients applaudirent avec excitation quand une sorte de trottinette, fixée sur des rails intégrés à la colonne centrale, descendit jusqu'à M. Muscles. Il monta dessus, attacha un harnais autour de sa taille et s'envola en tournant autour de la colonne, devenant aussitôt le centre d'attention de toute la salle. Il attrapa la bouteille de Bowmore et redescendit telle une rock star.

Lorsqu'il lui tendit son verre, elle sentit qu'elle était aussi rouge que sa robe. Elle se serait volontiers cachée sous le bar si elle avait pu. C'était déjà une épreuve pour elle de se trouver ici vêtue d'un minuscule morceau de tissu, elle n'avait pas besoin en plus de se faire remarquer !

Elle but une longue gorgée de scotch en espérant que cela l'aiderait à se détendre. C'était un délice. Elle ferma les yeux et sourit en savourant la sensation de chaleur qui l'envahissait. Quand elle les rouvrit, M. Muscles était debout face à elle, l'air interdit.

— Oh ! pardon, balbutia-t-elle.

Elle se hâta de prendre sa carte bancaire dans son sac à main pour payer.

— Tenez, dit-elle en la lui tendant. Merci.

Avec un regard un peu gêné, il prit la main de Natalie dans la sienne.

— Je vous offre votre verre, ma beauté.

— Il n'y a pas de…

— Je m'appelle Kenny et je finis mon service dans trois heures. Vous pouvez m'attendre ? demanda-t-il avec un sourire presque enfantin.

Ce ne fut qu'en surprenant son regard sur son décolleté qu'elle comprit qu'il la draguait.

— Euh… Je ne peux pas… En fait, je…

Elle était tellement prise au dépourvu qu'elle ne savait pas comment réagir. Elle n'avait pas l'habitude de ce genre de situation.

— Merci, Kenny, dit une voix grave derrière elle. Vous pouvez nous laisser.

Natalie se raidit sur son tabouret tandis qu'un frisson lui parcourait le dos. Ce timbre profond et sensuel ne la laissait pas indifférente ; toutefois, elle n'était pas sûre d'approuver l'intervention autoritaire de cet inconnu.

Avant de se retourner, elle s'accorda une seconde pour finir son verre d'un trait et recouvrer son sang-froid.

— D'ailleurs, dit l'homme mystérieux à Kenny, mettez plutôt ce verre sur ma note, s'il vous plaît.

Comme il tendait au barman un billet de cent dollars, Natalie remarqua sa grande main et ses longs doigts fins. Kenny prit l'argent avec un haussement d'épaules et marmonna un remerciement.

Cette fois, c'en était trop. Elle n'appréciait pas du tout

cette attitude arrogante. D'un coup, elle se retourna pour remettre cet homme à sa place.

Stupéfaite, elle resta muette et immobile. L'étranger à la voix si sexy n'était autre que Garrett Song et, dans ce cadre si différent de celui du bureau, il était encore plus irrésistible. Il se trouvait plus près d'elle qu'elle ne l'avait cru, à quelques centimètres seulement. Les yeux soudain rivés sur les siens, elle vit de l'amusement dans son regard, mais surtout une lueur qui alluma en elle un désir irrépressible. Ses cheveux de jais, ses lèvres sublimes, sa stature d'athlète… Tout en lui était un appel à la volupté. Il portait une chemise et un pantalon classiques qui ne faisaient qu'ajouter de l'élégance à sa virilité outrancière.

En voyant l'expression de son visage, elle devina qu'il ne l'avait pas reconnue, ce qui n'était pas surprenant. La femme qu'il avait devant lui ne ressemblait pas à celle qu'il avait vue au bureau.

Les yeux toujours fixés sur ceux de Garrett, elle décroisa les jambes et descendit lentement de son tabouret. Il était si près d'elle que, dans son mouvement, elle l'effleura involontairement. Sa présence virile et son parfum aussi frais qu'une brise d'automne l'enivrèrent davantage que son verre de scotch. Elle n'avait qu'une seule envie : nouer les bras autour de son cou, plaquer son corps contre le sien et prendre possession de ses lèvres. Malgré les choses importantes qu'elle avait à lui dire, elle était incapable d'articuler la moindre parole. C'était comme s'il l'avait hypnotisée.

À l'instant où elle se tourna vers lui, Garrett sut qu'il était perdu.

Il l'avait vue entrer dans le club au moment où il allait partir. Aussitôt, sans même l'avoir décidé, il s'était dirigé vers elle. Avec sa silhouette de rêve, sa robe qui semblait peinte sur les courbes sublimes de son corps, elle l'avait attiré comme un aimant. En la regardant, il avait ressenti un élan de désir mêlé à un étrange besoin de la protéger des regards déplacés.

— Dansez avec moi, dit-il.

En la voyant ouvrir de grands yeux, il sentit son pouls s'accélérer. Son visage lui semblait familier, et pourtant il savait qu'il n'aurait pas pu l'oublier s'il l'avait déjà rencontrée.

Elle regarda avec curiosité la main qu'il lui tendait en signe d'invitation. Au bout de quelques secondes, elle posa ses doigts doux et fins sur ceux de Garrett et un délicieux frisson le traversa.

Dès qu'ils furent sur la piste de danse, il passa un bras autour de sa taille pour l'attirer près de lui. Tout en tournoyant avec elle au milieu des autres couples, il posa la main sur son dos dénudé. La chaleur de sa peau et la souplesse de ses mouvements ne firent qu'attiser l'excitation qui s'était emparée de lui. Sa sensualité le rendait fou.

— Qui êtes-vous ? murmura-t-il, fasciné, en la regardant dans les yeux.

Elle cligna des yeux, comme s'il l'avait réveillée en plein rêve. Puis elle secoua la tête et l'expression de son visage s'assombrit d'un coup. C'est alors qu'il la reconnut.

Il laissa tomber ses bras le long de son corps.

— Vous… Vous ne savez vraiment pas qui je suis ? demanda-t-elle avec un air adorablement gêné.

Une seule femme lui avait fait cet effet avant ce soir. Une seule. Et cette femme, c'était elle.

Sa voix avait-elle été aussi voluptueuse le jour où elle avait fait irruption dans son bureau ?

— Suis-je censé vous connaître ? demanda-t-il pour voir comment elle allait réagir.

Il devait savoir quelle idée elle avait derrière la tête. Depuis Samantha, il ne pouvait plus faire une confiance aveugle aux femmes. Ce qu'il connaissait de Natalie Sobol ne lui inspirait que du respect, mais il n'était pas assez naïf pour penser que cette rencontre, ce soir dans ce club, était une pure coïncidence. Il se doutait qu'elle était venue dans le but de tomber sur lui pour obtenir quelque chose. Mais quoi ?

— Je suis…

Elle s'éclaircit la voix et se redressa, comme pour se donner de l'assurance.

— Monsieur Song, je suis Natalie Sobol.

— Appelez-moi Garrett, dit-il en la prenant par le bras pour l'attirer vers le balcon où ils auraient un peu plus d'intimité. Alors, poursuivit-il une fois dehors, si vous me disiez ce qui vous amène ?

La lune ne brillait pas assez pour qu'il voie clairement son visage, mais il l'entendit retenir un instant sa respiration. Il fut surpris en entendant qu'elle ne cherchait pas à lui faire croire qu'elle s'était trouvée là par hasard.

— Je suis venue vous demander une seconde chance, répondit-elle.

Elle parlait d'un ton calme et déterminé.

— Une seconde chance pour quoi ?

— Le poste de directrice des ressources humaines. J'ai manqué mon entretien en raison d'une urgence familiale, mais je pense sincèrement que je suis plus qualifiée que quiconque pour ce travail.

C'était donc ça, l'idée qu'elle avait derrière la tête ?

— Et en quoi pourrais-je bien vous aider ? demanda-t-il, dubitatif.

— S'il vous plaît. Tout ce que je demande, c'est le droit de passer mon entretien. Vous serez bientôt notre nouveau P-DG. Si cette requête venait de vous, le comité de recrutement vous écouterait forcément. Croyez-moi, ajouta-t-elle après une brève hésitation, si j'avais eu le choix, je ne me serais jamais permis de venir vous déranger ici ce soir. J'ai besoin de cette promotion.

Elle jouait bien la comédie. Beaucoup de gens avaient voulu se servir de lui par le passé, que ce soit pour son argent ou son influence, mais jamais personne ne lui avait paru aussi sincère. Il n'était pas question qu'il se laisse piéger aussi facilement.

— Et que proposez-vous en retour ? demanda-t-il d'un ton dédaigneux, juste pour la mettre à l'épreuve.

L'air épouvanté, elle recula en serrant les poings. Puis elle respira profondément et répondit d'une voix contenue :

— Je vous propose d'être la meilleure directrice des ressources humaines que Hansol ait jamais eue. Attendiez-vous plus que cela ? demanda-t-elle avec un regard de défi.

Comme il laissait passer un silence, elle tourna les talons et se dirigea vers la sortie avec la grâce et la dignité d'une reine. Non. Il ne pouvait pas la laisser partir comme ça.

Il la rattrapa et lui prit le bras en s'efforçant d'ignorer la sensation exquise qui l'envahissait chaque fois qu'il la touchait.

— Attendez, dit-il.

C'était vrai. Elle avait le profil parfait pour ce poste, d'autant qu'elle l'occupait déjà depuis des mois en tant que remplaçante. Elle n'aurait jamais eu besoin de l'aide de Garrett si elle avait pu se rendre à son entretien. Peut-être avait-il eu tort de se méfier d'elle. Elle le séduisait tant qu'il avait du mal à garder les idées claires.

— Envisagez-vous d'examiner ma demande ?

Elle lui parlait d'un ton sec, mais au moins, elle lui parlait.

Il comprenait la décision du comité de ne pas accorder à Natalie de second entretien. La fiabilité était une qualité essentielle pour accéder à un poste de direction. Néanmoins, il respectait le fait qu'elle ait donné la priorité à sa famille. Il était bien placé pour savoir qu'il n'était pas toujours possible de faire autrement.

À ce propos…

Cela faisait quelques heures à peine qu'il s'était pour la première fois opposé à sa grand-mère. Et si la clé de sa liberté se tenait en face de lui ? songea-t-il soudain. Natalie tombait à point nommé. Elle était intelligente, pragmatique, mais aussi désespérée. Peut-être même assez désespérée pour accepter sa proposition pour le moins originale.

— Oui, répondit-il. Et en échange, vous pourriez m'aider.

— Moi, je pourrais vous aider ?

Elle eut l'air surprise, mais pas horrifiée. C'était un bon début. Il promena les yeux autour de lui. Ils étaient à l'écart de la foule, mais cette boîte de nuit n'était pas l'endroit idéal pour lui expliquer son projet en détail.

— J'ai besoin d'une épouse.

— Vous voulez que je vous trouve une femme ? demanda-t-elle avec stupeur.

— Non. Je voudrais que vous, vous deveniez ma femme.

Elle ouvrit encore plus grand les yeux, et une fois encore il fut frappé par sa beauté. Ce mélange de modestie et de passion, de sérieux et de malice, l'intriguait un peu plus à chaque instant. Elle était envoûtante. Seulement, pour conclure cet arrangement avec elle, il allait devoir enfouir au fond de lui son attirance pour elle. C'était la condition pour que leur faux mariage se passe bien… si elle acceptait, ce qui était loin d'être gagné.

— En échange d'une seconde chance pour mon entretien ?

— Vous n'aurez pas besoin de le passer. Le poste est pour vous si vous acceptez ma proposition.

— Je n'ai pas besoin que vous m'en fassiez cadeau, rétorqua-t-elle avec fierté. Je l'obtiendrai par moi-même si le comité accepte de me recevoir.

— Je ne vous offrirais pas le poste si vous n'aviez pas les compétences nécessaires. Pourquoi ne pas considérer l'intérim que vous avez assuré comme une période d'essai ?

— Je pourrais avoir ma promotion ? Juste comme ça ? demanda-t-elle avec un regard méfiant.

— Si vous m'épousez, vous serez notre nouvelle directrice des ressources humaines à la fin de l'année. Évidemment, ajouta-t-il en voyant son air scandalisé, je ne vous parle pas d'un mariage définitif.

— Évidemment, dit-elle avec ironie. Et, par simple curiosité, non définitif, cela veut dire combien de temps ?

— Bonne question.

Il n'avait pas encore de plan détaillé, mais le mariage devrait durer assez longtemps pour avoir l'air vrai. Surtout, il ne fallait pas le dissoudre avant que Garrett ait signé son partenariat avec Vivotex et soit devenu P-DG de Hansol. Il ne pouvait pas imaginer que sa grand-mère s'oppose à sa nomination. Elle le préparait à cela pratiquement depuis sa naissance. Elle rêvait de le voir à cette place. Une fois qu'il aurait obtenu le succès qu'il attendait, elle pourrait céder sans perdre la face.

— Sept à huit mois, je pense, répondit-il. Peut-être un peu plus. Un an au maximum.

Elle soupira et afficha un regard d'incompréhension.

— Pourquoi ?

— En résumé, c'est à cause d'une situation familiale assez compliquée.

Il comptait bien tout expliquer à Natalie, mais ce n'était ni le lieu ni le moment.

— Je compte sur vous pour garder tout ça pour vous en attendant que nous puissions en parler plus longuement en privé.

— Bon. Autre chose ? demanda-t-elle d'une voix distante.

— Je vous ai dit l'essentiel. Voulez-vous m'épouser ?

Elle le regarda fixement pendant plusieurs secondes avant de secouer la tête avec dépit.

— C'est sans doute la pire demande en mariage de toute l'histoire, railla-t-elle. Une catastrophe absolue.

Il laissa échapper un bref éclat de rire.

— Vous avez sans doute raison, reconnut-il. Mais cela pourrait être une solution à nos problèmes respectifs. Si…

Elle le fit taire d'un geste de la main. Plus habitué à donner des ordres qu'à en recevoir, il fut surpris par son attitude, mais ne put qu'obtempérer face à son autorité naturelle.

— L'idée que vous avez eue est au-delà du ridicule, souligna-t-elle.

Elle inspira profondément et il dut faire un effort surhumain pour ne pas regarder avec insistance le mouvement de ses seins.

— Hélas, ajouta-t-elle en soufflant, je suis assez désespérée pour envisager d'y réfléchir.

— Vous faites bien.

Malgré son soulagement, il ne put s'empêcher de ressentir une pointe d'irritation. Son ego souffrait un peu du manque d'enthousiasme de Natalie.

— J'en doute fortement, rétorqua-t-elle en grimaçant.

Bien sûr qu'elle en doutait. Et plus elle y réfléchirait, plus ce plan lui paraîtrait insensé. Il ne devait donc pas lui accorder trop de temps.

— Les circonstances m'obligent à vous presser un peu, dit-il. Vous avez jusqu'à demain soir minuit pour me donner une réponse.

— Demain ? Vous exagérez.

Elle lui lança un regard noir, puis se retourna et s'en alla. Il sourit en la regardant s'éloigner. Il aurait pu passer des heures à contempler le balancement de ses hanches.

Décidément, Natalie Sobol n'était pas une femme ordinaire. Elle avait tout pour elle. Alors pourquoi semblait-elle prête à sacrifier un an de sa vie dans le seul but d'obtenir la promotion qu'elle méritait ?

Le mystère restait entier, mais si elle acceptait sa proposition, il aurait sans doute la réponse à cette question. Il n'avait plus qu'à espérer qu'elle dise oui.

[illegible]

[illegible]

[illegible]

[illegible]

[illegible]

- 3 -

Natalie ferma son ordinateur portable et s'étira en bâillant. Elle était fatiguée par sa longue journée, mais travailler lui faisait du bien. Cela lui permettait de se concentrer sur autre chose que les sujets qui la préoccupaient, et surtout, c'était une bonne excuse pour éviter Garrett. Mais elle n'avait pas besoin de le croiser pour être troublée. Le seul fait de repenser à lui la fit frissonner de désir.

Après avoir rangé son bureau, elle rejoignit sa voiture et prit la direction de chez elle en rêvant d'un bain moussant et d'un bon verre de vin pour détendre ses épaules crispées. Elle allait enfin pouvoir évacuer la pression, se reposer et ne plus penser à rien.

Cela ne se passa pas comme prévu. À peine était-elle allongée dans sa baignoire remplie d'eau chaude que le souvenir de sa soirée avec Garrett envahit son esprit. L'intensité de son regard, la caresse de sa main virile sur son dos nu, le plaisir qu'elle avait eu à sentir son corps puissant contre le sien…

Non. Ce n'était pas avec des pensées comme celles-ci qu'elle allait se décontracter. Elle n'allait tout de même pas se mettre à fantasmer sur son patron, surtout après la demande qu'il lui avait faite !

Pourquoi diable cherchait-il une femme à épouser ? Il avait tellement de succès… C'était incompréhensible.

Elle sortit de son bain, se sécha et s'habilla. Cette

proposition de mariage était de la pure folie. Elle se sentait incapable de vivre dans le mensonge pendant un an. Sans compter les mauvaises langues qui ne manqueraient pas de faire courir les pires rumeurs sur son compte ! Il y avait forcément un autre moyen d'obtenir l'adoption de Sophie.

Assaillie par un affreux mal de tête, elle s'étendit sur le canapé de son salon et fixa le plafond. Un autre moyen, mais lequel ? Elle avait beau tourner et retourner la question dans sa tête, elle ne trouvait aucune réponse. En revanche, si elle acceptait de participer à la comédie de Garrett, elle pourrait emménager avec Sophie à New York d'ici sept mois, peut-être un peu plus. Une fois libérée de son engagement, elle commencerait une nouvelle vie. De toute façon, le procès pour la garde de sa nièce ne durerait pas moins longtemps, et elle en ressortirait certainement sans un sou.

Avec l'aide de Garrett, elle pourrait convaincre les Davis de renoncer à contester sa demande d'adoption. La perspective de cette bataille judiciaire ne les enchantait sûrement pas plus qu'elle. Et même s'ils s'obstinaient dans leur démarche, le fait qu'elle soit mariée à un riche et célèbre homme d'affaires ne pourrait que jouer en sa faveur aux yeux des autorités. Puis elle obtiendrait sa promotion, et son nouveau salaire lui permettrait d'offrir une vie confortable à Sophie sans l'aide de personne.

Il y avait une chose qu'elle ne pouvait pas nier. Garrett Song lui inspirait confiance. Malgré l'effet qu'il avait sur ses sens, elle conservait assez de lucidité pour se rendre compte que son orgueil le pousserait toujours à être fidèle à sa parole. Il était trop fier pour dire autre chose que ce qu'il pensait et trop arrogant pour trahir ses engagements.

Quant aux bruits de couloir qui allaient forcément circuler pendant quelque temps, elle n'aurait qu'à s'armer de patience et les supporter en attendant le mariage. Si une liaison entre deux collaborateurs faisait naître les commérages, l'amour et le mariage ne suscitaient que félicitations et vœux de bonheur.

Lentement, elle se redressa pour s'asseoir. Elle reprendrait sa réflexion plus tard. Pour l'instant, elle avait un travail à finir. Elle plongea la main dans son sac… et se rendit compte qu'elle avait oublié son ordinateur au bureau. Oh ! non. Comment avait-elle pu être aussi distraite ?

Heureusement, elle n'avait qu'un quart d'heure de route pour se rendre du quartier coréen où elle habitait au centre de Los Angeles où se trouvait la tour Hansol. Elle se gara dans le parking souterrain, monta dans l'ascenseur et tapa nerveusement du pied, impatiente d'arriver au cinquante-cinquième étage. La porte s'était tout juste entrouverte qu'elle se précipita dans le couloir tout en fouillant dans son sac pour sortir la clé de son bureau. En avançant les yeux baissés, elle heurta un corps massif et sentit deux mains puissantes lui saisir les épaules pour l'empêcher de tomber.

Garrett Song. Elle n'avait même pas besoin de le voir pour le reconnaître. Sentant son cœur s'emballer, elle s'accorda quelques secondes pour recouvrer ses esprits avant de se redresser.

— Je suis désolée, dit-elle. Je pensais qu'il n'y avait plus personne.

Elle essaya de reculer mais il la retint près de lui. Levant enfin les yeux, elle vit son regard brûlant fixé sur elle. L'émotion lui coupa le souffle.

— Ça va, vous n'avez rien ? demanda-t-il d'une voix rauque.

Comme elle faisait non de la tête, il la lâcha, fit un pas en arrière et croisa les bras.

— Je… J'ai oublié mon ordinateur, bredouilla-t-elle quand elle eut retrouvé la parole. J'en ai besoin pour finir quelque chose ce soir chez moi. Une bonne directrice des ressources humaines ne se repose jamais, ajouta-t-elle avec un rire nerveux.

Au lieu de lui répondre, il la regarda sans rien dire, comme s'il se demandait si elle l'amusait ou si elle l'ennuyait. Elle ne put s'empêcher de remarquer le dessin de ses muscles sous son jean et son T-shirt blanc. Sa tenue décontractée lui donnait l'air plus jeune, plus accessible. Et l'envie de poser les mains sur lui se faisait chaque seconde plus forte.

— Bon, conclut-elle en s'efforçant de dissimuler ses pensées derrière un sourire poli. Bonne soirée.

— J'étais en chemin pour aller vous voir. Il me semble que nous avons une affaire à régler, non ?

Elle sentit son cœur cogner sourdement contre sa poitrine. Le regard de Garrett lui donnait l'impression de la transpercer. Une fois de plus, elle mit plusieurs secondes à retrouver l'usage de la parole.

— Dites-moi pourquoi, dit-elle enfin.

— Pourquoi quoi ?

— Pourquoi vous avez besoin de ce mariage.

Garrett prit le temps de réfléchir avant de répondre à Natalie. Elle risquait de penser qu'il réagissait de façon excessive, ou bien qu'il manquait de courage en trouvant une solution de fuite pour échapper au contrôle de sa grand-mère. Les gens ne comprenaient pas toujours la place sacrée de la famille dans la culture coréenne. Natalie avait-elle reçu la même éducation que lui ? Si oui, elle n'aurait aucun mal à se mettre à sa place. Quoi qu'il en soit, il n'avait aucune envie qu'elle le voie comme un garçon immature, incapable d'assumer ses choix et soumis à l'intimidation de ses proches.

— Ma grand-mère a prévu de me faire épouser une femme que je n'ai jamais rencontrée, uniquement en raison de son origine sociale.

— Quoi ?

Le visage de Natalie exprimait un mélange d'indignation et d'incrédulité.

— Non, ajouta-t-elle après un silence. Vous plaisantez.

— Je suis très sérieux, malheureusement. Toutefois, ma grand-mère affirme que cette jeune femme possède de grandes qualités, indépendamment de sa fortune et de la place de sa famille dans la société.

— Enfin, tout de même ! C'est à vous d'en juger ! Pour cela, il faudrait déjà que vous rencontriez votre… fiancée.

— Ce n'est pas ma fiancée. Au cas où vous l'auriez oublié, c'est vous que j'ai demandée en mariage.

— Mais… Je ne comprends toujours pas pourquoi vous voulez m'épouser.

— Connaissez-vous bien la culture coréenne ?

— J'ai beau être à moitié coréenne, répondit-elle avec un air un peu gêné, tout ce que je connais de cette culture, je l'ai appris dans les séries télévisées coréennes.

Il sourit et comprit qu'il lui devait quelques explications.

— En tant que doyenne de notre famille, ma grand-mère exige le respect et l'obéissance absolus de la part de ses enfants et de ses petits-enfants. Je ne pouvais pas lui opposer un refus frontal quand elle m'a parlé de l'héritière qu'elle avait choisie pour moi. Cela aurait été comme lui cracher au visage. C'est pourquoi je lui ai dit que j'étais secrètement engagé avec une autre femme et que je ne pouvais pas revenir sur la parole donnée à ma fiancée.

— D'accord, dit Natalie en fronçant les sourcils. Et votre grand-mère a accepté votre réponse ?

— Bien sûr que non. Elle m'a menacé d'empêcher ma nomination au poste de P-DG si je ne rompais pas mes fiançailles.

Natalie le fixa avec un regard effaré.

— J'ai besoin de m'asseoir, murmura-t-elle. Qu'est-ce que vous allez faire ?

— Premièrement, nous allons poursuivre cette conversation à l'écart des oreilles indiscrètes.

Posant la main dans le bas de son dos, il guida Natalie jusqu'à son bureau et l'invita à s'installer sur le canapé. Après avoir refermé la porte derrière eux, il se tourna vers elle pour reprendre là où il s'était arrêté.

— Deuxièmement, je vais me marier aussi vite que possible, car tant que ce ne sera pas fait, ma grand-mère continuera à se mêler de ma vie privée.

— Et pour le poste de P-DG ?

— Pour ça aussi, vous pourriez m'être d'une grande aide. Je prépare un partenariat commercial avec Vivotex. C'est presque fait, mais j'attends encore l'approbation de deux ou trois personnes qui occupent des postes clés chez nous. Le fait d'être un époux et futur père de famille pourrait accroître ma crédibilité et me permettre de gagner leur confiance. Une fois que le partenariat sera signé, les membres du conseil d'administration n'auront plus d'autre choix que de me placer à la tête de l'entreprise. Ils doivent faire ce qu'il y a de mieux pour Hansol, tout comme ma grand-mère.

— À première vue, tout cela paraît complètement absurde, mais je crois que je commence à comprendre la logique.

— J'en suis ravi.

Au moins, elle n'était pas partie en courant, et elle ne semblait pas le mépriser d'avoir recours à une solution aussi extrême.

— Si je me marie avec vous…

Il faillit pousser un cri de joie.

— Je dis bien *si* je me marie avec vous, répéta-t-elle, j'aurai quelques conditions.

La deuxième partie de sa réponse l'enchantait beaucoup moins, mais il avait trop besoin d'elle pour ne pas l'écouter.

— Ah ? demanda-t-il. Lesquelles ?

— Je ne dormirai pas avec vous. Je ne mélange jamais vie professionnelle et vie personnelle.

— D'accord, répondit-il, sans pouvoir s'empêcher de la dévorer du regard.

Ce ne serait pas facile d'oublier à quel point il avait envie d'elle, mais elle avait raison. La situation deviendrait beaucoup trop compliquée s'ils entretenaient une vraie relation au sein d'un faux mariage.

— Cela simplifiera la dissolution de notre union, ajouta-t-il. Une annulation est plus efficace qu'un divorce.

— Bien. Et je veux aussi vous demander de… de ne pas avoir d'aventures pendant le temps que cela durera.

Ses joues se teintèrent de rose lorsqu'elle prononça ces mots.

— Des aventures ? demanda-t-il avec amusement. C'est-à-dire ?

— Je vous parle de liaisons sentimentales ou sexuelles avec des femmes qui ne seraient pas votre épouse.

— Ah, je vois.

— Comme si vous n'aviez pas compris, marmonna-t-elle en levant les yeux au ciel.

Il se mordit les lèvres pour ne pas rire.

— Je suis d'accord pour respecter cette condition. Je suppose que vous aurez la même obligeance envers moi ?

— Bien sûr. C'est important que nous convainquions tout le monde que notre mariage est sincère. Pour vous, mais aussi pour moi. Je me bats actuellement pour avoir le droit d'adopter ma nièce, confia-t-elle avec un regard déterminé. Elle est orpheline depuis que ma sœur et mon beau-frère ont été tués dans un accident de voiture.

— Votre nièce ?

— Au fond de mon cœur, je la considère déjà comme ma fille, mais ses grands-parents paternels contestent l'adoption. C'est déjà difficile pour une femme célibataire d'adopter, alors sans l'accord des plus proches parents de l'enfant, cela devient pratiquement impossible. Les Davis ne sont pas des gens cruels, mais ils veulent que Sophie aille vivre avec eux à New York.

Elle se tut et contracta la mâchoire. Le cœur serré, il vit qu'elle était au bord des larmes, mais elle trouva la force de contenir ses émotions.

— J'ai pensé que si j'étais nommée directrice des ressources humaines et mutée à New York en décembre, reprit-elle, j'arriverais peut-être à convaincre les grands-parents de Sophie de retirer leur recours en justice.

— C'est ce qui vous ferait accepter ma proposition.

C'était pour sa nièce qu'elle était prête à tout pour obtenir cette promotion. Cela changeait tout. Cette petite fille ne méritait pas de prendre part à cette comédie. D'un autre côté, il ne pouvait plus tourner le dos à Natalie maintenant qu'il connaissait sa situation. Ils pouvaient vraiment s'aider l'un l'autre et, pour elle comme pour lui, le temps pressait.

— Oui, répondit-elle. Alors si nous allons au bout, il n'est pas question pour moi de faire les choses à moitié.

En vous épousant, j'augmenterai mes chances de devenir la mère de Sophie, mais si quiconque découvre que nous avons tout organisé, je risque de la perdre pour de bon.

— Je comprends.

Il ne savait que trop bien combien un enfant avait besoin de sa mère. Il ne pouvait pas laisser Natalie jouer son avenir sur sa promotion et l'éventuelle bonne volonté des grands-parents de Sophie. Il était bien conscient qu'en l'épousant, grâce à sa fortune et son influence, elle aurait plus de chances d'obtenir l'adoption.

— Je ferai tout mon possible pour vous aider à avoir la garde de votre nièce.

— Merci, murmura-t-elle avec un sourire lumineux.

Elle était tellement belle… Dangereusement belle. Plus il la regardait, plus il avait de mal à garder ses distances avec elle.

— Autre chose ? demanda-t-il.

— Oui. Est-ce absolument nécessaire qu'on nous voie ensemble en public ? Je vais vous dire tout de suite pourquoi cela m'inquiète. Je ne sais pas du tout mentir.

— Il faudra que vous jouiez le jeu à l'occasion de plusieurs événements auxquels j'assisterai, oui. Nous n'aurons pas le choix.

— Je ne pourrais pas prétexter une maladie ou une migraine pour éviter ça ?

— Pendant des mois ?

— Non, évidemment. Bon, je pourrai toujours venir et afficher un sourire de circonstance, mais je vous préviens, c'est vous qui devrez faire tout le travail.

— Marché conclu.

Elle laissa échapper un léger soupir, puis fixa sur Garrett un regard décidé.

— Alors c'est d'accord, dit-elle. Je veux bien vous épouser.

Garrett resta sans voix. Il était fou de joie qu'elle ait dit oui, mais surtout, il mourait d'envie de poser les mains sur elle. De l'embrasser, de la caresser, de sentir sa peau frissonner sous ses doigts. Quelle ironie du sort ! C'était justement parce qu'elle avait accepté de l'épouser qu'il allait devoir contenir son désir pour elle. S'il ne gardait pas ses distances avec elle, leur séparation serait beaucoup plus compliquée d'ici quelques mois.

Son corps refusa d'écouter ces pensées pleines de sagesse. Les yeux rivés sur la bouche entrouverte de Natalie, il avança vers elle malgré lui. Elle inclina la tête. Ses yeux brillants semblaient refléter le désir qui le consumait. Elle ressentait donc la même chose que lui ?

Oui, il s'interdisait de coucher avec elle. Mais qu'est-ce qui l'empêchait de l'embrasser ?

Mille choses. La situation dans laquelle elle se trouvait, sa fragilité émotionnelle sûrement plus grande que ce qu'elle laissait paraître. En lui volant un baiser, il aurait l'impression désagréable de profiter d'elle.

Alors qu'il allait reculer, Natalie approcha soudain son visage du sien et pressa ses lèvres chaudes et humides contre les siennes. Surpris, il resta un instant immobile. Puis elle laissa échapper un murmure sensuel qui le rendit incapable de se contrôler. Nouant les bras autour d'elle, il prit possession de sa bouche. Elle se serra alors contre lui et gémit encore lorsqu'il enfouit les mains dans ses cheveux et que leurs langues se rencontrèrent. Alors qu'il refermait les mains sur ses hanches, elle glissa les mains sous son T-shirt et se mit à lui caresser le bas du ventre.

L'excitation qu'il ressentit lui fit l'effet d'un électrochoc. D'un coup, il la lâcha et abandonna ses lèvres. Elle recula alors en chancelant et se toucha le visage en regardant Garrett. Ils se fixèrent ainsi, sans rien dire, en reprenant leur respiration. S'il ne s'éloignait pas d'elle au plus vite, il risquait fort de lui faire l'amour ici et maintenant au mépris des bonnes résolutions qu'il venait de prendre.

— Je vais régler quelques détails et je vous rappellerai pour la suite, dit-il d'une voix qu'il eut du mal à reconnaître.

— D'accord, murmura-t-elle dans un souffle.

Au bout d'une longue seconde, elle fit un mouvement de tête et respira profondément.

— Bon, dit-elle, c'était un bon entraînement. Nous devrons sûrement montrer quelques signes d'affection en public. Au moins, nous serons débarrassés de la gêne initiale.

— La gêne initiale ?

Cela ne correspondait pas exactement à ce qu'il avait ressenti.

— Oui, enfin... Ce que je veux dire, c'est que je n'aurais pas aimé que nous échangions notre premier baiser devant d'autres gens. Je suis contente que ce soit fait.

— C'est vrai, vous avez fait un bon choix stratégique. Bonne soirée, conclut-il en la saluant d'un bref signe de tête.

Puis il sortit en la laissant seule dans son bureau. Arrivé au sous-sol, il rejoignit sa voiture à grands pas. Il était pressé de quitter le bâtiment.

Une fois au volant de son Aston Martin, il roula vitres baissées dans les rues de Los Angeles. Il avait besoin d'air pour se remettre de ce qui venait de se passer entre les quatre murs de son bureau. Quand il se sentit en mesure de parler normalement, il téléphona à Michael Reynolds, son meilleur ami, qui était aussi le responsable des relations publiques du groupe Hansol.

Michael décrocha à la deuxième sonnerie.

— Salut, Garrett. J'espère que tu m'appelles pour quelque chose d'important. Tu as interrompu mon dîner avec deux cadres supérieurs de Hansol. Je suis en train de rater leurs meilleures histoires d'examens médicaux.

— Alors tu as profité de mon appel pour t'échapper, c'est ça ?

— Je ne vois pas ce que tu veux dire.

— Tu me dois une fière chandelle ! plaisanta Garrett.

— Oui, oui, je le reconnais. Merci, Garrett.

— Et sache que, en effet, je te téléphone pour quelque chose d'important. Je vais me marier, annonça-t-il au moment où il arrivait devant le Ritz-Carlton.

— Quoi ? s'exclama Mike. Avec qui ? Pourquoi je ne l'ai pas encore rencontrée ?

— Tu connais ma grand-mère. Pour éviter qu'elle s'inquiète, nous avons préféré rester discrets, ma fiancée et moi.

Garrett préférait rester vague pour éviter autant que possible de mentir à son ami.

— La femme que je vais épouser, poursuivit-il, c'est Natalie Sobol.

— La célèbre Natalie Sobol ? Tu es sérieux ?

— Je ne savais pas qu'elle était célèbre, mais oui, je suis sérieux.

En disant ces mots, Garrett désactiva le haut-parleur, prit son portable et descendit de voiture. Il salua le voiturier et lui confia sa clé.

— Tu la connais bien ? demanda-t-il à Michael en entrant dans le hall de l'hôtel.

— J'ai participé à quelques réunions avec elle, mais je la connais surtout de réputation.

Garrett monta dans l'ascenseur privé qui menait directement à sa suite.

— Ah bon ? demanda-t-il. Quelle réputation ?

— À ton avis, comment une jeune femme de vingt-huit ans est devenue directrice régionale des ressources humaines ? Pour être exact, elle avait vingt-six ans quand elle a eu cette promotion.

— Eh bien, elle est extrêmement brillante et compétente, voilà comment elle a fait.

— Tu as raison, mais ce n'est pas tout. Elle a aussi des nerfs d'acier, dit Mike d'une voix pleine d'admiration.

— Ce n'est pas moi qui vais te contredire, répondit Garrett en riant intérieurement. Mais qu'est-ce qui te fait dire ça ?

— Il y a environ un an, des plaintes sont remontées aux ressources humaines à propos de l'un des cadres. En menant sa propre enquête, Natalie a trouvé des preuves attestant qu'il avait favorisé les hommes de son équipe au détriment des femmes. Elle l'a licencié après lui avoir fait signer un document dans lequel il s'engageait à ne pas poursuivre l'entreprise en justice. Voilà comment ça se passe avec Natalie Sobol !

— Je la reconnais bien là.

Garrett descendit de l'ascenseur en souriant et fut accueilli par les lumières de la ville qui entraient par les grandes baies vitrées de son appartement.

— Alors, demanda-t-il à Mike, comment proposes-tu de gérer ça du point de vue des relations publiques ?

— Il faudra annoncer officiellement vos fiançailles.

— Évidemment, répondit Garrett en s'asseyant dans son fauteuil en cuir.

— Mais d'abord, ce serait bien que vous soyez surpris ensemble une ou deux fois, si tu vois ce que je veux dire. Pour que le public participe à votre aventure clandestine.

Garrett enleva ses chaussures tout en réfléchissant.

— Cela plaira peut-être au grand public, répondit-il, mais sans doute moins aux employés de Hansol. Une fois que tout le monde sera au courant de notre relation, il faudra faire part au plus vite de notre intention de nous marier. Cela rendra les choses beaucoup plus romantiques aux yeux des gens. Combien de temps faut-il attendre, à ton avis ?

— Deux semaines.

— D'accord, mais Natalie viendra s'installer chez moi d'ici quelques jours.

En deux semaines, la grand-mère de Garrett aurait le temps de contrecarrer ses plans. Il devait impérativement faire le premier pas.

— Tu es impatient, dis-moi ! Tant mieux. La presse va adorer votre histoire, je le sens. C'est très bon pour ta popularité, et donc celle de l'entreprise.

— Parfait. Allez, je ne veux pas te retenir trop longtemps. Je te laisse retourner à ta petite fête.

— Comment ça ? Attends, tu ne crois pas qu'il faudrait parler tout de suite de ton enterrement de vie de garçon ?

— Non, non. Désolé, Mike.

— Tu sais, dit Michael en retrouvant son sérieux, j'avais peur qu'après Samantha, tu aies perdu goût à l'amour et au bonheur. Maintenant que tu as Natalie, tu dois te dire que tu l'as échappé belle. Je suis heureux pour toi.

— Merci.

Quand ils eurent raccroché, Garrett s'enfonça dans son fauteuil en soupirant. Oui, l'amour pouvait certainement rendre heureux, mais cela ne valait pas les souffrances qu'il était capable de causer. La déception qu'il avait connue avec Samantha lui avait fait prendre une décision ferme : plus jamais il n'offrirait son cœur et sa confiance à une femme.

Ses fiançailles avec Natalie n'avaient rien à voir avec les sentiments, ni même avec le désir. Ils s'étaient associés dans leur intérêt à tous les deux. Grâce à ce mariage, il allait devenir P-DG de Hansol et garder le contrôle de sa vie privée. Natalie, elle, pourrait adopter sa nièce et commencer une nouvelle vie à New York. Une fois qu'ils auraient tous les deux obtenu satisfaction, chacun poursuivrait de son côté le cours de son existence.

Il y croyait. Ce plan avait de très bonnes chances de réussir.

- 4 -

Natalie se tapa le front avec le plat de la main. Le baiser échangé avec Garrett l'avait tellement étourdie qu'elle était repartie chez elle sans son ordinateur portable.

Le seul fait de repenser à ce moment passé avec lui dans son bureau fit battre son cœur à tout rompre. Elle se sentait perdue. Allait-elle avoir envie de lui arracher ses vêtements chaque fois qu'ils seraient amenés à s'embrasser ?

Déboussolée, elle sortit dans le couloir et alla frapper à la porte de sa voisine. Mme Kim était son amie et sa confidente. Sans sa disponibilité, sa gentillesse et sa sagesse, Natalie n'aurait sûrement pas pu surmonter la mort de sa sœur. Si quelqu'un pouvait l'aider à y voir plus clair dans la situation où elle se trouvait, c'était Mme Kim.

Sa voisine vint lui ouvrir et l'accueillit avec un grand sourire. Elle dut remarquer le désarroi de Natalie, car aussitôt, elle fronça les sourcils et posa sur son épaule une main réconfortante.

— Soju, dit-elle en nommant le remède qu'elle prescrivait en toutes circonstances.

Elle avait vu juste. L'alcool coréen qu'elles aimaient partager était la boisson dont Natalie avait besoin.

Elle ne savait pas beaucoup de choses sur Mme Kim, si ce n'était qu'elle menait une vie calme et solitaire. Elle avait dépassé les cinquante ans mais faisait beaucoup plus jeune que son âge.

Quand elles furent assises à la table de la cuisine, Mme Kim servit deux verres de soju et attendit qu'elles aient bu toutes les deux pour parler.

— Pas d'avancée concernant l'adoption de Sophie ? demanda-t-elle d'une voix pleine d'empathie.

— Non, murmura Natalie, la gorge serrée. C'est comme si tout était contre moi. Mais je ne peux pas abandonner.

— Et maintenant, il y a un homme dans ta vie. Ce qui complique encore plus les choses.

Quoi ? Comment avait-elle deviné ? Mme Kim devait être médium, c'était la seule explication. En tout cas, ce n'était pas la peine de nier.

— Un homme dans ma vie, c'est beaucoup dire. Enfin… Nous allons nous fiancer.

Mme Kim faillit s'étrangler avec sa gorgée de soju.

— Hein ? Tu peux répéter ?

— Je vais me fiancer avec le directeur du département business et développement de Hansol.

— Rien que ça.

— C'est aussi l'héritier de la famille Song, qui possède l'entreprise.

— Eh bien !

— Et en plus, vous savez quoi ? C'est le mec le plus sexy que j'aie jamais rencontré, ce qui a vraiment le don de m'exaspérer !

Natalie baissa les yeux en se rappelant qu'elle était face à une dame qui avait presque le double de son âge. La moindre des choses était de maîtriser son langage.

— Pardon, ajouta-t-elle. Je voulais dire que c'est un homme très séduisant.

— Inutile d'être prude, je ne suis tout de même pas si vieille. Et permets-moi de te dire que tu confonds exaspération et excitation.

Natalie vida son verre d'un trait et regarda Mme Kim avec dépit.

— Comment tout cela est-il arrivé ? demanda son amie avec sollicitude.

Natalie ne pouvait ni lui mentir ni lui dire toute la vérité.

— Très soudainement, répondit-elle. Lui et moi, nous nous comprenons. Le fait de l'épouser pourrait m'aider à adopter Sophie, et… ce mariage nous profiterait à tous les deux.

— Cela te suffit ? Parfois, Natalie, ce que nous croyons faire pour le bien de nos enfants a un prix.

Elle remplit les deux verres de soju avant de reprendre :

— Tu sais, après la mort de mon mari, j'ai rencontré quelqu'un. Mais j'ai cru bon de me séparer de cet homme pour me consacrer à l'éducation de mes enfants. Je pense que je me sentais obligée de compenser l'absence de leur père. Mais maintenant… mes enfants sont grands, ils sont partis vivre leur vie. Je suis seule, et le soir, dans mon lit, je n'ai que mes lointains souvenirs pour me tenir compagnie.

— Madame Kim… Je…

Natalie s'interrompit. Elle était mal placée pour réconforter son amie, puisqu'elle était tout aussi réticente à s'engager dans une relation avec un homme de peur qu'il finisse par s'enfuir. Le seul qui ait voulu rester avec elle avait été un garçon affreusement narcissique qu'elle avait connu à l'université. De toute évidence, elle n'attirait pas les hommes susceptibles de l'intéresser.

En silence, elles trinquèrent et burent aux lointains souvenirs. Mais contrairement à Mme Kim, Natalie n'avait même pas d'images du passé pour lui tenir chaud la nuit. Elle n'avait que la perspective d'un mariage sans relations physiques avec un homme irrésistible.

D'habitude, Natalie ne détestait pas tant que cela faire des présentations orales. Et celle d'aujourd'hui n'avait rien d'exceptionnel. Alors pourquoi avait-elle tout à coup cette migraine atroce et cette difficulté à respirer ?

Allons, elle devait se concentrer. Oublier tout ce qui n'était pas le travail.

— Vous êtes très élégante.

La voix grave qui venait de susurrer au creux de son oreille la fit sursauter. Quand elle vit que c'était Garrett qui se trouvait si près d'elle, elle sentit son pouls s'accélérer. Elle ne l'avait même pas vu arriver dans le couloir.

— Bonjour, Garrett, dit-elle en poursuivant son chemin vers la salle de réunion. Vous avez besoin de quelque chose ?

— Non, répondit-il en marchant à côté d'elle. Je voulais juste me dégourdir les jambes.

Elle ne put s'empêcher de l'observer du coin de l'œil, et aussitôt, son visage s'enflamma. Sa silhouette, son torse puissant, ses lèvres sensuelles… Comme elle levait un peu plus les yeux, leurs regards se rencontrèrent. Il esquissa un sourire amusé. Manifestement, elle n'avait pas été aussi discrète qu'elle l'avait espéré.

— Allez donc les dégourdir ailleurs, grommela-t-elle sans desserrer les dents.

Il rit, faisant apparaître des petits plis au coin de ses yeux. Au lieu de s'éloigner, comme elle le lui avait demandé, il la prit par le bras et l'attira vers la sortie de secours. Trop surprise pour réagir, elle se laissa faire et se retrouva bientôt seule avec lui, de l'autre côté de la porte battante.

— Que faisons-nous ici, Garrett ? demanda-t-elle sans retenir un soupir d'agacement.

— Nous devons parler des jours et des nuits à venir.

— Mais encore ?

Elle se sentait de plus en plus fébrile. Elle avait tellement rêvé de lui depuis leur baiser…

— Il faut que vous emménagiez chez moi au plus vite.

— Non.

Le seul fait de s'imaginer vivant sous le même toit que lui la faisait déjà paniquer.

— Si vous préférez que nous achetions un nouvel appartement, je demanderai à mon agent immobilier de vous appeler.

— Ce n'est pas la question. Mais… pourquoi devons-nous déjà nous installer ensemble ?

Il haussa les sourcils avec circonspection, comme pour lui indiquer que la réponse était évidente.

— Nous allons bientôt annoncer nos fiançailles.

— Je sais bien, dit-elle, mais je ne vois pas l'intérêt de nous précipiter. Je pourrais venir vivre avec vous après le mariage.

Garrett se passa nerveusement la main dans les cheveux. Décoiffé, il lui parut encore plus attirant.

— Ma grand-mère ne va pas renoncer si facilement au mariage arrangé.

— C'est pour cela que vous voulez m'épouser. Je n'ai pas oublié.

— La connaissant, elle va user de toute son influence pour nous empêcher de nous marier. Elle pourrait aller jusqu'à faire fuiter dans la presse mes prétendues fiançailles avec Jihae Park.

— Pourquoi ferait-elle une chose pareille ?

— Elle me rendrait ainsi responsable d'avoir nui aux relations de Hansol avec le groupe Rotelle et d'avoir publiquement humilié une jeune femme. Néanmoins, ce serait un pari risqué de sa part, car si je décidais malgré tout de me marier avec vous, l'image de notre entreprise aurait été dégradée pour rien. Porter préjudice à Hansol est bien la dernière chose qu'elle souhaite, j'en suis certain. Mais comme c'est notre premier conflit, je ne sais pas jusqu'où elle est capable d'aller.

— Quand allons-nous annoncer nos fiançailles ? demanda Natalie avec anxiété.

Tout allait si vite que cela lui donnait le vertige.

— Dans deux semaines.

— Pourquoi ne pas le faire plus tôt, si vous craignez ce que pourrait faire votre grand-mère d'ici là ?

— Nous devons nous donner quelques jours pour mettre le public au courant de notre relation. Le jour où nous annoncerons nos fiançailles, il faudrait que les gens soient déjà attachés au couple que nous formons. Ce serait meilleur pour nous.

Ses paroles la touchèrent. Sans le dire explicitement, il cherchait à la protéger des mauvaises langues. S'il vivait sous les feux de la rampe et savait charmer les médias avec un sourire et un bon mot, ce n'était pas le cas de Natalie. Elle serait une proie facile pour la presse à scandale. Cela faisait du bien de voir que Garrett était si prévenant avec elle.

Mais non, voyons. Elle se berçait d'illusions. Sa solitude la poussait à s'imaginer des choses. Garrett n'avait aucune attention particulière envers elle. Ils avaient conclu un accord, un point c'est tout. Si elle commençait à interpréter chacun de ses mots et de ses gestes, elle n'allait s'attirer que des ennuis.

— Pendant ces quinze jours, dit-elle, vous serez exposé aux manipulations de votre grand-mère. Vous êtes sûr de vouloir attendre ?

— Non. C'est pourquoi j'ai besoin que vous me rendiez infréquentable aux yeux de la famille Park.

— Infréquentable ? répéta-t-elle avec effarement.

Elle n'en revenait pas que la grand-mère de Garrett veuille à ce point contrôler la vie de son petit-fils. Ce devait être étouffant de subir autant de pression.

— Je ne sais pas, ajouta-t-elle. Comment fait-on pour rendre infréquentable l'un des célibataires les plus convoités des États-Unis ?

— C'est simple, répondit-il en souriant. Venez vous installer chez moi.

— En quoi le fait que nous cohabitions pourrait faire fuir cette héritière coréenne ?

— La famille de Jihae Park, tout comme ma grand-mère, sera scandalisée si nous emménageons ensemble avant d'être mariés. C'est une société encore très traditionnelle, attachée à la vertu. Avec un peu de chance, la famille Park rompra en premier l'accord conclu avec ma grand-mère.

— Si je comprends bien, je compromettrai votre vertu en m'installant chez vous ?

— Et la vôtre, répondit-il avec un clin d'œil malicieux.

Elle ne put réprimer les images sensuelles qui lui venaient de nouveau à l'esprit.

— Bon, dit-elle en luttant pour ne pas rougir. Je vais y réfléchir. Si c'est tout pour l'instant, je vais vous laisser. J'ai une présentation à assurer. Vous pourrez sortir dans un quart d'heure.

— Pardon ?

— Je ne veux pas qu'on nous voie sortir d'ici en même temps.

Les rumeurs arriveraient bien assez tôt. Elle voulait

au moins qu'on continue à la respecter dans le cadre du travail.

— Vous me demandez de perdre quinze minutes de mon temps dans cette cage d'escalier ?

— Pas du tout, répondit-elle, peinant à garder son sérieux face à l'expression hilarante de Garrett. Vous pouvez vous asseoir sur les marches et consulter vos e-mails sur votre portable. Faites ce que vous voulez mais ne sortez pas avant un quart d'heure.

Elle jeta un œil dans le couloir pour s'assurer qu'il n'y avait personne, puis elle se retourna brièvement et eut juste le temps de voir l'air abasourdi de Garrett avant de lui fermer la porte au nez.

Sa fiancée lui interdisait l'accès à ses propres bureaux. Garrett n'en revenait pas ! Il s'était rarement senti aussi ridicule que maintenant, caché dans cette cage d'escalier à peine éclairée.

Il regarda sa montre et attendit exactement cinq minutes. C'était tout ce que Natalie obtiendrait de lui. Quand elles furent écoulées, il inspecta tout de même le couloir avant de s'y engouffrer pour retourner travailler.

Une fois assis à son bureau, il passa en revue les dossiers posés devant lui puis les mit de côté. Il n'arrivait pas à se concentrer. D'ici quelques semaines, il allait épouser Natalie Sobol. Ils allaient vivre ensemble pendant plusieurs mois. Comment penser à autre chose ?

L'heure tournait. Il fallait préparer son arrivée chez lui. Il passa quelques coups de téléphone, puis se leva et se dirigea d'un pas décidé vers le bureau de Natalie. Il trouva la porte entrouverte. Revenue de sa présentation, elle était assise, les yeux rivés sur son écran d'ordinateur. Elle chantonnait tout bas. Prenant appui contre le mur, il resta quelques instants à l'observer tout en l'écoutant. Il ne tarda pas à reconnaître la chanson.

— Vous chantez *YMCA* ?

Elle sursauta et rougit en le voyant.

— Qu'est-ce qu'il y a encore ? demanda-t-elle en le fusillant du regard.

— J'ai besoin de vous, dit-il en prenant une voix profonde.

Elle resta muette et entrouvrit les lèvres. Très bien. S'il fallait flirter avec elle pour obtenir son attention, il n'était pas contre un petit jeu de séduction inoffensif.

— Venez déjeuner avec moi.

— Maintenant ? demanda-t-elle en regardant autour d'elle, comme si elle cherchait une excuse pour se dérober.

Il esquissa un sourire et acquiesça d'un signe de tête.

— Bon, dit-elle en se redressant avec autorité. D'accord. Laissez-moi juste le temps de me déconnecter.

Surpris qu'elle cède aussi facilement, il l'interrogea du regard.

— Vous voulez bien ? Super, allons-y.

Un instant plus tard, ils marchaient côte à côte dans le couloir. Natalie accélérait sans cesse, soit pour le distancer, soit pour fuir les regards curieux des employés.

— Rendez-vous dans le hall, chuchota-t-elle soudain avant de bifurquer sur sa droite.

Surpris, il s'arrêta une fraction de seconde avant de continuer tout droit. Il venait de comprendre la réaction de Natalie. Il avait manqué de délicatesse en venant la chercher dans son bureau. Ils devaient être vus en public, mais pas forcément alimenter les commérages sur leur lieu de travail. Natalie avait encore un jour ou deux devant elle avant que la rumeur commence à circuler.

Quand ils se retrouvèrent dans le hall de la tour,

toute trace de nervosité avait disparu de son visage. Elle semblait parfaitement calme et sereine. Mais elle n'en était pas moins attirante.

— Par ici, dit-il en la guidant vers l'ascenseur qui menait au parking souterrain.

— Nous partons en voiture ? demanda-t-elle en se tournant vers lui avec étonnement.

Enfin, elle ne fuyait plus son regard.

— Oui, répondit-il. Je vous emmène chez moi.

— Ah. Et… c'est loin ?

Qu'allait-elle penser en apprenant où il vivait ?

— Non. J'habite à l'hôtel Ritz-Carlton, sur Olympic Boulevard.

Elle haussa légèrement les sourcils, mais rien de plus.

— Les gens qui travaillent là-bas savent qui vous êtes, n'est-ce pas ? demanda-t-elle.

— Oui.

Ils n'échangèrent pas un mot de plus jusqu'au moment où ils furent assis dans la voiture de Garrett. Alors qu'ils sortaient du parking, elle défit le chignon qui lui nouait les cheveux et secoua ses longues boucles brunes pour les faire tomber en cascade le long de son dos. Lorsqu'elle déboutonna le haut de son chemisier et se pencha pour fouiller dans son sac à main, Garrett aperçut la dentelle de son soutien-gorge et oublia un instant de regarder la route. Non sans peine, il contint son excitation et se força à fixer les yeux droit devant lui.

— C'est mieux comme ça ? demanda Natalie en se regardant dans le petit miroir de son pare-soleil.

Il la regarda du coin de l'œil et vit qu'elle s'était mis du rouge à lèvres rose foncé. Comme il avait envie de l'embrasser…

— Mieux comment ? répliqua-t-il, l'air de rien.

— Je me suis dit que vous m'emmeniez chez vous pour qu'on nous voie ensemble avant l'annonce de nos fiançailles. Vous m'aviez prévenue que je devrais jouer le jeu, mais je ne peux pas faire mieux en si peu de temps.

— Ne vous inquiétez pas pour ça. Vous êtes très jolie.

Jolie ? Il avait l'impression de parler comme un petit garçon.

Il se gara devant l'hôtel et descendit de voiture pour aller ouvrir la portière de Natalie. Prenant la main qu'il lui tendait, elle sortit, se leva et se mit sur la pointe des pieds pour l'embrasser sur la joue. Il ne s'était pas attendu à ce qu'elle s'approprie le rôle aussi vite ! Alors qu'il restait immobile, muet de stupeur, elle passa le bras autour de sa taille et leva les yeux vers lui. Il n'en fallait pas plus pour le faire passer à l'action. L'attirant contre lui, il prit possession de sa bouche tout en remontant la main juste en dessous de son sein. Ce n'était que pour les apparences, bien sûr.

Il se redressa avant d'avoir perdu totalement le contrôle. Regardant Natalie, il vit ses yeux briller et ses lèvres esquisser un sourire. Cela le rendit curieusement heureux et fier à la fois.

Bras dessus bras dessous, ils passèrent la grande porte vitrée et traversèrent le hall. Ils attendirent d'être seuls dans l'ascenseur pour s'écarter l'un de l'autre. Aussitôt, le contact du corps souple de Natalie contre le sien lui manqua. Il mourait d'envie de profiter de cette intimité pour l'enlacer de nouveau, mais cette fois, sans être obligé de s'arrêter avant de devenir indécent.

Il n'eut pas le temps de rêver davantage. Déjà, la porte s'ouvrait sur son appartement, dévoilant la vue spectaculaire qui allait jusqu'aux célèbres collines sur lesquelles s'affichait « Hollywood » en lettres blanches. Le vent avait chassé le brouillard et la ville de Los Angeles s'étendait devant eux sous une lumière éclatante.

— Entrez, dit-il à Natalie. Je vais vous faire visiter.

Elle le suivit en promenant les yeux autour d'elle, mais son regard était sans cesse attiré vers la baie vitrée. L'appartement était un duplex avec trois chambres, trois salles de bains, deux salons, une cuisine, une salle à manger, deux bibliothèques et une salle de sport. À deux, ils devaient pouvoir cohabiter sans se sentir trop à l'étroit.

— Euh…, dit-elle, c'est ici que nous habiterons après notre mariage ?

— Je n'y ai pas encore réfléchi, mais je ne suis pas spécialement attaché à cette suite. Nous pourrons déménager si vous préférez.

— Non. Je ne voudrais surtout pas m'imposer. Je ne serai que de passage.

— Vous ne devez pas avoir le sentiment d'être ici en tant qu'invitée. Ce sera chez vous autant que chez moi.

Si Mike et Adelaide l'avaient entendu, ils n'en auraient pas cru leurs oreilles. Ils savaient combien Garrett était attaché à son intimité.

— C'est très gentil de votre part, dit Natalie avec un sourire timide. Je vous remercie.

La douceur de sa voix le toucha.

— Je vous en prie, répondit-il. C'est moi qui vous remercie de me sauver d'un mariage arrangé.

— Ne me remerciez pas encore. Vous ne serez pas sauvé tant que je ne vous aurai pas rendu complètement infréquentable.

Il retint son souffle en voyant son sourire espiègle. Qu'allait-elle décider ?

Heureusement, le suspense ne dura pas plus longtemps.

— Je ferai mes valises ce week-end pour pouvoir emménager dimanche, ajouta-t-elle.

Il relâcha sa respiration en riant et serra Natalie dans ses bras. À sa grande surprise, la perspective de partager cet appartement avec elle le comblait de joie.

- 5 -

Garrett allait venir la chercher dans un quart d'heure et Natalie était toujours en sous-vêtements. Comment devait-elle s'habiller ? Les six robes qu'il lui avait envoyées étaient étalées sur son lit. Elles étaient toutes superbes, mais après les avoir essayées au moins trois fois, elle ne savait toujours pas laquelle porter. Cette soirée l'excitait autant que l'idée de traverser un champ d'orties. Elle n'avait aucun goût pour les grandes fêtes en général, et celle-ci la rendait encore plus anxieuse que les autres.

C'était leur première sortie officielle en couple. Ils avaient déjeuné ensemble presque tous les jours de cette semaine pour mettre au point leur stratégie et se laisser prendre en photo par les paparazzis. Mais ce soir, elle devait accompagner Garrett à l'anniversaire de Michael Reynolds et montrer à tout le monde combien ils étaient amoureux.

Elle avait déjà cinq minutes de retard quand elle se décida à enfiler une robe bustier noire. Ses cheveux étaient rassemblés dans un chignon lâche qui laissait échapper quelques mèches, et pour finir, elle prit son flacon de parfum préféré pour s'en mettre quelques gouttes à l'intérieur des poignets et derrière les oreilles. Après une seconde d'hésitation, elle aspergea légèrement son décolleté.

Elle se regarda une dernière fois dans le miroir avant de sortir et de descendre l'escalier en courant.

Garrett s'était garé près de l'entrée de l'immeuble. Debout à côté de sa voiture, appuyé contre la portière côté passager, il regardait son portable. Il était diablement sexy dans son costume gris sur mesure, avec sa chemise bleu marine et son col déboutonné.

— Désolée d'être en retard.

Si elle parlait d'une voix aussi haletante, c'était sûrement parce qu'elle avait dû se dépêcher, et non parce que l'homme qui l'attendait était d'une beauté à couper le souffle.

Garrett leva les yeux et une flamme apparut dans son regard. Il ouvrit la bouche, puis la referma et s'éclaircit la voix avant de parler.

— Vous êtes superbe.

— Vous aussi, répondit-elle sans réfléchir.

Instantanément, le feu lui monta aux joues.

— Merci.

Un sourire sensuel sur les lèvres, il lui ouvrit sa portière et elle s'assit en voiture en évitant soigneusement de rencontrer son regard.

Elle avait été surprise d'apprendre que Michael Reynolds était le plus vieil ami de Garrett. Elle voyait Michael comme un homme décontracté, qui aimait plaisanter dès que l'occasion se présentait. Tout le contraire de Garrett, qui lui paraissait très sérieux et réservé. C'était difficile de les imaginer si proches. Mais elle les connaissait à peine ; même Garrett, son futur mari.

Trois quarts d'heure plus tard, ils passaient la grille d'une vaste propriété de South Pasadena. Une immense pelouse s'étendait entre l'entrée du domaine et la façade de la maison. Dans l'allée qui l'entourait, une longue file de véhicules de luxe avançait lentement, à mesure que les voituriers en veste noire et nœud papillon les prenaient en charge.

— Michael Reynolds habite ici ? s'exclama Natalie avec stupeur.

Elle s'était attendue à une belle soirée, mais tout de même pas quelque chose d'aussi grandiose.

— Oui, répondit Garrett en coupant le contact.

Il descendit de voiture et elle en fit autant quand l'un des hôtes d'accueil vint lui ouvrir sa portière. Après l'avoir remercié, elle prit le bras de Garrett et se pencha vers lui pour chuchoter :

— Vous auriez pu me prévenir que c'était une réception royale.

— Michael a beaucoup de relations en raison de son travail, mais il ne faut pas exagérer. Il ne doit pas y avoir plus d'une centaine de personnes. Et n'oubliez pas que nous devons nous tutoyer à partir de maintenant, ajouta-t-il avec un clin d'œil.

— Seigneur ! Dans quoi me suis-je embarquée ?

Elle s'agrippa au bras de son cavalier et sentit ses muscles se contracter sous ses doigts. Une grande soirée mondaine, un homme qui la rendait folle de désir. Elle eut envie de s'enfuir dans la nuit.

Les autres invités étaient dans leur élément. Ils buvaient et riaient, lui donnant l'impression que des fêtes comme celle-ci étaient leur quotidien. Natalie, au contraire, était sur une autre planète. Et encore, heureusement qu'elle portait une robe de créateur pour être dans le ton, au moins en apparence.

Dans le cadre professionnel, elle avait l'habitude de côtoyer des membres de la haute société, mais elle connaissait sur le bout des doigts le rôle qu'elle avait à jouer. Ce soir, c'était complètement différent. Les mondanités n'étaient pas son fort.

Garrett la guida à travers la foule, s'arrêtant régulièrement pour saluer les gens qu'il connaissait. Elle tint parole et joua le jeu en souriant à chacun. Tant qu'elle n'aurait pas besoin de parler, tout se passerait bien.

— Mike, dit Garrett en tapant sur l'épaule de son ami. Alors ça y est, tu as l'âge de boire de l'alcool ?

— Non, répondit Michael en riant, mais je me suis rasé ce matin pour la première fois.

Il se tourna vers Natalie avec un grand sourire.

— Je suis ravi que vous ayez pu venir, Natalie.

— Joyeux anniversaire, Michael. Et, ajouta-t-elle sur le ton du secret, faites-moi signe si vous avez besoin d'une fausse pièce d'identité. Je connais quelqu'un qui connaît quelqu'un…

— Je vois que nous nous comprenons, s'amusa-t-il. Et s'il vous plaît, appelez-moi Mike.

En riant avec lui, elle réussit à se détendre un peu. Elle ne le connaissait pas très bien, mais son attitude chaleureuse la mettait déjà à l'aise.

Comme Garrett la prenait par la taille pour l'attirer plus près de lui, elle tourna les yeux vers lui mais il s'adressa à Mike sans la regarder.

— Tu as une mauvaise influence sur ma fiancée, dit-il.

— Il me semble que c'est l'inverse, répliqua Mike.

Puis il fit un clin d'œil en direction de Natalie.

— Félicitations, au fait, lui dit-il. Je vous remercie d'avance de vous engager à supporter ce vieux ronchon que j'ai comme meilleur ami.

— Mais je vous en prie.

Quand Mike s'éloigna pour accueillir d'autres invités,

Garrett ôta sa main de la taille de Natalie et elle ne put s'empêcher de frissonner.

— Tu as froid ? demanda-t-il en plissant le front.

— Non, ça va, mais j'aimerais bien boire un verre.

— De Bowmore ? proposa-t-il avec un air malicieux.

Si elle n'avait oublié aucun détail de ce fameux soir où elle était venue lui demander son aide, elle s'étonnait qu'il ait gardé en mémoire le nom de son whisky préféré.

— Plutôt une flûte de champagne, répondit-elle. Si je veux garder les idées claires, il vaut mieux que j'évite les alcools forts.

Garrett résista difficilement à la tentation de se retourner pour s'assurer que Natalie n'était pas assaillie par une horde d'admirateurs. Elle était assez grande pour se débrouiller toute seule et n'avait pas besoin de lui pour la protéger. De surcroît, c'était elle qui avait abordé le sujet de la fidélité. Il n'avait donc aucune raison d'imaginer qu'elle allait laisser d'autres hommes flirter avec elle.

Tout à l'heure, devant chez elle, il avait eu un choc en la voyant apparaître dans sa petite robe noire. C'était une robe très sage en comparaison de celle qu'elle avait portée au club Le Rêve, mais le seul fait de voir ses épaules dénudées et ses formes délicieusement féminines suffisait à lui donner des idées.

Au bar, il prit un verre de scotch pour lui et une flûte de champagne pour Natalie et retourna vers elle. Comme il l'avait prévu, elle était entourée d'un groupe d'hommes. Il allongea machinalement le pas.

— Désolé de t'avoir fait attendre, ma chérie, dit-il quand il fut près d'elle.

Il déposa un baiser sur ses lèvres et lui tendit son verre.

— Merci, répondit-elle en mettant la tête contre son épaule.

Elle jouait son rôle à la perfection.

— Nous étions en train de parler football américain, dit l'un des amis de Mike présents autour d'eux. Natalie nous donnait sa vision du championnat en cours, et franchement son analyse est brillante.

— Ah oui ? demanda Garrett en la regardant avec amusement.

— Brillante, je ne sais pas. Ce qui est sûr, c'est que j'ai une meilleure compréhension du jeu que vous, les hommes forts, plaisanta-t-elle en buvant une gorgée de champagne.

Sa réplique fit rire tout le groupe. Tandis qu'elle poursuivait sa démonstration, ses connaissances et son humour charmèrent tous les hommes, à commencer par Garrett. Il n'eut besoin que d'un regard pour deviner que le moment était venu pour lui d'intervenir. Elle réclamait une pause.

— Messieurs, dit-il, si vous voulez bien nous excuser, je vous enlève ma cavalière. Je suis lassé de la partager avec vous.

Sur ces mots, il l'emmena à l'écart de la foule, sur la terrasse.

— Fatiguée ? demanda-t-il.

— Et affamée.

Comme un serveur passait avec un plateau de petits fours, elle en prit deux et les dégusta avec un murmure de délectation.

— Je rêve d'un siège, dit-elle.

Il regarda ses escarpins à talons zébrés. Ils étaient aussi élégants que sexy, mais sans doute pas très confortables.

— Viens avec moi, murmura-t-il. Je sais où il y a un banc.

Comme ils passaient devant le buffet de hors-d'œuvre, elle s'arrêta pour en manger quelques-uns avant de le suivre dans le jardin. Une fois assise, elle poussa un soupir de soulagement.

— Oh ! ce que ça fait du bien ! dit-elle en enlevant ses chaussures.

Garrett ôta sa veste pour la lui mettre sur les épaules, puis il s'assit à côté d'elle.

— Merci, murmura-t-elle en regardant le jardin. C'est très beau ici.

— Ah ?

Il avait passé son enfance à mettre ce jardin sens dessus dessous avec Mike. Jamais il n'avait pris le temps de s'asseoir pour le contempler comme maintenant.

— Tu as sans doute raison, ajouta-t-il en regardant autour de lui.

Puis il se tourna vers elle. Les longues mèches échappées de son chignon tombaient en cascade sur ses épaules et le long de son dos. Il mourait d'envie de glisser la main sous ses cheveux pour caresser sa nuque gracieuse.

Non sans peine, il se força à détourner le regard et se concentra sur le majestueux érable qui se dressait devant lui.

— Alors ? demanda-t-il. Comment se fait-il que tu connaisses aussi bien le football américain ?

— C'est une longue histoire.

— Nous avons le temps. Je t'accorde dix minutes, plaisanta-t-il en regardant sa montre.

Elle rit avant de laisser échapper un léger soupir.

— Mon père et moi, raconta-t-elle, nous n'étions pas très proches. Les seuls moments où ma présence ne le dérangeait pas, c'était quand nous regardions les matchs ensemble. Il adorait le football. Je crois que la plupart du temps, il était tellement captivé qu'il ne se rendait même pas compte que j'étais là.

Garrett comprenait que Natalie ait eu envie de partager cela avec son père. Pour lui, le lien père-fils s'était fait par le travail.

— Je me disais que si j'en apprenais suffisamment sur le sport qu'il aimait, poursuivit-elle, il me témoignerait peut-être plus d'affection.

Il comprit à son haussement d'épaules que cela n'avait pas marché. Néanmoins, elle poursuivit son récit sans s'apitoyer sur son sort, montrant qu'elle acceptait les choses comme elles étaient. Cela ne fit qu'accroître le respect que Garrett éprouvait pour elle.

— Finalement, dit-elle, je me suis rendu compte que je ne m'intéressais pas au jeu uniquement pour faire plaisir à mon père. J'étais devenue passionnée, moi aussi. Qui aurait pu imaginer que cela s'avérerait bien utile des années plus tard, lors d'une petite fête d'anniversaire de cent personnes ?

— Tu as conquis ces messieurs, cela ne fait aucun doute.

— Tu crois ? demanda-t-elle avec surprise.

— Tu n'as pas remarqué qu'ils étaient tous pendus à tes lèvres ?

Garrett, lui, s'en était rendu compte. Et il les comprenait aisément ! À présent, il n'avait qu'une hâte : que dimanche arrive pour que Natalie vienne s'installer chez lui.

- 6 -

Encore mal réveillée, Natalie sortit de la douche et enfila son gros peignoir en bâillant. Garrett l'avait déposée chez elle à 1 heure du matin, mais elle n'avait pas réussi à s'endormir avant 3 heures, et son sommeil avait été agité et bref.

Elle était encore en train de bâiller quand elle entendit qu'on frappait à sa porte. Il n'était même pas encore 8 heures !

Elle entrouvrit la porte et toute trace de mauvaise humeur s'envola à l'instant où elle vit Garrett, debout sur le pas de sa porte, deux gobelets isothermes et un sachet de boulangerie dans les mains. Vêtu d'un jean et d'un T-shirt noir, il semblait détendu et reposé. De toute évidence, il avait très bien dormi, contrairement à elle.

— Je t'apporte du café bien fort et des viennoiseries toutes chaudes, dit-il avec un sourire radieux. Je peux entrer ?

Comme il disait ces mots, le ventre de Natalie se mit à gargouiller.

— Mon estomac te souhaite la bienvenue ! s'amusa-t-elle en ouvrant grand la porte.

Il entra et elle se souvint tout à coup qu'elle était nue sous son peignoir.

Reste calme. Ne montre rien. Tout va bien. Tu es

peut-être écarlate, mais cela ne t'empêche pas d'avoir l'air sereine, si ?

Elle lui fit signe de la suivre dans la petite cuisine de son appartement.

— Tu peux poser tout ça sur la table, dit-elle.

Après s'être déchargé, il s'appuya contre le mur et fixa les yeux sur elle. Son regard brûlant glissa le long de sa gorge, puis de son décolleté.

Allaient-ils vraiment réussir à garder leurs distances en vivant sous le même toit ?

Elle devait à tout prix résister à la tentation, ou la situation deviendrait beaucoup trop compliquée. Que se passerait-il si elle s'attachait à un homme dont elle devrait de toute façon se séparer ?

Non. Elle devait prendre sur elle. Faire preuve de sagesse et de lucidité. Mais comment faire alors qu'elle était en tête à tête avec l'homme le plus sensuel qu'elle ait jamais vu, et qu'il la dévorait des yeux comme s'il était sur le point de lui faire l'amour ?

— Assieds-toi, dit-elle dans un souffle. Je reviens tout de suite.

Elle se précipita dans sa chambre et referma la porte derrière elle. Elle avait envie de hurler pour libérer la tension de son corps. Au lieu de cela, elle respira profondément, enfila un legging et une tunique et retourna dans la cuisine où l'attendait son fiancé.

— Croissant ou pain au chocolat ? demanda-t-il en posant les viennoiseries dans deux petites assiettes qu'il avait sorties du placard.

Elle s'assit en face de lui et sourit.

— Je ne peux pas refuser du chocolat quand on m'en propose, confessa-t-elle en prenant un air faussement coupable.

Il rit en la regardant mordre avec gourmandise dans son pain au chocolat. Voyant qu'il ne touchait pas à son croissant, elle le regarda avec étonnement.

— Tu regrettes ton choix ?

— Non, répondit-il, les yeux fixés sur les lèvres de Natalie. Je n'ai pas tellement de goût pour le sucré.

Ils finirent leur petit déjeuner en n'échangeant que quelques mots et, après avoir débarrassé, ils s'installèrent côte à côte sur le canapé du salon. Il était temps qu'il lui dise ce qu'il faisait là.

— Alors, qu'est-ce qui t'amène chez moi de si bon matin ?

— Nous ne pouvons pas annoncer nos fiançailles sans bague de fiançailles. Tiens, dit-il en lui prenant la main pour lui mettre la bague qu'il avait sortie de sa poche. C'était celle de ma mère.

— La bague de ta mère ? dit-elle avec stupeur.

C'était un bijou d'une beauté exceptionnelle, composé d'un anneau en or et d'une émeraude entourée de petits diamants.

— Tu es sûr de vouloir la voir sur moi ? Tu ne préfères pas la garder pour la femme que tu voudras vraiment épouser ?

— Au cas où tu l'aurais oublié, je t'ai demandée en mariage. Je ne l'aurais pas fait si je n'avais pas eu envie que tu acceptes.

— Tu m'as comprise. Je crois que la bague de ta mère doit revenir à la femme que tu aimeras. Celle avec qui tu passeras ta vie.

— Dans ce cas, dit-il avec un rire amer, cette bague ne sortira jamais de sa boîte. Parce que je n'ai aucune intention de me marier par amour et pour toujours. Tout le monde n'est pas obligé de croire aux contes de fées. Moi, je n'y crois pas.

Le ton de sa voix la dissuada d'engager la conversation sur ce sujet.

— Eh bien, elle est superbe, dit-elle après un silence. Merci. Je ne manquerai pas de te la rendre quand ce sera fini.

— Ne te soucie pas de cela. Nous en reparlerons le moment venu.

L'expression de son visage s'était durcie à l'instant où il avait parlé d'amour. Avait-il tant souffert pour en être dégoûté à ce point ?

— Tu sais que j'emménage chez toi aujourd'hui, lui rappela-t-elle. Tu aurais pu attendre ce soir.

— Tu vas me trouver vieux jeu, mais je tenais à ce que tu aies une bague à la main gauche avant de me rendre définitivement infréquentable.

Garrett partit de chez Natalie avec dans son coffre les quelques cartons qu'elle avait fini de remplir. Elle allait laisser ses meubles pour mettre son appartement en sous-location, mais malgré cela, ils auraient besoin de faire plusieurs trajets pour transporter toutes ses affaires. Il avait voulu l'aider à faire ses valises, mais elle l'avait chassé car elle préférait s'y prendre à *sa* manière.

Il avait donc du temps devant lui pour aller rendre visite à sa famille. Cela tombait bien, car il tenait à annoncer ses fiançailles à son père de vive voix, même si sa grand-mère n'avait pas attendu pour donner sa propre version de l'histoire. La relation de Garrett avec son père s'était améliorée ces dernières années, mais il ignorait pour autant la réaction qu'il allait avoir.

Comme il fallait s'y attendre, Liliana, la gouvernante

de sa grand-mère, lui annonça à son arrivée que celle-ci était souffrante et qu'elle ne pouvait pas le recevoir. Le regard compatissant de Liliana en disait long sur ce qu'il en était réellement. Garrett la remercia et partit à la recherche de son père, qu'il trouva dans son bureau, un verre de scotch à la main. Il s'assit en face de lui en le questionnant du regard.

— Il est midi passé, souligna son père. On peut bien boire à cette heure-ci.

— Le Dr Ananth est-il au courant de cette règle ?

Le père de Garrett était en congé maladie sur ordre de son cardiologue. Il y avait peu de chances pour que le whisky fasse partie de son traitement.

— Tu ne vas pas t'y mettre toi aussi. J'ai déjà Adelaide sur le dos, ça me suffit.

— Tu devrais être content qu'elle veille sur toi.

Une ombre de regret passa sur le visage de son père, mais si brièvement que Garrett douta de ce qu'il avait vu.

— J'ai comme l'impression que tu n'es pas seulement venu pour passer un moment avec ton père. Alors, dis-moi tout. Que se passe-t-il ?

Garrett respira profondément avant de lui répondre :

— Je vais me marier.

— Avec laquelle de tes fiancées ?

— Je n'en ai qu'une.

Garrett serra les poings. Son père était donc au courant de l'union arrangée par sa grand-mère avec Jihae Park. Pourquoi n'avait-il pas jugé bon de s'y opposer ?

— Pas selon ta grand-mère. Tu es sûr de vouloir défier son autorité ?

— Non, mais je suis sûr de vouloir épouser la femme que j'ai choisie et non une parfaite étrangère.

— Ta mère et moi…

Sa voix se brisa et il ne put pas finir sa phrase. Il n'avait pas besoin d'en dire plus. Garrett savait que ses parents avaient été des inconnus l'un pour l'autre quand ils s'étaient mariés.

— La question n'est pas de savoir si nous pourrions nous entendre, Jihae Park et moi, ni s'il est possible de trouver le bonheur au sein d'un mariage arrangé. Le fait est que j'ai déjà choisi ma future femme. Cette décision ne revient qu'à moi, je refuse de n'être qu'un pion au service de la lignée des Song.

— Soit.

Comme son père se redressait sur son siège, Garrett se demanda s'il adoptait cet air déterminé pour prendre son parti ou celui de sa grand-mère.

— Alors, parle-moi de ta bien-aimée.

Pris au dépourvu, Garrett hésita une seconde et s'éclaircit la voix avant de répondre.

— Elle… Elle s'appelle Natalie Sobol. C'est la directrice des ressources humaines de Hansol pour les bureaux de Los Angeles.

— Ah oui. J'ai eu l'occasion de la rencontrer. C'est une jeune femme intelligente et compétente. Elle est aussi d'origine coréenne, non ?

— Oui, du côté de sa mère.

— Bien, bien, murmura-t-il avec un air absent. Mais tu as pris un risque inutile en entretenant une relation avec une subalterne.

— Ce n'est pas une *subalterne*, rétorqua Garrett avec une colère contenue. C'est ma fiancée et ta future belle-fille, et non une citoyenne de seconde zone.

— Je n'ai jamais dit ça. Le fait est que tu es son supérieur hiérarchique. Tout se passe bien maintenant mais cela aurait aussi pu mal tourner.

— Tu ne crois pas que c'est un peu tard pour me dispenser tes conseils paternels ?

Garrett sentit qu'il devait se ressaisir. Ce n'était pas dans ses habitudes de se laisser dominer par ses émotions.

— Je tenais aussi à te dire autre chose, ajouta-t-il. Sa sœur est décédée récemment et Natalie se bat pour obtenir la garde de sa nièce. Il se pourrait donc qu'elle adopte bientôt un bébé.

— Un bébé ? Tu vas devenir père ! s'exclama James Song avec un enthousiasme aussi touchant qu'inattendu.

— Natalie doit d'abord remporter son combat judiciaire.

L'idée de devenir le faux beau-père de Sophie était loin de le mettre à l'aise. L'accord qu'il avait conclu avec Natalie ne concernait qu'elle et lui. Toutefois, la réaction de son père lui rappelait que leurs proches à tous les deux allaient forcément être touchés, le moment venu, par leur séparation.

— Quel âge a cette petite fille ? demanda le père de Garrett avec un sourire attendri.

— Six mois.

— Et quand vais-je les rencontrer toutes les deux ? Que dirais-tu d'un dîner demain soir ?

— Je demanderai à Natalie si elle est libre.

C'était insensé. Son père lui avait fait la leçon quand il avait su que Garrett allait épouser une *employée*, mais dès qu'il était question d'un bébé, voilà qu'il devenait doux comme un agneau !

— Quant à Sophie, poursuivit-il, elle est avec ses grands-parents. Je ne peux donc pas te garantir que tu la verras demain.

— Je vois. Et Adelaide ? Tu lui as déjà annoncé la nouvelle ?

— Pas encore, grommela Garrett.

Une fois n'est pas coutume, son père et lui échangèrent un regard complice. Ils savaient tous les deux qu'Adelaide allait être furieuse d'avoir été mise à l'écart. Elle allait forcément lui reprocher d'avoir caché pendant tout ce temps l'arrivée de Natalie et de Sophie dans sa vie. Hélas, il ne pourrait pas lui révéler que tout cela était nouveau pour lui aussi. Il n'aurait d'autre choix que d'essuyer la colère de sa petite sœur sans pouvoir se défendre.

- 7 -

Ces dernières semaines, Natalie avait eu l'impression d'être prise dans une tornade, au point qu'elle n'avait pas vu le temps passer. Mais ça y était, le jour de son mariage avec Garrett était arrivé.

Elle regarda le jardin de la famille Song qui s'étendait autour d'elle et sentit son cœur se serrer. Tout était aussi beau que dans un rêve. Les plantes, le mobilier installé pour la cérémonie et, en toile de fond, l'océan Pacifique et la lumière orangée du coucher de soleil.

N'importe quelle jeune femme aurait été comblée par un mariage comme celui-ci. Pourtant, Natalie avait envie de pleurer toutes les larmes de son corps. Elle n'avait rien à faire ici. Elle n'appartenait pas à ce monde de luxe et de richesses. Elle n'appartenait pas au monde de Garrett.

Traci lui manquait tellement… Si sa grande sœur avait été là, elle l'aurait secouée et lui aurait enjoint de partir en courant. De fuir cette mascarade et ces mensonges. Mais si Traci était toujours vivante, rien de tout cela ne serait arrivé. Natalie n'aurait eu aucune raison de conclure ce marché avec Garrett.

Natalie soupira. Elle ne pouvait pas rendre sa sœur responsable de cette comédie. Personne ne la forçait à épouser Garrett. Il n'avait même pas eu besoin d'insister beaucoup pour la convaincre d'accepter.

Si seulement elle avait pu revenir un mois en arrière

et faire preuve d'un minimum de clairvoyance… Mais c'était impossible. Et sans machine à remonter le temps, elle n'avait d'autre choix que d'assumer sa décision et de jouer son rôle d'heureuse mariée.

Adelaide avait fait équipe avec une organisatrice de mariages pour accomplir un véritable miracle en si peu de temps. Comme il était trop tard pour trouver un lieu approprié, elle avait réussi à convaincre sa grand-mère de mettre la maison familiale à disposition. Elle avait insisté sur le fait que c'était l'endroit idéal pour préserver l'intimité de l'événement. En tout cas, même un château n'aurait pas eu autant de charme et d'élégance. Si Natalie se mariait un jour pour de bon, elle devrait forcément se contenter de moins bien.

— Natalie ! s'exclama Adelaide en la prenant par le bras pour la ramener à l'intérieur. Garrett vient d'arriver. Tu imagines s'il te voit ?

— Eh bien, je lui dirai bonjour.

Sa future belle-sœur l'avait enfermée tout l'après-midi dans une chambre d'amis qui donnait sur le jardin. C'est là que Natalie avait reçu la visite d'une maquilleuse, d'une coiffeuse et d'une couturière qui l'avaient transformée en princesse. Plus que tout, elle adorait sa robe. Cela aurait pu être l'héritage d'une élégante Française des années 1920. La soie qui collait à sa peau épousait sa silhouette, mais la dentelle chatoyante qui la recouvrait dansait autour d'elle comme les sept voiles de Salomé.

— Voyons, tu sais bien que cela porte malheur.

Malgré le choc que l'annonce du mariage avait dû leur faire, la sœur et le père de Garrett avaient accueilli Natalie à bras ouverts. Sa grand-mère, en revanche, avait refusé de la rencontrer et plus encore d'assister au mariage.

Natalie n'avait pas la prétention de penser qu'elle devait

plaire à tout le monde. Ce qui la dérangeait, c'était que la grand-mère de Garrett l'ait jugée sans prendre la peine de faire sa connaissance. Sans doute la jugeait-elle indigne de son petit-fils en raison de son origine sociale modeste. Son absence pesait sur cette journée, d'autant plus qu'elle avait décidé de rester seule dans sa chambre, à quelques pas de l'endroit où allait se tenir la cérémonie. Ce devait être une souffrance pour Garrett. Certes, ce mariage était une ruse, mais Mme Song l'ignorait.

Quand Adelaide fut repartie et que Natalie se trouva de nouveau seule dans sa suite de future mariée, elle se mit à faire les cent pas. Elle était trop nerveuse pour s'asseoir. Tout à coup, son regard se posa sur la boîte qui contenait son *hanbok*, la tenue traditionnelle portée en Corée les jours de fête. Cela faisait longtemps qu'elle rêvait d'en avoir un. Cela aurait pu arriver si sa mère n'avait pas tout laissé derrière elle le jour où elle avait quitté la Corée pour les États-Unis avec le père de Natalie, un soldat américain provisoirement en poste à Séoul. Ce pays restait celui de ses racines maternelles, et cela lui donnait envie d'entretenir un lien avec lui.

Elle ouvrit la boîte et caressa la robe volumineuse dont le haut était jaune foncé et le bas rouge, avec des fleurs et des papillons brodés à la main le long de l'ourlet. Adelaide avait engagé une célèbre couturière pour confectionner ce *hanbok*, espérant jusqu'à la dernière minute que sa grand-mère participerait au mariage. Si c'était le cas, Garrett et Natalie enfileraient tous les deux leur vêtement traditionnel en fin de journée pour respecter une coutume coréenne qui voulait que les membres les plus âgés de la famille bénissent le jeune couple en lançant des jujubes séchés que la mariée devait attraper dans sa grande jupe. Les jujubes symbolisaient les enfants. Plus la mariée en attrapait, plus sa famille serait nombreuse. Ce serait le comble du cynisme si Garrett et elle se prêtaient à ce jeu !

Perdue dans ses pensées, Natalie sursauta quand Adelaide revint frapper à sa porte.

— Coucou, dit-elle en passant la tête à l'intérieur de la pièce. Ça y est, c'est l'heure. Il ne manque plus que toi.

Quand elles traversèrent ensemble le jardin, Adelaide devint soudain calme et silencieuse. Elle tenait dans ses doigts chauds la main glacée de Natalie.

— Merci d'épouser mon frère, chuchota-t-elle alors qu'elles étaient à quelques pas des rangées de chaises où attendaient les invités. Il peut paraître froid et distant, mais c'est vraiment quelqu'un de bien et je retrouve parfois le Garrett d'autrefois quand il est avec toi. Surtout, je suis folle de joie d'avoir enfin une grande sœur !

— Ne me fais pas pleurer avant mon entrée en scène, dit Natalie avec un sourire ému. Moi aussi, je suis heureuse d'avoir de nouveau une sœur.

Quelques secondes plus tard, elle était seule, immobile, au bout de l'allée centrale. Elle n'avait pas été assez proche de son père pour que sa présence lui manque à cet instant, mais un bras fort auquel s'accrocher n'aurait pas été de trop. Tous ces yeux braqués sur elle lui donnaient envie de s'enfuir à toutes jambes.

Mais brusquement, elle rencontra le regard de Garrett et son angoisse se dissipa aussitôt. En smoking, les cheveux plaqués en arrière, il était à la fois noble et ténébreux, irrésistiblement attirant. Et c'était elle qu'il attendait. Sans détacher ses yeux des siens, elle avança jusqu'à lui.

— Tu es magnifique, murmura-t-il en lui prenant la main.

Le souffle de Garrett contre son oreille la fit frissonner de plaisir. Voilà sur quoi elle devait se concentrer à partir de maintenant. Cela lui épargnerait de penser à l'effroi qui s'était emparé d'elle.

La cérémonie se déroula comme dans un songe. L'esprit ailleurs, Natalie parvint à faire tout ce qui était prévu, y compris à prononcer des vœux en sachant qu'elle ne pourrait pas y être fidèle. Pour quelqu'un qui détestait mentir, elle devenait très performante dans ce domaine.

Garrett enlaça Natalie tout en tournoyant avec elle au son de la musique. Comme le soir où il avait dansé avec elle au Rêve, son corps s'enflamma quand il la sentit contre lui, mais cette fois, c'était plus que du désir. Temporairement ou non, Natalie était *sa* femme.

— Enfin, dit-il, nous reprenons la danse que nous avions interrompue.

Elle lui sourit, mais il lut de la fatigue sur les traits de son visage. Il attendit la fin du morceau pour la raccompagner à leur table et lui avancer sa chaise.

— Tu te sens bien ? demanda-t-il en lui prenant la main.

— Oui, très bien.

Il haussa les sourcils pour l'inciter à lui dire la vérité.

— Je t'assure, Garrett. Tout va très bien.

Elle ne l'avait pas convaincu, mais elle avait parlé avec assez de fermeté pour qu'il comprenne qu'il devait changer de sujet.

— Sophie a déjà conquis mon père, dit-il en regardant l'adorable bébé que James tenait dans ses bras comme un trésor.

Cela faisait longtemps qu'il n'avait pas vu un tel sourire sur le visage de son père. Comment allait-il réagir d'ici quelques mois, quand Natalie et Sophie iraient vivre à New York ? Cette pensée lui serra le cœur.

— Il n'est pas le premier à se laisser charmer, dit-elle en les observant avec un sourire plein de douceur.

Elle laissa passer un silence avant de se retourner vers lui.

— Garrett, ne t'inquiète pas trop. Sophie et les membres de ta famille n'auront pas l'occasion de trop s'attacher. Elle est avec ses grands-parents, et le peu de temps où je l'aurai à la maison, je la garderai égoïstement pour moi.

En dépit de ses paroles rassurantes, il sentit au timbre de sa voix et à sa façon de le regarder qu'elle se faisait du souci, elle aussi. Trop ému pour parler, il se contenta de lui sourire.

C'était le jour de leur mariage. Il n'avait pas envie de parler de leur prochaine séparation. Il avait envie d'embrasser sa femme. À défaut de pouvoir aller aussi loin que ce dont il rêvait, il porta sa main à ses lèvres pour y déposer un baiser. Voyant qu'elle rougissait, il sourit et garda la bouche un instant contre sa paume.

— Garrett, susurra-t-elle.

Il plongea les yeux dans les siens. Son désir pour elle était si intense qu'il en tremblait presque. Tout son être brûlait de vivre une véritable nuit de noces avec elle. Voyant que Mike lui faisait signe, il sauta sur l'occasion pour se lever. Plus il restait près de Natalie, plus il avait de mal à garder son sang-froid.

— Excuse-moi, dit-il. Le devoir m'appelle.

— Le devoir ? s'amusa-t-elle. Tu veux dire la bouteille de champagne que brandit ton témoin ?

— Oui, ce n'est pas facile, mais il faut bien que quelqu'un se dévoue, admit-il en riant.

— Alors vas-y, je te soutiens.

Elle fit un clin d'œil en lui donnant une tape sur le bras.

— Je reviens.

Sans réfléchir, il déposa un baiser sur le bout de son

nez. Il s'étonnait lui-même d'être aussi à l'aise et spontané avec elle.

Quand il eut rejoint son groupe d'amis, il prit la bouteille de champagne des mains de Mike pour l'ouvrir et la partager avec eux.

— Messieurs, déclara Mike, buvons à notre marié inattendu. Garrett, je fais le vœu que tu ne te comportes pas trop mal avec ta femme afin qu'elle te supporte jusqu'à la fin des temps !

— Merci, cher témoin, pour cet émouvant discours.

Après avoir bu et plaisanté pendant quelques minutes, Garrett sentit qu'il avait repris le contrôle de ses sens. Il risqua un regard en direction de Natalie. Elle n'était plus sur sa chaise. Il la chercha des yeux et la vit finalement sur la piste de danse, avec son père. Elle semblait au bord des larmes. Il vida son verre d'un trait et laissa son groupe d'amis pour la rejoindre. Une fois près d'elle, il fut rassuré de voir qu'elle avait retrouvé le sourire. C'était déjà ça. Manifestement, James avait dit une plaisanterie qui l'avait fait rire.

— Je peux vous interrompre ? demanda Garrett en faisant signe qu'il voulait danser avec sa femme.

— Mais bien sûr ! répondit son père.

Il baisa galamment la main de Natalie avant de se diriger vers Sophie. Elle était dans les bras de Mme Kim, la voisine de Natalie, que Garrett avait rencontrée au cours du déménagement. Cette femme avait un sacré caractère, et c'était un miracle s'il avait survécu à l'interrogatoire qu'elle lui avait fait subir !

Seul avec Natalie, il se tourna vers elle et lui prit les mains.

— Que s'est-il passé ? demanda-t-il.

— Comment ça ?

— Qu'est-ce qui t'a donné envie de pleurer ?

— Mais… comment le sais-tu ?

— Je t'ai vue. Alors, dis-moi.

— Ton père m'a accueillie dans votre famille. Il m'a dit… Il m'a dit que j'étais sa fille maintenant, murmura-t-elle d'une voix tremblante. Je n'ai même pas de souvenirs de ma mère, quant à mon père, il ne pouvait pas me supporter. J'ai perdu ma sœur et je ne sais pas si je vais pouvoir adopter ma nièce. Malgré tout cela, ton père m'a donné le sentiment que je faisais partie d'une famille. Que je n'étais pas seule. Il m'a fait ce cadeau, que je ne mérite pas, mais que je garderai dans mon cœur pour toujours.

Pour toute réponse, Garrett l'attira contre lui. Les mots lui manquaient. La situation devenait beaucoup plus compliquée qu'il ne l'avait prévu, et il avait peur que plusieurs personnes finissent par souffrir. À commencer par lui-même.

- 8 -

Quand Garrett mit ses bras autour d'elle, Natalie oublia tout : les mensonges, l'incertitude, la culpabilité. C'était si bon de danser avec lui…

— Un baiser ! Un baiser ! Un baiser !

La demande des invités la ramena brutalement à la réalité. Elle soupira et enfouit le visage contre l'épaule de Garrett.

— Accordons-leur ce baiser, dit-il en prenant le visage de Natalie entre ses mains. Ensuite, nous pourrons partir.

Sur ces mots, il se pencha et posa à peine les lèvres sur les siennes. Sa délicatesse la toucha. Mais à peine avait-elle senti le contact de sa bouche qu'elle l'embrassa instinctivement avec passion en mettant les mains dans ses cheveux. Après une seconde de surprise, Garrett répondit à son baiser avec la même fougue. Elle eut juste le temps de sentir son érection à travers leurs vêtements avant que des applaudissements et des cris de joie s'élèvent autour d'eux. D'un même mouvement, ils se redressèrent aussitôt, comme s'ils avaient oublié pendant un instant qu'il y avait du monde autour d'eux. Ils terminèrent leur danse sans échanger une parole.

— Nous pouvons partir maintenant, dit Garrett.

Ils saluèrent leurs invités et reçurent des sourires et des vœux de bonheur avant de monter en voiture pour rentrer au Ritz-Carlton. Vu les circonstances, ils avaient décidé de se passer d'une lune de miel. Ils préféraient se concentrer tout de suite sur leurs priorités respectives : lui, le poste de P-DG de Hansol, et elle, l'adoption de Sophie.

Quand ils furent garés devant l'hôtel, Garrett vint ouvrir la portière de Natalie et l'aider à descendre de voiture. Il passa le bras autour de sa taille le temps de traverser le hall, mais à peine étaient-ils seuls dans l'ascenseur qu'il la lâcha et recula pour mettre de la distance entre eux. Elle savait qu'elle n'avait rien de plus à attendre de lui, et pourtant, elle ne put s'empêcher de regretter son mouvement. La chaleur de son corps viril lui manquait déjà.

Il s'effaça pour la laisser entrer en premier dans l'appartement, puis il se dirigea directement vers l'escalier qui menait au premier étage.

— Tu t'en es très bien sortie aujourd'hui, dit-il en ôtant son nœud papillon pour déboutonner le col de sa chemise.

— Eh bien… merci, dit-elle tout bas, en se demandant ce qu'elle devait répondre à cela. Bonne nuit.

Il lui fit un signe de tête et monta sans un mot de plus. Elle n'en croyait pas ses yeux. Pourquoi était-il si glacial tout à coup ?

Elle se tourna vers la baie vitrée et regarda avec envie les lumières de la ville qui lui rappelaient que les autres vivaient leur vie, alors qu'elle s'était engagée à mettre la sienne entre parenthèses pendant des mois. Sa solitude lui pesait. Avait-on déjà vu une nuit de noces moins romantique que celle-ci ? Certes, c'était un mariage arrangé, mais ils auraient au moins pu faire un jeu de société ou regarder un film ensemble. La soirée aurait été moins triste.

Vêtue d'une longue robe de soie vert émeraude, Natalie descendit l'escalier de l'appartement. Ses longs cheveux étaient dénoués, retenus seulement par une barrette qui empêchait ses boucles de tomber devant ses yeux. Elle avait mis de l'ombre à paupières dorée et du rouge à lèvres foncé. Après les efforts qu'elle avait faits pour se mettre en valeur, elle espérait au moins voir une lueur d'appréciation dans le regard de son mari.

— Me voilà, dit-elle en le rejoignant en bas des marches.

Il portait un smoking sur mesure qui mettait délicieusement en valeur ses épaules larges, ses hanches étroites et ses longues jambes musclées. Elle aurait eu un élan de désir pour lui si ses paroles n'avaient pas jeté un froid glacial.

— Nous sommes en retard, dit-il sèchement.

De toute évidence, il ne comptait pas perdre son temps à glisser un compliment à sa femme.

— Bien sûr, répondit-elle non sans une pointe de sarcasme. Je suis navrée.

Elle était descendue exactement quatre minutes après l'heure convenue. Ils étaient mariés depuis treize jours et vingt et une heures et elle en avait plus qu'assez du comportement de Garrett. Elle s'était donné du mal pour faire bonne impression ce soir, au bal de bienfaisance organisé par Clark Nobu et Sebastian Diaz. Mais cette fois, elle était à deux doigts de prétexter une migraine pour annuler sa venue. Garrett n'avait qu'à y aller tout seul s'il avait décidé d'être désagréable.

Elle s'efforça de surmonter sa réaction puérile. Elle s'était engagée à aider Garrett de son mieux et elle allait le faire, aussi exaspérant soit-il.

Le silence s'installa dans la voiture, comme c'était souvent le cas depuis leur mariage. La plupart du temps, Garrett partait travailler avant que Natalie se réveille et rentrait une fois qu'elle était couchée. Même au bureau, ils se croisaient à peine. C'était une chose qu'il soit débordé, mais pourquoi leurs rares conversations manquaient-elles autant de naturel et de spontanéité ? Même si leur union n'était qu'un contrat, cela ne les empêchait pas de se parler normalement !

— Quel est le plan pour ce soir ? demanda-t-elle, espérant dissiper la tension en évoquant une éventuelle stratégie. Tu as dit que Sebastian recevait avec sa femme, mais qu'en est-il de Clark ? Est-il marié ?

— Non, il est veuf.

— Oh ! non. Quelle tristesse…

— La vie continue.

Sa façon de répondre lui fit froid dans le dos. Était-ce à cause de la mort de sa mère qu'il avait dit cela ? Natalie aurait pu ignorer sa remarque et accepter le silence, mais elle ne put rester indifférente à la souffrance qu'elle percevait en lui.

— Comment ta mère est-elle décédée ? demanda-t-elle d'une voix douce.

Elle le sentit se raidir et eut peur d'avoir franchi la ligne rouge qu'il avait tracée entre eux. Il lui répondit quand même.

— Cancer.

— Je suis désolée. Je ne savais pas.

Malheureusement, elle était bien placée pour connaître la douleur de perdre un être cher.

— Peu de gens le savent, dit-il en gardant les yeux fixés sur la route. À vrai dire, le combat n'a pas duré longtemps. Elle est partie assez rapidement.

— Quel âge avais-tu ?

— Quinze ans.

— Garrett…, murmura-t-elle en posant la main sur son bras.

— Mes parents étaient fous l'un de l'autre, poursuivit-il d'une voix si basse qu'elle l'entendait à peine. Mon père s'est effondré. Il ne semblait plus capable de vivre sans elle.

— Tu as dû pleurer la perte de tes deux parents en même temps.

Il tourna un instant les yeux vers elle et, en rencontrant son regard, elle eut l'impression de voir ce jeune garçon de quinze ans avec toute sa fragilité et sa solitude. Cela lui fendit le cœur.

Une seconde plus tard, il avait retrouvé sa froideur et son air sévère. Elle ôta instinctivement la main de son bras.

— Le plan, dit-il, c'est que tu fasses connaissance avec Sebastian Diaz et sa femme. Ils vivent en Espagne et sont de passage à Los Angeles. Sebastian est un actionnaire important et le président de Vivotex. C'est un homme extrêmement influent, son opinion pèsera très lourd dans la décision finale. Je sais tout de lui sur le papier, mais j'ignore comment il fonctionne vraiment. En discutant avec lui hors du contexte professionnel, tu apprendras peut-être des choses intéressantes.

— Et toi ? demanda-t-elle.

— J'espère avoir une conversation avec Clark Nobu, le directeur de Vivotex aux États-Unis.

— La stratégie est au point alors, dit-elle d'un ton faussement combatif.

En réalité, elle était dévorée par la nervosité à cause de ce qu'il venait de lui dire. C'était la première fois de sa vie qu'elle se rendait à un bal, et il lui apprenait qu'il allait la laisser toute seule. Elle lutta de toutes ses forces pour garder un calme apparent. Personne ne devait deviner sa peur ; ni Garrett ni les invités qui allaient participer à la soirée.

Ils arrivèrent sur le lieu de l'événement, le célèbre

Music Center de Los Angeles, et firent leur entrée au milieu d'un groupe de convives à l'allure glamour. Depuis la mezzanine, Garrett observa la salle de réception en contrebas avant de guider Natalie vers le grand escalier. Il lui offrit son bras pour la descente des marches, puis se pencha vers elle pour déposer un baiser sur sa tempe.

— Je te retrouve dans une heure, dit-il d'une voix neutre.

Pourquoi semblait-il aussi indifférent alors que le seul fait d'être près de lui la mettait en feu ? C'était trop injuste. Machinalement, elle passa les bras autour de lui et l'embrassa comme elle l'avait fait le jour du mariage, fiévreusement, devant tout le monde. Elle sentit les muscles de son torse se contracter sous ses doigts et sa langue experte venir à la rencontre de la sienne. Il ne la repoussait pas, bien au contraire. Après de longues et délicieuses secondes, il se redressa doucement et fixa sur elle un regard brûlant. Il n'était donc pas si indifférent, en fin de compte.

Non sans peine, elle résista à l'envie de se jeter de nouveau dans ses bras et se contenta de le regarder avec satisfaction.

— D'accord, dit-elle. À dans une heure.

Envahi par le désir, Garrett regarda sa femme s'éloigner de sa démarche sensuelle. Depuis l'instant où il l'avait vue apparaître chez lui, en haut de l'escalier, il devait lutter pour contenir la vague brûlante qui montait en lui. Et ce baiser n'avait rien fait pour l'y aider.

Cela faisait bientôt deux semaines qu'il évitait Natalie, de peur de ne pas résister à son attirance pour elle. Seulement, son excitation n'en était que plus intense et difficile à contrôler dès qu'il posait les yeux sur elle.

Quelle ironie de penser qu'il n'avait pas le droit de faire l'amour avec sa propre femme…

S'efforçant de recouvrer son sang-froid, il respira profondément et partit dans la direction opposée à celle qu'avait prise Natalie. Il avait un accord commercial à conclure.

Pour avoir déjà rencontré Clark Nobu, il savait que c'était un homme non seulement brillant et intelligent, mais aussi très sympathique. Garrett se réjouissait donc de pouvoir allier l'utile à l'agréable en ayant une conversation avec lui. Il ne tarda pas à le trouver, accoudé au bar.

— Justement, c'est vous que je cherchais !

— Tiens ! Bonsoir, Garrett. Je vous dois un verre, si je me souviens bien. C'est sûrement pour cela que vous venez me voir, dit Clark avec un sourire malicieux.

— Ravi de voir que nous sommes sur la même longueur d'onde, répondit Garrett. C'est prometteur pour notre partenariat.

— J'ai toute confiance en ce partenariat. Il faut juste définir le bon moment et le bon mode d'exécution.

— Une vision commune, voilà le secret de la réussite. Le reste ne sera que détail technique.

— Cela tombe bien ! s'exclama Clark en donnant à Garrett le verre qu'il venait de commander pour lui. On dit de vous que votre génie est dans la maîtrise des détails.

— Ce sera difficile d'être à la hauteur d'une telle réputation, mais je vous remercie pour votre vote de confiance.

Ils trinquèrent et continuèrent leur discussion sur le même ton. Au bout d'un moment, Garrett chercha Natalie du regard, en vain.

— Comme je sais que c'est nouveau pour vous, dit Clark, je vais me permettre de vous donner un conseil. Votre femme connaît-elle quelqu'un à cette soirée ?

— Je ne crois pas, non.

— Et vous la laissez seule au milieu de cette meute ? Attendez-vous à dormir dans la chambre d'amis ce soir.

Garrett rit tout en se demandant si Clark avait raison. Après la fête d'anniversaire de Mike, il ne doutait pas de la capacité de Natalie à faire sensation ce soir aussi. Toutefois, il sentit poindre une légère angoisse.

— Natalie est beaucoup trop indépendante pour avoir besoin que je lui tienne la main toute la soirée, assura-t-il.

— Mon pauvre Garrett, vous êtes complètement à côté de la plaque.

Ils traversèrent la salle de réception et trouvèrent Natalie sur la terrasse, en compagnie de Sebastian Diaz et de sa femme. À en croire le rire éclatant de Camilia Diaz, tout se passait pour le mieux.

— C'est peut-être vous qui aviez raison, reconnut Clark en adressant un clin d'œil à Garrett.

Sur ces mots, il s'approcha des Diaz pour les saluer.

— Désolé de t'avoir fait attendre, ma chérie, dit Garrett en prenant Natalie par la taille.

Il déposa un baiser furtif sur ses sublimes lèvres rouges.

— Tu m'as manqué, répondit-elle, mais heureusement, tes charmants amis m'ont permis de supporter ton absence.

Elle lui sourit et appuya la tête contre son épaule. Tout en sachant qu'elle ne faisait que jouer la comédie, il ne put s'empêcher de l'attirer contre lui tant la chaleur de son corps lui faisait de bien.

— Camilia, Sebastian, c'est un plaisir de vous revoir.

— Pour nous aussi, Garrett, répondit Sebastian. Et nous sommes très heureux d'avoir fait la connaissance de votre ravissante épouse.

— Natalie, je te présente également Clark Nobu.

Clark sourit et baisa galamment la main de Natalie.

— Enchanté, Natalie, dit-il d'une voix grave.

— Enchantée, Clark, répondit-elle en rougissant légèrement.

Garrett serra un peu plus la main autour de sa taille. Veuf ou non, Clark avait une réputation de séducteur.

— Veuillez m'excuser d'avoir retenu votre mari. Il était impatient de vous rejoindre.

— Cela m'étonne de lui. Il sait que je n'ai pas besoin de chaperon. N'est-ce pas, mon amour ? demanda-t-elle en levant les yeux vers Garrett.

— Bien sûr, répondit-il avec un grand sourire.

— Je pense toujours que votre mari est inconscient de s'être éloigné de vous, dit Clark sur un ton charmeur.

En voyant l'air ravi de Natalie, Garrett eut bien envie de remettre Clark à sa place. Évidemment, cela n'aurait pas été très bon pour les affaires... Mais pourquoi se sentait-il si possessif tout à coup ? C'était absurde.

— Je vais devoir vous laisser, dit Clark, mais j'espère que nous nous reverrons bientôt. Garrett, dites à votre secrétaire d'appeler la mienne pour que nous fixions un rendez-vous.

— Je n'y manquerai pas. À bientôt, Clark, dit Garrett en lui serrant la main.

Après leur avoir dit bonsoir, Clark retourna dans la salle et disparut au milieu de la foule. Garrett regarda Natalie. En la voyant si belle, si sensuelle, il ne put s'empêcher de se mettre derrière elle pour l'enlacer. Il n'avait jamais été très démonstratif, surtout en public, mais avec elle, il avait l'impression d'être un autre homme. Il ressentait sans cesse le besoin d'être près d'elle, de la toucher. C'était plus fort que lui.

Comme elle tournait la tête pour le regarder par-dessus son épaule, il fut irrésistiblement attiré par ses lèvres sublimes et se pencha pour l'embrasser. La voix de Camilia l'interrompit dans son mouvement.

— Garrett, comme je suis heureuse d'avoir rencontré votre femme ! D'autant plus que nous avons une passion commune : le tennis !

— Le tennis ? répéta Garrett en interrogeant Natalie du regard.

— Oui, enfin… je suis plus douée pour en parler que pour y jouer, admit Natalie. Camilia pratique beaucoup plus que moi.

— Je n'ai jamais participé à des compétitions officielles, contrairement à vous.

— C'était au lycée.

— J'ai une idée, proposa Camilia avec enthousiasme. Sebastian est invité au séminaire d'entreprise de Hansol le mois prochain. Ce sera l'occasion parfaite de faire un match en double !

— Je crois que je n'ai pas tenu une raquette depuis au moins dix ans, dit Garrett. Nous serions très désavantagés, Natalie et moi, face à des joueurs entraînés comme vous.

— Ne dites pas de bêtises, répliqua Sebastian. Nous parlons d'une partie entre amis. Pratiquer un sport ensemble, c'est la meilleure façon de se connaître et de créer du lien.

— Comment refuser si vous présentez les choses de cette façon ? dit Natalie alors que Garrett cherchait une façon polie de se dérober.

— Vous ne le pouvez pas ! s'amusa Sebastian. À moins que vous vouliez briser le cœur d'un vieil homme.

— Et vous savez bien que je ne ferais jamais ça,

répondit Natalie avec des yeux pétillants. Comptez sur nous pour un double.

Médusé, Garrett lui sourit. Sa femme venait d'organiser un match de tennis avec les Diaz. Décidément, elle le surprenait un peu plus de jour en jour.

- 9 -

— Garrett ! Garrett !

En entendant le cri épouvanté de Natalie, Garrett dévala l'escalier pour la rejoindre. Elle était debout au milieu de la cuisine, pâle comme un linge.

— Tu es blessée ? Que se passe-t-il ?

En disant ces mots, il la prit par les épaules et l'inspecta de la tête aux pieds pour voir ce qu'elle avait.

— Norma va me mettre sur liste noire après ce soir. J'en suis sûre. Et ce sera entièrement ma faute.

Sa voix se brisa et ses yeux aux reflets ambrés s'emplirent de larmes. Soulagé de voir qu'elle ne s'était pas fait mal, il chercha une façon de la rassurer. Elle était nerveuse depuis ce matin, et pour cause. Norma Rice, l'assistante sociale chargée du dossier de Sophie, venait dîner chez eux.

— Respire, Natalie. Quoi qu'il se soit passé, je suis certain que ce n'est pas si grave.

— J'ai fait brûler le plat principal. Je n'ai plus qu'une salade verte à servir.

— Tu ne devais pas préparer des langoustines ? Comment as-tu fait pour…

Il s'interrompit et toussota pour dissimuler son rire.

— Bon, peu importe, reprit-il. Tu te fais sans doute du souci pour rien. C'est bon aussi quand c'est un peu grillé.

Elle posa la poêle devant lui, sur le plan de travail.

Garrett fit la grimace. Les langoustines étaient carbonisées. Il n'y avait rien à sauver, pas même la poêle.

Il connaissait maintenant assez Natalie pour savoir qu'elle aurait été la première à rire d'elle-même en temps normal. Pas ce soir. Elle était à bout de force, à bout de nerfs, et il avait peur qu'elle craque avant l'arrivée de Norma.

Il respira profondément et retroussa les manches de sa chemise.

— Qu'est-ce que tu fais ? demanda-t-elle en écarquillant les yeux.

— J'essaie d'aider.

Il ouvrit le réfrigérateur pour faire un rapide inventaire de ce qu'il contenait. De l'ail, du persil, du citron et du vin blanc.

— Je peux m'en sortir toute seule, affirma-t-elle en se redressant. Je sais que tu as du travail à finir avant l'arrivée de Norma.

— Mais tu m'as appelé au secours et je suis là. C'est moi qui cuisine, et toi, tu es reléguée au rôle d'assistante. C'est comme ça.

— Tu sais faire la cuisine ?

— Je vais te le prouver, répondit-il avec un grand sourire.

Il sortit tous les ingrédients et mit une grande casserole d'eau à bouillir.

— Nous aurons des spaghettis *aglio e olio* pour le dîner. Tu sais si nous avons du poivre concassé ?

— Du poivre concassé ? Je vais regarder.

Il n'était plus question de protestations. Elle avait maintenant l'air soulagée qu'il prenne les choses en main.

— Et la salade ? demanda-t-il. Tu l'as déjà préparée ?

— N'exagère pas. Même moi, je suis capable d'ouvrir un sachet de salade et de verser une vinaigrette dessus.

— Tu as acheté une salade en sachet et une sauce toute faite ? Bon, sors une râpe et ajoutes-y un peu de zeste de citron. Ce sera toujours ça.

Il hacha au couteau plusieurs gousses d'ail et du persil italien. Après avoir fait chauffer de l'huile d'olive dans une poêle, il y versa l'ail et le fit revenir pendant deux minutes. Il ne pouvait pas en faire plus pour l'instant puisque le plat devait être préparé juste avant d'être servi.

— Allons-nous servir un dessert ?

— Pourquoi ? demanda Natalie. Tu sais aussi faire les pâtisseries ?

— Non, pas du tout.

— Alors nous nous contenterons du pot de glace et des groseilles que j'ai achetés, dit-elle en souriant.

Garrett prit soudain conscience qu'ils étaient en train de vivre une véritable scène de vie de famille. Ils préparaient le dîner ensemble pour l'invitée qui allait arriver. Son cœur tressaillit dans sa poitrine et il ressentit en même temps un élan de peur. Avant qu'il ait pu analyser sa réaction, la voix de Sophie résonna dans le babyphone.

— Elle est réveillée, dit-il.

Leur avocat était excellent négociateur et, grâce à lui, les Davis avaient accepté de leur confier Sophie deux jours par semaine.

— Je vais l'habiller.

— C'est vrai, ça ne t'ennuie pas ? demanda Natalie en l'embrassant timidement sur la joue. Merci beaucoup. J'ai mis ses habits dans le fauteuil de sa chambre.

Sophie était debout, fermement agrippée aux barreaux de son lit. Elle accueillit Garrett avec un immense sourire.

— Coucou, ma chérie. On compte sur toi pour faire du charme à Mme Rice, d'accord ?

Alors qu'il la prenait dans ses bras, elle le fit fondre en éclatant de rire. Allait-il réussir à lui mettre correctement sa jolie robe rose ? C'était un défi qu'il était prêt à relever.

Quand il redescendit avec Sophie, Natalie avait mis le couvert. Un joli bouquet de marguerites ornait le centre de la table, elle-même recouverte d'une nappe jaune qu'il n'avait jamais vue. L'atmosphère était familiale, chaleureuse. L'espace d'un instant, Garrett fut tenté d'y croire tant ce décor était séduisant. Mais ce n'était qu'une illusion. D'ici moins d'un an, tout cela serait envolé.

Natalie s'approcha de lui pour embrasser Sophie et, malgré ce qu'il venait de penser, il ne put s'empêcher de passer le bras autour de sa taille. Elle leva vers lui un regard étonné. Alors qu'il se penchait pour prendre possession de sa bouche, la sonnette de l'ascenseur retentit, leur annonçant l'arrivée de leur invitée. Natalie sursauta et s'écarta de lui. Il la suivit instinctivement avant de se ressaisir. C'était un moment important. Il n'était pas question de la déstabiliser maintenant.

Ensemble, ils se dirigèrent vers l'entrée pour accueillir Norma.

— Merci d'être venue, dit Natalie en masquant admirablement sa nervosité. Je suis heureuse que vous ayez pu vous libérer. Je vous présente Garrett Song, mon mari.

— Enchanté, Norma, dit Garrett en serrant la main de l'assistante sociale. Ma femme m'a beaucoup parlé de vous et du mal que vous vous donnez pour Sophie.

— Oh ! eh bien…, balbutia Norma en rougissant. Vous savez, les enfants sont notre priorité. Nous voulons seulement que tout se passe au mieux pour eux.

— Et c'est tout à votre honneur. Sophie, dit-il en

souriant à la petite fille qu'il avait toujours dans les bras, tu dis bonjour à Mme Rice ?

Sophie poussa un cri aigu qui les fit rire tous les trois.

Quand ils furent dans la salle à manger, Garrett installa le bébé dans sa chaise haute avant de se tourner vers Norma.

— Puis-je vous offrir un verre de vin ? proposa-t-il.

— Volontiers, merci beaucoup.

Il servit deux verres de chardonnay pour en donner un à Norma et l'autre à Natalie. Il vit que sa femme hésitait à boire.

— Veuillez m'excuser si je ne vous accompagne pas, dit-il pour la mettre à l'aise, c'est moi qui suis d'astreinte ce soir pour Sophie. Elle dort très bien en général, mais avec ses dents qui poussent, il peut lui arriver de se réveiller au milieu de la nuit.

Norma acquiesça avec enthousiasme et tandis qu'elle portait son verre à ses lèvres, Garrett échangea un regard complice avec Natalie. Le sourire qu'elle lui adressa lui fit l'effet d'un feu ardent. Les yeux rivés sur ceux de sa femme, il sentit son corps s'embraser.

— Je vais chercher la salade, dit-il précipitamment.

Une fois seul dans la cuisine, il referma la porte derrière lui et ouvrit le robinet de l'évier pour s'asperger d'eau froide. Son désir ne lui laissait plus aucun répit depuis leur soirée au Music Center. Lorsqu'il parvenait enfin à reprendre le contrôle, il lui suffisait de sentir le parfum de sa femme ou de voir son sourire pour se sentir de nouveau possédé.

Il respira profondément pour se calmer. Natalie avait été merveilleuse à la soirée de charité. À son tour, il se devait d'être à la hauteur pour faire la meilleure impression possible à Norma Rice.

Il servit l'entrée et donna quelques cubes de tofu à Sophie, qui s'empressa de les écraser entre ses mains avant de les enfouir dans sa bouche.

— Quand a-t-elle commencé à manger avec ses doigts ? demanda Norma.

— Cela fait quelques semaines, répondit Natalie en essuyant les mains et la bouche de sa nièce.

— Elle a l'air d'adorer ça, dit Norma avec un sourire à la fois amusé et attendri.

Comme pour lui donner raison, Sophie reprit une poignée de tofu et les fit rire tous les trois à l'unisson. Quand la salade fut terminée, Garrett se leva pour changer les assiettes.

— Reste assise, dit-il en voyant que Natalie voulait l'aider. Je n'ai plus qu'à mélanger les pâtes avec la sauce. J'en ai pour deux minutes.

Il l'embrassa sur le front et entendit un léger soupir s'échapper de la bouche de Norma.

— Chérie, Sophie a-t-elle droit à ses pâtes préférées ce soir ?

— Absolument, approuva Natalie en dissimulant son sourire derrière son verre de vin.

— Nous avons toujours au congélateur la sauce marinara que tu avais préparée pour elle ?

Elle toussota en avalant sa gorgée de vin mais parvint à répondre avec le plus grand naturel :

— Oui, oui.

— Pour l'instant, dit Garrett avec un regard contrit en direction de Norma, je me repose encore beaucoup sur Natalie. Je ne peux que m'incliner quand je vois quelle mère remarquable elle fait.

Il en rajoutait peut-être un peu dans son rôle de mari parfait, mais l'expression charmée de Norma ne faisait que l'encourager à continuer. Et il devait reconnaître que jouer cette partition le temps d'un dîner lui donnait beaucoup de plaisir.

Quelques instants plus tard, il reprenait place à table après avoir servi le plat principal.

— Tout est absolument délicieux, dit Norma en dégustant ses pâtes. Une recette simple et savoureuse, c'est ce que je préfère.

— Merci, dit Natalie. Nous sommes heureux que cela vous plaise.

— Oui, ma femme est une merveilleuse cuisinière.

Il commençait peut-être à exagérer un peu…

Natalie devait le penser car elle le dévisagea comme s'il était devenu fou. Décidément, cette soirée était beaucoup plus amusante que prévu.

— Chéri, dit-elle quand ils eurent fini, tu veux bien m'aider à débarrasser avant que j'apporte le dessert ?

Elle lui lança un regard sévère et fit un signe de tête pour lui ordonner discrètement de la suivre.

— Bien sûr, mon amour.

Elle attendit d'avoir refermé la porte de la cuisine derrière eux pour se tourner vers lui.

— Qu'est-ce que tu fais ? demanda-t-elle avec une colère contenue.

— Je t'aide à obtenir la garde de Sophie, répondit-il d'un ton léger.

— J'apprécie beaucoup ton aide. Sincèrement. Mais tu es vraiment obligé d'en rajouter autant ? Elle va deviner la supercherie.

— Tu n'as pas remarqué ses réactions ? Je t'assure qu'elle ne se doute de rien. Elle est complètement sous notre charme.

— Tu veux dire sous ton charme, dit-elle en soupirant.

Une ombre de tristesse passa dans son regard.

— Que se passe-t-il ? demanda-t-il, inquiet de son soudain changement d'humeur.

— Rien, rien. Je crois que je suis juste un peu fatiguée. Allons-y, dit-elle en mettant la glace et les groseilles sur un plateau. Ne faisons pas attendre notre invitée plus longtemps.

À la fin du repas, Natalie se leva pour prendre Sophie qui commençait à se frotter les yeux.

— Norma, vous voulez bien m'excuser ? demanda-t-elle. Je crois que je dois aller la coucher.

— Bien sûr, Natalie. Prenez votre temps.

— Ne t'inquiète pas, ma chérie, renchérit Garrett. Je vais prendre soin de notre invitée pendant ton absence.

Cette remarque lui valut un regard d'avertissement de la part de sa femme. Quand elle se retourna pour monter l'escalier, il ne put s'empêcher de la dévorer des yeux.

— Alors, Garrett, dit Norma d'une voix soudain pleine de sérieux.

— Oui, Norma. Je peux vous proposer autre chose ?

— Non, merci, c'était excellent mais je ne peux plus rien avaler. En revanche, j'aimerais vous poser quelques questions.

Il se crispa. Allait-elle le piéger avec des questions sur Natalie ou sur Sophie auxquelles il ne saurait pas répondre correctement ?

— Je vous écoute, répondit-il.

— Vous devez être très pris par votre travail. Êtes-vous souvent absent de chez vous ?

— C'est vrai que mes journées sont longues, mais je m'efforce d'être là pour dîner au moins deux fois par semaine. Quant aux voyages d'affaires, j'en fais régulièrement, mais je délègue autant que possible.

— Vous ne pensez pas que ce sera difficile pour Natalie d'être seule une bonne partie du temps pour s'occuper de Sophie ?

— Mon père et ma sœur seront très présents tant que nous vivrons à Los Angeles. Ils sont fous de joie d'avoir un bébé dans la famille. Et quand nous habiterons à New York, les Davis ne demanderont qu'à voir leur petite-fille aussi souvent que possible. Si nous obtenons sa garde, bien entendu.

— Et quand vous serez tous les deux au travail, comment comptez-vous vous organiser ?

Il ne se laissa pas décontenancer par le regard inquisiteur de Norma. Par chance, le monde des affaires lui avait appris à garder son sang-froid et à afficher de la confiance en toutes circonstances.

— Natalie se renseigne activement sur les crèches Montessori. Sophie montre une grande envie de faire les choses par elle-même, c'est pourquoi nous pensons qu'un programme qui stimule l'autonomie des enfants pourrait lui convenir.

Il scruta le visage de Norma sans arriver à deviner le fond de ses pensées. Par prudence, il décida d'étendre sa réponse.

— Toutefois, poursuivit-il, comme je suis très protecteur, j'aimerais engager une nourrice dans un premier temps, au moins jusqu'à ce que Sophie ait atteint l'âge de deux ans. Nous n'avons pas encore pris de décision définitive.

— Vous serez également muté à New York ou vous comptez les rejoindre pour les week-ends et les vacances ?

— Je déménagerai avec ma famille, bien évidemment.

Cette idée le séduisait alors même qu'il savait que c'était un mensonge. Ne commençait-il pas à se prendre un peu trop au jeu ?

— Bon, ponctua-t-elle, toujours aussi insondable.

Il ne savait absolument pas s'il avait réussi ou échoué face à son interrogatoire.

— Désolée de vous avoir fait attendre, dit Natalie en redescendant l'escalier. Sophie a décidé que j'avais besoin d'une douche.

En effet, l'avant de son chemisier était mouillé.

— Vous êtes formidable avec elle, dit Norma. Vous méritez de retrouver le bonheur avec votre famille après tout ce que vous avez traversé, vous et Sophie.

— Merci, répondit Natalie avec un sourire ému. Cela me touche beaucoup.

— Sur ce, conclut Norma en se levant, je vais vous laisser. Il est temps que je rentre chez moi.

— C'était un plaisir de vous recevoir, dit Garrett en la raccompagnant dans l'entrée avec Natalie.

Quand elle fut partie, sa femme se tourna vers lui et bondit de joie.

— Tu as entendu ? s'exclama-t-elle. Elle a dit que nous étions une famille !

Et elle se jeta dans ses bras.

— Garrett, murmura-t-elle, le visage enfoui dans son cou. Merci pour ce soir. Tu… Tu as été merveilleux.

— Je t'en prie, ce n'était pas grand-chose.

Il était sincère. S'il avait pu faire plus, il l'aurait fait sans hésiter. Cependant…

— Merveilleux, tu dis ? demanda-t-il avec amusement.

— Que cela ne te monte pas à la tête, surtout. Mais oui, c'est ce que je pense.

Il sentait la douceur de ses cheveux contre son visage, la forme de ses seins contre son torse, son souffle chaud contre sa peau… Une fois de plus, il mourait d'envie de l'embrasser, de la toucher, de glisser les mains sous ses vêtements.

Craignant de ne pouvoir résister une seconde de plus, il fit un pas en arrière et se concentra sur quelque chose de pratique.

— Je prends le babyphone avec moi ce soir, dit-il.

— Pourquoi ? Mais non, vraiment, ce n'est pas…

— Ce n'était pas une question. Je ne t'aurais pas servi du vin si je n'avais pas eu l'intention de tenir parole. Tu es épuisée. Passe une bonne nuit de sommeil, et si tu entends Sophie, reste au lit. Je prendrai les choses en main.

De jour en jour, Natalie prenait un peu plus conscience des qualités de Garrett. Grâce à lui, Norma Rice était de leur côté, et il avait même su trouver les mots pour convaincre les Davis de reconsidérer leur point de vue. Ils envisageaient maintenant d'approuver l'adoption de Sophie par Natalie, à condition qu'elles s'installent à New York et qu'ils puissent voir souvent leur petite-fille. Évidemment, ils pensaient que Garrett déménagerait lui aussi, mais c'était pour eux un détail qui n'entrait pas dans la négociation. Et comme, en plus de tout cela, il avait engagé un brillant avocat pour représenter Natalie devant le juge, tout se présentait pour le mieux.

Contre toute attente, elle allait peut-être bel et bien devenir la mère de Sophie.

Forte de cet espoir, elle s'était sentie prête à affronter tout ce que la journée lui réservait. Tout, sauf cela.

Grace Song, la grand-mère de Garrett, l'avait invitée à venir lui rendre visite, chez elle, à 19 heures précises. Cette même Mme Song qui n'avait pas voulu assister au mariage de Natalie avec son petit-fils alors que cela se passait sous ses fenêtres. Que pouvait-elle bien vouloir à présent ?

Natalie aurait bien échangé quelques mots avec Garrett pour savoir s'il avait une idée sur la question, mais elle savait qu'il avait un emploi du temps surchargé aujourd'hui. Finalement, elle opta pour un SMS :

J'ai rendez-vous avec ta grand-mère. Je t'appellerai pour te raconter.

Elle avait moins de deux heures devant elle pour se préparer à cette rencontre et elle n'avait aucune idée du comportement à adopter. C'est alors qu'elle pensa à Mme Kim. Sa chère voisine aurait sûrement de précieux conseils à lui donner. Sans attendre une minute de plus, elle remplit deux grands sacs de vêtements et courut jusqu'à sa voiture pour se rendre à son ancien immeuble.

— Madame Kim, dit-elle d'une voix paniquée quand son amie lui ouvrit la porte. J'ai besoin de votre aide.

— Allons, calme-toi. Pose ces sacs, viens t'asseoir et raconte-moi ce qui t'arrive.

— La grand-mère de Garrett veut me rencontrer et je ne sais pas du tout ce que je dois dire ou faire quand je serai face à elle. Je ne sais même pas comment je dois m'habiller.

Mme Kim fouilla dans les sacs et poussa un cri admiratif en sortant le *hanbok* que Natalie n'avait jamais porté.

— Il est magnifique, dit-elle. C'est assurément ce qu'une jeune mariée doit porter quand elle rend visite à sa belle-famille pour la première fois.

— Je suis censée m'encombrer de tout ce tissu et me présenter devant Mme Song sans me prendre les pieds dedans ?

Elle avait emporté sa robe traditionnelle en espérant

qu'elle n'en aurait pas besoin. Elle était suffisamment mal à l'aise comme cela !

— Respire, ma chérie. Et voyons un peu si ce *hanbok* te va bien.

Quand Mme Kim eut fini de l'habiller, Natalie manqua d'air.

— C'est normal que ce soit aussi serré ?

— Oui, sinon, il ne tombera pas correctement.

— Bon. Il faudra donc que je reste en apnée pour faire bonne impression à grand-mère Grace.

— Je te déconseille de l'appeler comme ça en sa présence !

« Votre Majesté » lui convenait certainement mieux. Si elles n'avaient jamais été présentées, Natalie l'avait déjà aperçue au bureau, et elle n'avait jamais vu une personne dégageant autant de noblesse et d'autorité.

— Que vais-je faire de tant de tissu ?

— Tu peux le rassembler sur ta gauche pour le tenir. Attention, ce sont les femmes de mauvaise vie qui le prennent dans leur main droite. C'est ce qu'on dit, en tout cas. Alors ne te trompe pas, surtout !

— Les femmes de mauvaise vie ? Vous êtes sérieuse ? Oh ! non. Je n'y arriverai jamais. Il vaut mieux que je me mette en tailleur.

— Tu te compliquerais la tâche. Tu vas devoir t'agenouiller par terre. Tu serais encore plus angoissée si je te parlais de la véritable révérence qui doit se faire en croisant les chevilles et en s'asseyant gracieusement sans tomber en arrière…

— Ah ! Arrêtez ! Vous ne m'aidez pas du tout !

Natalie regretta aussitôt de s'être emportée.

— Pardon. En fait, vous me sauvez la vie. Merci.

— Tu n'avais pas besoin de moi. À part peut-être pour

le *hanbok*. Contente-toi d'être toi-même, ma chérie. Elle va t'adorer.

— Bonjour, je suis Natalie, dit-elle à la femme qui vint lui ouvrir avec un charmant sourire.

— Je suis Liliana. Entrez, Mme Song vous attend.

Natalie suivit la gouvernante dans le couloir en prenant soin de tenir sa robe dans sa main gauche. Par chance, elle n'allait pas avoir d'escalier à monter. Liliana s'arrêta devant une porte et se tourna vers Natalie.

— Nous y sommes, dit-elle. Bonne chance.

— Merci, j'en aurai besoin.

Elle hésita un instant. Sa façon de frapper à la porte faisait-elle déjà partie de l'examen ? Elle donna trois petits coups tout en se demandant si elle aurait dû se montrer moins timide.

— Entrez.

Elle respira comme elle put et se tint bien droite. Tout allait bien se passer.

Elle poussa la porte et eut à peine le temps de faire trois pas avant de se prendre les pieds dans sa robe et de tomber à quatre pattes avec un bruit sourd. Mme Song se précipita pour venir la relever.

— Ça va, mon enfant ? Vous ne vous êtes pas fait mal ?

La douleur était vive dans ses mains et ses genoux, mais manifestement, elle n'avait rien de cassé. Elle mit tout de même quelques secondes à recouvrer ses esprits.

— Merci, madame. Tout va bien. Je suis sincèrement désolée.

— Grand-mère. Vous êtes mariée à mon petit-fils. Vous devez donc m'appeler grand-mère.

— Oui, grand-mère, répondit Natalie en s'asseyant sur le sol, en face de Grace Song.

Elle avait dû se cogner la tête par terre. Sa Majesté lui demandait-elle réellement de l'appeler grand-mère ?

— Je n'ai pas pardonné à Garrett son effronterie. Il m'a déshonorée en vous demandant votre main sans mon approbation.

— Je…

— Vous ne devez pas interrompre un aîné qui vous parle. Je vois que vous avez beaucoup à apprendre sur les habitudes et les traditions de notre famille.

En dépit de sa fermeté, Grace Song n'était pas aussi froide et désagréable que Natalie l'avait imaginé. Elle accepta de se taire et de l'écouter sagement. Cet entretien pouvait être une expérience intéressante, après tout.

— Depuis la mort de sa mère, raconta Mme Song, Garrett m'a toujours obéi. Mais il m'a fermé l'accès à son cœur. C'est comme si un rideau de fer était tombé entre nous. En tant que fils aîné de la famille Song, son rôle est de faire rayonner notre nom, et j'ai utilisé son sens du devoir pour l'y inciter et le faire avancer dans la vie. C'est la seule façon que j'aie trouvée pour l'empêcher de se renfermer complètement. J'ai pensé qu'un mariage arrangé serait sa seule chance de trouver le bonheur conjugal.

Alors que Natalie retenait de justesse un cri d'indignation, Grace Song la regarda fixement, comme si elle avait deviné ce qui avait failli se passer.

— Vous avez quelque chose à dire ?

— Non, non, grand-mère. Je vous écoute.

— En vous épousant, Garrett a pris une décision personnelle pour la première fois en plus de dix ans. Une décision qui va bouleverser son existence. Même s'il s'y est pris de la mauvaise manière, j'espère que cela signifie son retour parmi nous. Son retour à la vie.

Les yeux de Grace Song se mirent à briller, comme

si elle était au bord des larmes. Mais Natalie n'osait pas l'imaginer.

— Merci, grand-mère. Je sais que vous lui manquez et qu'il a été très malheureux de devoir s'opposer à vous…

— Cela ne l'a pas empêché de le faire et il n'obtiendra pas facilement mon pardon.

— Mais… Je croyais que…

— Je veux que mon petit-fils devienne l'homme qu'il est destiné à être, mais il n'aurait jamais dû tourner le dos à ses aînés. Il a eu tort de me cacher sa relation avec vous. En conséquence, il devra se passer de mon soutien pour son accession au poste de P-DG.

Visiblement, elle n'avait pas eu une simple réaction d'orgueil. Sa peine était sincère. Mais comment Garrett aurait-il pu lui parler de Natalie plus tôt alors que leur prétendue relation secrète n'avait jamais existé ? Voilà à quoi menaient les mensonges. Hélas, avouer la vérité maintenant aurait sans doute détruit toute chance de réconciliation.

Pour la énième fois depuis son arrivée, Natalie sentit vibrer son portable contre son mollet. Il était coincé sous sa robe, dans le bas qui allait avec son *hanbok*. Elle avait peur que ce soit pour une urgence et cela commençait à la rendre nerveuse.

— Je vous demande pardon mais je dois regarder mon téléphone. Quelqu'un essaie de me joindre avec insistance depuis une demi-heure.

Elle pivota sur elle-même pour échapper au regard sévère de Mme Song et releva légèrement sa robe pour prendre son téléphone. Elle avait huit appels en absence et autant de SMS, tous de Garrett. Il voulait savoir comment elle allait et lui demandait de le rappeler. De quoi avait-il peur ? Qu'elle révèle leur secret ? Elle soupira et lui écrivit un bref message :

Je suis toujours avec ta grand-mère. Tout se passe bien.

Liliana leur servit le thé et, tout en buvant, Natalie se rendit compte qu'elle était légèrement moins intimidée par Grace Song qu'à son arrivée. Légèrement.

— Allez-vous devenir femme au foyer maintenant que vous êtes mariée ?

— Femme au foyer ? répéta Natalie avec surprise. Non, non. J'ai travaillé trop dur pour arriver où j'en suis, et je ne compte pas m'arrêter là. J'espère être l'une de ces femmes formidables, capables de mener de front carrière et vie de famille, dit-elle avec un léger rire.

— Vous ne pensez pas que cela profiterait à Garrett si vous arrêtiez de travailler ?

— Vous êtes mieux placée que quiconque pour savoir que la vie d'une femme n'est pas forcément à la maison.

Elle avait à peine prononcé ces mots qu'elle se demanda si elle n'était pas allée trop loin. Toutefois, elle ne regrettait pas d'avoir dit ce qu'elle pensait.

— Quelle audace.

Comment fallait-il interpréter cette remarque ? Natalie crut deviner une esquisse de sourire sur les lèvres de Grace Song.

— C'est vrai, ajouta-t-elle. Je suis parfaitement consciente que parfois, il faut une femme pour bâtir un empire.

Elles se regardaient en souriant, un peu étonnées par leur complicité naissante, quand Garrett entra en trombe, sans avoir frappé. Apparemment, il s'était attendu à les trouver en plein combat de boxe. Il se figea et les observa, l'air effaré.

— Que se passe-t-il ici ? demanda-t-il.

— Grand-mère m'a invitée à prendre le thé, mon chéri. Tu devrais la saluer correctement et te joindre à nous.

Il resta muet de stupeur avant de se tourner vers sa grand-mère.

— *Halmoni*, tu te sens bien ?

— Tu sais bien que non, répondit-elle avec hauteur. Toi, en revanche, tu as l'air en pleine forme. On dirait que le mariage te réussit.

— En effet, approuva-t-il sèchement. Bon, ajouta-t-il après un silence, nous allons te laisser te reposer. Allons-y.

Il prit la main de Natalie pour l'aider à se lever. Tout s'était passé si vite qu'ils étaient déjà en route quand Natalie se rendit compte qu'elle n'avait même pas dit au revoir à Grace Song.

— Tu peux me dire ce que tu faisais là ? demanda Garrett tout en conduisant.

— Grand-mère m'a invitée et j'avais envie de la rencontrer, alors j'y suis allée. Nous avons bavardé tranquillement jusqu'à ce que tu fasses irruption dans la pièce.

— Grand-mère ?

— Oui, c'est comme cela qu'elle m'a demandé de l'appeler. Elle souhaite qu'à partir de maintenant, je lui rende visite une fois par semaine. Et elle tient à rencontrer Sophie dès que possible.

Garrett ne répondit pas, mais la lueur de fierté et d'admiration qu'elle vit dans son regard la fit sourire.

- 10 -

Le groupe Hansol offrait tous les ans à ses employés un séminaire dans un hôtel de luxe. Cette année, le week-end avait lieu à Ojai, une petite ville de type provençal comme on en trouvait parfois en Californie.

Natalie adorait cet endroit. Le décor était magnifique, le parfum des fleurs flottait dans l'air et l'atmosphère sereine faisait oublier pour un temps l'agitation de la ville. Le bungalow qu'elle partageait avec Garrett était superbe, mais il ne comportait qu'une seule chambre. Le lit qui trônait au milieu la fit rêver de la nuit qu'ils auraient pu passer ensemble… Hélas, c'était impossible, et elle mit son maillot de bain à la hâte pour pouvoir sortir et penser à autre chose.

Comme Garrett avait rendez-vous au bureau, il avait demandé à l'un des chauffeurs de l'entreprise de la conduire à Ojai afin qu'elle n'ait pas besoin de l'attendre pour partir. Elle avait été presque soulagée qu'il ne fasse pas le trajet avec elle. Entre eux, quelque chose avait changé depuis qu'elle avait rencontré Grace Song. Ils avaient dîné ensemble pratiquement tous les soirs de la semaine, parlé pendant des heures et ri comme de vieux amis jusqu'à… jusqu'à ce que leur attirance se réveille d'un coup et qu'ils se retrouvent à quelques centimètres l'un de l'autre, le souffle haletant. Chaque fois, l'un d'eux avait retrouvé sa lucidité et s'était éloigné avant que leurs lèvres se touchent.

Combien de temps allait-elle encore résister à la tentation ? Elle ressentait tellement de désir pour lui que c'en était parfois douloureux. Jamais aucun homme ne lui avait fait cet effet auparavant. Et plus elle le connaissait, plus il lui plaisait. Une chose était sûre, ce n'était pas ce cadre infiniment romantique qui allait l'aider à apaiser ses sens.

Elle voulut prendre la direction de la piscine mais se trompa plusieurs fois et mit plus de temps que prévu. Ce ne fut qu'après un long détour qu'elle la trouva et s'installa dans un coin tranquille. Assise au bord de sa chaise longue, elle regarda autour d'elle en savourant la caresse du soleil sur sa peau. Puis ses yeux se posèrent sur la piscine où un homme nageait dans sa direction. C'était Garrett !

Arrivé près d'elle, il posa les bras sur le rebord et lui adressa un grand sourire.

— Quand es-tu arrivée ? demanda-t-il de sa voix suave.

Elle le fixa en silence, hypnotisée par les gouttes d'eau qui ruisselaient de ses cheveux sur son torse musclé. Son regard amusé finit par la faire réagir.

— Il y a moins d'une heure. Et toi ? Comment se fait-il que tu sois déjà là ? Je croyais que tu ne pouvais arriver que ce soir.

Pour se donner une contenance et éviter de le dévorer des yeux, elle déboutonna la chemise en lin qu'elle portait par-dessus son maillot de bain, l'enleva et la posa à côté d'elle. Comme Garrett ne répondait pas, elle se retourna vers lui et l'intensité de son regard lui coupa le souffle. Son sourire moqueur avait disparu. L'expression de son visage était plus érotique que jamais. Cherchant un moyen de cacher son trouble, elle se baissa pour chercher sa crème solaire dans son grand sac en toile.

— Nous aurions pu nous croiser au bungalow, dit-elle.

Il s'éclaircit la voix avant de parler.

— Oui. J'ai vu tes bagages quand j'y suis passé.

Le silence retomba et elle prit son temps pour se mettre de la crème sur les jambes et les bras. Il ne restait plus que son dos à protéger. Garrett sortit alors de la piscine et tendit la main pour prendre son tube de crème.

— Je peux ? demanda-t-il.

— Oui. Euh... Merci.

Elle frissonna quand il posa les mains sur ses épaules.

— Désolé, dit-il. L'eau était un peu fraîche.

Elle se garda de lui dire que ce n'était pas le froid qui avait provoqué sa réaction. C'était si bon de sentir la caresse de ses doigts sur sa peau...

Quand il eut fini, elle se retourna et son regard fut instantanément attiré par ses pectoraux. Bien qu'ils vivent ensemble, c'était la première fois qu'elle le voyait torse nu, et son corps était encore plus beau que dans son imagination. Quand elle parvint à relever les yeux, elle vit que ceux de Garrett étaient brûlants de désir. Cela ne faisait aucun doute, il avait envie d'elle comme elle avait envie de lui.

Mais ils s'étaient mis d'accord. Leur mariage ne durerait pas, alors à quoi bon compliquer leur relation ? Cela ne pourrait mener qu'à des souffrances et des regrets.

Elle se leva d'un bond.

— Je vais me baigner, dit-elle en espérant que l'eau serait vraiment très, très fraîche.

De peur de ne plus pouvoir se contrôler, Garrett avait laissé Natalie à la piscine pour aller se dépenser à la salle de sport de l'hôtel. Pendant tout le temps qu'il y avait passé, il s'était raisonné tout en rêvant de ne plus être Garrett Song, de pouvoir oublier ses obligations familiales et professionnelles. En voyant l'insouciance de ses employés qui n'avaient pas attendu pour profiter du bar à cocktails, il avait eu envie d'être à leur place, de pouvoir se laisser aller, s'amuser et… faire l'amour à sa femme.

Mais ce n'était pas sa nature. On lui avait appris à se contrôler, à faire sans cesse attention au regard des autres. C'était sa vie et il devait l'accepter.

À l'instant où il regagna leur bungalow et où il vit Natalie en short et en T-shirt, il se rendit compte que les efforts physiques et psychologiques qu'il avait déployés pendant sa séance de musculation n'avaient servi à rien. Il avait toujours autant envie d'elle, peut-être même encore plus que tout à l'heure. Sa capacité à se contrôler avait des limites, notamment lorsqu'il se trouvait devant la femme la plus sexy qu'il ait jamais vue.

— J'allais faire du thé, dit-elle. Tu en veux ?

— Non, merci.

Il marcha tout droit vers elle et s'arrêta quand elle eut reculé jusqu'au canapé. Là, il glissa la main dans ses cheveux pour attirer son visage près du sien. Il déposa un baiser sur ses lèvres, se redressa et attendit en guettant sa réaction. Il se sentit envahi par un étrange mélange d'excitation et de peur. Après une seconde d'excitation, elle se plaqua contre lui et l'embrassa avec une fièvre qui le rendit fou. Il laissa échapper un murmure rauque et alla à la rencontre de sa langue tout en refermant les mains sur ses fesses. À son tour, elle gémit de plaisir en s'agrippant à lui. Il la prit alors par la taille, la souleva et la porta jusqu'au mur pour se faire une place entre ses jambes et mettre son sexe contre elle. Il continua à l'embrasser, jusqu'au moment où il se sentit tout près de l'orgasme alors qu'ils n'avaient même pas enlevé leurs vêtements.

Il s'écarta légèrement et respira profondément. Profitant de cette pause, elle se libéra de son étreinte et s'éloigna de lui. Ce fut comme si un courant d'air froid était entré dans la pièce.

— Nous n'aurions pas dû faire ça, dit-elle dans un souffle. Nous sommes tous les deux tendus à cause de notre célibat forcé, mais nous ne devons pas oublier l'accord que nous avons conclu.

Même si elle avait raison, ces paroles étaient très désagréables à entendre.

— Tendu est un mot très faible pour décrire ce que je ressens, répliqua-t-il.

Et je me fiche de cet accord.

Elle écarquilla les yeux, comme si elle avait entendu les mots qu'il n'avait pas prononcés.

Il était temps de regarder les choses en face, de cesser de fuir l'inévitable. Il ferait l'amour à sa femme ce soir. Peu importaient les conséquences.

- 11 -

Natalie n'aurait su dire exactement ce qui avait changé. Garrett ne se comportait pas différemment, mais chaque fois qu'il la regardait, elle avait la chair de poule. Il lui faisait penser à une panthère tournant autour de sa proie.

Elle se faisait sans doute des idées à cause de ce qui s'était passé plus tôt. Il allait lui falloir encore un peu de temps pour se remettre de ce baiser. Cette fois, ils avaient bien failli ne pas s'arrêter à temps…

Elle s'assit sur le canapé pour mettre ses baskets, impatiente d'être sur le court avec les Diaz pour penser à autre chose que son désir pour Garrett.

— Tu es prête ? demanda-t-il en sortant de la chambre.

— Oui, répondit-elle en se levant d'un bond.

Il était si sexy dans sa tenue de sport qu'elle préférait éviter de le regarder trop longtemps. Le cœur battant, elle sortit sans se retourner.

Le soleil qui commençait à baisser diffusait une lumière douce. Apaisée par la brise légère qui soufflait, Natalie profita du trajet en voiturette de golf pour rechercher le calme intérieur. Cela n'avait été qu'un baiser. Un baiser brûlant et excitant, mais rien de plus. Elle devait pouvoir l'oublier. Il lui suffisait de voir l'expression sereine de Garrett pour constater que pour lui, c'était déjà du passé.

Quand ils arrivèrent, les Diaz étaient déjà en train de s'échauffer. Ces gens-là ne plaisantaient pas. À cinquante ans largement passés, ils avaient l'air de jeunes sportifs. Ils portaient des tenues blanches assorties, comme si le tennis était leur seconde carrière. Ce match promettait d'être intéressant.

Manifestement, Garrett n'était pas aussi enthousiaste qu'elle à l'idée de jouer. Mais elle ne le croyait pas quand il prétendait être « rouillé ». Avec un physique aussi athlétique, il allait vite retrouver ses sensations, cela ne faisait aucun doute.

— Ce que je propose, dit-il avec un sourire espiègle, c'est que nous les laissions l'emporter. Cela flattera l'ego de Sebastian, ce qui devrait m'aider à gagner son soutien.

— Surtout pas ! La seule façon de conclure ton partenariat, c'est de les écraser pour obtenir leur respect.

— Les écraser ?

— Au moins les bousculer un peu, concéda-t-elle.

Sur ces mots, ils s'approchèrent du court.

— Voilà les jeunes mariés ! dit Sebastian en venant les saluer avec Camilia.

— Vous serez gentils avec nous, d'accord ? plaisanta Garrett en lui serrant la main.

— Pas question, répondit Sebastian en riant.

— Comme je suis contente ! s'exclama Camilia en embrassant Natalie.

— Moi aussi. Vous êtes partants pour quelques balles d'échauffement ?

Non sans déception, elle constata bientôt que Garrett était en effet assez rouillé. Il avait un joli service, mais son revers avait besoin d'entraînement. Elle ne pouvait pas s'empêcher d'être irritée. C'était ainsi, elle avait l'esprit de compétition. Traci le lui avait souvent reproché, mais ce n'était pas sa faute si elle aimait gagner. Pour elle, c'était ce qui faisait la saveur du jeu.

Dès que le match commença, elle se rendit compte que le niveau de leurs adversaires était encore plus élevé qu'elle l'avait cru.

— Bon sang, Garrett, marmonna-t-elle quand il donna un point facile aux Diaz. Cette balle était pour toi.

— Désolé, chérie. J'étais distrait. Ta jupe est beaucoup trop courte pour que je puisse me concentrer sur le jeu.

Qu'est-ce qui lui prenait ?

— Merci, Natalie ! lança Sebastian depuis l'autre côté du filet.

Le deuxième set fut un peu plus serré. Garrett faisait moins de fautes grossières, mais elle sentait qu'il ne se donnait pas complètement. Pourtant, ils pouvaient encore gagner !

Entre deux points, elle se retourna et le vit, les jambes fléchies, en position de retour de service. Il faisait tourner sa raquette entre ses mains. Il était irrésistible. Voyant qu'elle le regardait, il lui sourit et elle resta figée, ensorcelée par son charme.

Ensuite, tout se passa en une fraction de seconde. Ils commençaient tous les quatre à fatiguer, ce qui expliqua sans doute que la balle de Camilia parte dans le mauvais carré de service. Elle arriva droit sur Natalie, qui fut surprise en plein moment d'inattention. Elle n'eut pas le temps de se dégager ou de mettre sa raquette en rempart. La balle lui heurta le front et elle tomba net. Portant la main à sa tête, elle resta assise par terre, tout étourdie.

— Natalie, dit Garrett en se précipitant à côté d'elle. Ça va ?

— Oh ! mon Dieu, s'exclama Camilia en accourant elle aussi. Vous êtes blessée, Natalie ? Je suis tellement désolée…

— Ne vous inquiétez pas. J'ai été surprise, c'est tout.

En disant ces mots, elle se rendit compte que sa voix était étonnamment faible. Sebastian, qui avait disparu quelques instants, revint avec un sac de glace.

— Tenez, dit-il en le donnant à Natalie. Mettez ça sur votre front.

— Merci, mais je vous assure que je vais bien.

Ignorant ses protestations, Garrett prit le sac de glace pour le poser doucement à l'endroit du choc. Au bout de quelques minutes, elle se sentait déjà mieux.

— C'est bon, mesdames et messieurs, dit-elle d'un ton enjoué. Le spectacle est terminé.

Elle voulut se lever, mais avant qu'elle ait eu le temps de le faire, Garrett la prit dans ses bras et la souleva comme si elle ne pesait pas plus lourd que Sophie. Elle poussa un petit cri mais s'agrippa instinctivement à lui.

— Oh ! soupira Camilia en s'éventant le visage. Je devrais peut-être me blesser moi aussi, pour que Sebastian me porte comme ça.

— Inutile d'aller jusque-là, riposta Sebastian en s'approchant d'elle.

Comme il faisait mine de vouloir la prendre dans ses bras, elle s'échappa en riant. Garrett caressa Natalie du regard en lui souriant.

— Tu te sens comment ? demanda-t-il.

— Bien. Tu peux me poser.

Il fit comme s'il ne l'avait pas entendue.

— Camilia, Sebastian, veuillez nous excuser, dit-il. Je dois ramener ma femme à notre bungalow.

— Bien sûr, dit Sebastian en interrompant son jeu avec Camilia. Appelez-nous si vous avez besoin de quoi que ce soit. Et retrouvons-nous pour un golf la semaine prochaine, afin de parler en détail de votre proposition.

— Avec plaisir. À plus tard.

— Natalie, dit Camilia avec un sourire chaleureux, encore toutes mes excuses. Je m'en veux d'avoir été si maladroite. Bonne soirée.

Alors que Garrett la ramenait vers la voiturette, elle leva les yeux vers lui.

— Nous n'avons pas fini le match, dit-elle avec dépit. Nous ne savons même pas qui l'a remporté.

— Disons qu'il y a match nul, proposa Garrett.

— Match nul ? C'est impossible au tennis.

— Alors je pense que nous pouvons nous déclarer vainqueurs, puisque nous avons gagné le soutien de Sebastian.

— Et leur amitié à tous les deux ! Nous avons donc doublement gagné.

Garrett se gara devant le bungalow et fit le tour de la voiturette pour aller chercher Natalie.

— Je t'assure que tout va bien, répéta-t-elle pour la dixième fois.

Il la porta quand même et la garda dans ses bras pour passer la porte d'entrée. Il n'y avait pas pensé avant, mais la symbolique était forte. Quoi de plus normal que de porter sa femme jusqu'au lieu de leur lune de miel tant attendue ?

Une fois à l'intérieur, il la posa en la laissant glisser le long de son corps. Elle était si sensuelle… Toutes les raisons pour lesquelles il s'était interdit de la toucher étaient toujours valables, mais il ne pouvait plus lutter contre l'attirance qui agissait sur lui comme sur un aimant.

Elle le regarda puis se détourna aussitôt. Contrairement à lui, elle cherchait encore à fuir l'évidence.

— Je vais prendre un bon bain et me mettre au lit, dit-elle d'une voix précipitée.

Il la suivit dans la chambre.

— Tu as besoin de quelque chose ? demanda-t-elle.

Sans un mot, il la souleva et la porta jusqu'à la salle de bains. Puis il s'assit sur le bord de la baignoire et fit couler l'eau en ajoutant du sel de bain qui sentait bon la lavande. Elle le scruta avec sidération.

— Tu… Tu peux me dire ce que tu fais ?

— Je te fais couler un bain.

— Je peux le faire moi-même.

— Je sais.

— Ce n'est pas une bonne idée, Garrett.

— Je sais.

Il avait renoncé à être sage. Les yeux rivés sur ceux de Natalie, il saisit le bas de son T-shirt et elle leva les bras pour qu'il le lui enlève, comme si elle était en transe. Puis il lui ôta sa jupe et son soutien-gorge. Fasciné par sa beauté, il prit tout le temps de la contempler avant de poser les mains sur ses seins. Elle gémit de plaisir et se cambra pour se rapprocher de lui. Il n'en fallait pas plus pour l'encourager à continuer. Posant un genou à terre, il fit glisser sa petite culotte le long de ses jambes en la caressant au passage. Puis il se débarrassa de son T-shirt, non sans remarquer qu'elle regardait son torse nu avec envie. Finalement, il se releva et la porta de nouveau pour l'allonger dans la baignoire.

Elle pencha la tête en arrière et ferma les yeux pendant qu'il la savonnait lentement en luttant pour calmer le tremblement de ses mains. Chaque fois qu'elle soupirait, il sentait tout son corps s'embraser.

Quand il eut fini, il la fit sortir de son bain et l'enveloppa dans une serviette avant de s'écarter de quelques pas. Elle le regarda avec étonnement, mais il n'avait pas l'intention d'aller plus loin pour l'instant. Maintenant, c'était à elle de décider.

- 12 -

Le regard de Garrett était si intense que Natalie ne pouvait s'empêcher de trembler de désir.

— J'ai envie de toi, dit-il d'une voix aussi sensuelle qu'une caresse, mais rien n'a changé. Notre mariage sera dissous quand nous aurons tous les deux atteint nos objectifs. Si nous faisons l'amour ce soir, ce sera uniquement physique.

Oui, elle savait qu'elle risquait de souffrir le jour où elle devrait se séparer de lui, mais après tout ce qu'elle avait vécu… elle trouverait bien la force de surmonter une rupture, non ?

Elle avait trop envie de lui pour refuser. Si elle disait non, elle le regretterait sûrement toute sa vie. Jamais elle n'avait été autant attirée par un homme. C'était sans doute sa seule et unique chance de vivre une expérience aussi forte.

— J'ai bien compris, répondit-elle. Et moi aussi, j'ai envie de toi.

Un sourire se dessina sur ses lèvres. Dans un même mouvement, ils se précipitèrent l'un vers l'autre et s'embrassèrent en entremêlant leurs langues avec passion. Il la fit reculer et la plaqua contre le mur en se mettant entre ses jambes. Sans interrompre leur baiser, il la caressa encore et encore tout en lui faisant sentir son sexe durci par l'excitation. Ivre de désir, elle posa les mains sur lui pour toucher les muscles de son torse.

Les baisers sans grand intérêt qu'elle avait connus avant ne l'avaient pas préparée à cet homme. Impatiente de se trouver nue contre lui, elle dénoua sa serviette et la laissa tomber sur le sol. Il prit alors ses seins dans ses mains et la fit gémir de plaisir en passant la langue sur ses mamelons.

Au début, elle n'entendit même pas la sonnerie de son téléphone. Elle venait de la chambre. Puis ce fut le portable de Garrett, resté dans la poche de son pantalon, qui se mit à sonner.

— Ne réponds pas, supplia-t-elle.

Quand le téléphone fixe de l'hôtel prit le relais, elle fut subitement prise de panique. Cette scène lui rappelait l'instant le plus terrible de son existence. La mort de sa sœur. Son sang se glaça dans ses veines et elle courut dans la chambre pour décrocher.

— Allô ?

— Natalie, balbutia Steve Davis à l'autre bout du fil.

Elle avait si peur qu'elle ne pouvait s'empêcher de claquer des dents. Garrett vint jusqu'à elle et lui fit enfiler un peignoir.

— Que se passe-t-il ?

— C'est Sophie. Lily la portait dans l'escalier et sa hanche a faibli. Elle a réussi à amortir la chute mais Sophie est tout de même tombée.

— Comment va-t-elle ? Elle est blessée ?

Garrett se mit derrière elle et passa les bras autour de sa taille. Instinctivement, elle s'appuya contre lui.

— Apparemment, ce ne sont que des égratignures, répondit Steve en ravalant un sanglot. Mais Lily a peur qu'elle se soit cogné la tête, alors elle est en train de la faire examiner.

Quand Natalie eut raccroché, Garrett la mit face à lui et essuya les larmes qui coulaient sur ses joues.

— Sophie est tombée dans l'escalier, dit-elle d'une voix faible. On lui fait passer des examens, au cas où elle aurait une commotion cérébrale.

— Oh ! non…

Il n'essaya pas de la réconforter avec des mots inutiles. Au lieu de cela, il ouvrit les bras et la serra contre lui jusqu'à ce qu'elle ait cessé de trembler. Puis, tandis que Natalie restait paralysée, il prit son téléphone et appela plusieurs personnes. Elle l'entendit parler d'un hélicoptère. Après s'être habillé et avoir fait leurs sacs, il revint vers elle pour l'aider à enfiler ses vêtements.

— Sophie a besoin de toi, murmura-t-il avec un mélange de douceur et de fermeté.

Alors seulement, elle parvint à se remettre en marche.

Après un trajet d'une demi-heure, l'hélicoptère atterrit sur le toit de l'hôpital. Garrett n'avait pas quitté Natalie des yeux de tout le voyage. Elle ne pleurait plus, mais son silence n'avait rien de rassurant.

En descendant, il la serra contre lui pour la protéger du souffle des pales. Ils coururent à l'intérieur et descendirent à l'étage dédié à la pédiatrie.

Dans la salle d'attente, ils trouvèrent Lily Davis en train de sangloter sur l'épaule de Steve. Adelaide et James étaient là aussi, assis près l'un de l'autre. Dès qu'elle vit Natalie, Lily vint vers elle en boitillant et la serra dans ses bras.

— Je suis tellement désolée. Tout est ma faute. Je suis désolée.

— C'est un accident, dit Natalie. Vous n'êtes pas

responsable. Et vous, comment allez-vous ? Vous êtes de nouveau blessée à la hanche ?

— Non, je vais bien, répondit Lily avec un air de culpabilité. J'aurais dû mieux protéger Sophie mais je n'ai pas pu me rattraper à temps. Je vous demande pardon, Natalie. C'était si égoïste de ma part de vouloir la garder avec moi…

— Ne parlez pas de cela maintenant. Je suis sûre que ça va aller. Ce n'est pas possible autrement.

Voyant qu'elle tendait la main derrière elle, Garrett la prit dans la sienne. Il souffrait de la voir aussi terrifiée et de ne rien pouvoir faire pour lui enlever sa douleur. Il ne s'était jamais senti aussi impuissant.

Pendant deux heures, il resta assis à côté d'elle. Elle ne disait rien. Elle attendait, le visage rongé par l'angoisse. Il finit par se lever pour aller se dégourdir les jambes. Cinq minutes plus tard, il revenait avec un gobelet de thé bien chaud en espérant que cela ferait du bien à Natalie. En arrivant près de la salle d'attente, il entendit des pleurs et reconnut aussitôt sa voix. Son cœur se déchira. Il courut jusqu'à la porte et s'arrêta net.

Natalie et Adelaide, dans les bras l'une de l'autre, riaient et pleuraient à la fois, tandis qu'un médecin debout à côté d'elles les regardait en souriant. Les lèvres serrées, James restait légèrement à l'écart, les yeux rouges. À la seconde où Natalie vit Garrett, elle se jeta dans ses bras, lui laissant à peine le temps de poser le thé à côté de lui.

— Elle va bien, dit-elle en enfouissant le visage dans son cou. Tous les examens sont bons.

Il ferma les yeux et poussa un long soupir de soulagement.

— Madame Song, dit le médecin, vous pouvez venir voir Sophie. Je vous laisserai une dizaine de minutes avec elle, mais comme elle dort, il faudra éviter de la réveiller.

— Merci, dit Natalie, les larmes aux yeux.

Elle hésita et se tourna vers les Davis.

— Vous voulez la voir en premier ? leur demanda-t-elle.

Lily avait le visage enfoui dans ses mains et Steve secoua la tête en silence. Ils avaient besoin de temps pour se remettre. Natalie les regarda avec compassion, puis elle se tourna vers Garrett.

— Tu veux bien venir avec moi ? lui demanda-t-elle.

— Bien sûr.

Quand ils entrèrent dans la chambre de Sophie, Natalie étouffa un sanglot. De toute évidence, la vue de ce bébé dans son lit d'hôpital provoquait en elle une émotion difficile à contenir. Elle se pencha et chuchota des mots doux qui firent sourire sa nièce dans son sommeil. Garrett resta un moment à l'écart, puis, voyant que Natalie se remettait à pleurer, il s'approcha d'elle et mit la main sur son épaule.

— Viens, murmura-t-il. Laissons-la dormir.

Ils dirent tout bas au revoir à Sophie en lui promettant de revenir vite, puis ils retournèrent dans la salle d'attente. Garrett dut insister pour convaincre Adelaide et James de rentrer se coucher.

— Tu as raison, dit finalement Adelaide. Tout va bien maintenant. Nous ne serons utiles à rien en nous épuisant à attendre ici. Surtout, appelez-nous si vous avez besoin de quoi que ce soit.

Une fois qu'ils furent partis, Garrett prit Natalie par la main pour qu'elle vienne s'asseoir avec lui. Comme elle continuait à sangloter, il passa un bras autour d'elle et elle appuya la tête contre son torse. Il lui caressa les cheveux et sentit qu'elle se détendait peu à peu. Quelques instants plus tard, elle était endormie.

- 13 -

— Sophie !

Natalie se réveilla en sursaut, la peur au ventre, avant de se souvenir qu'elle n'avait plus de raison de s'inquiéter. Sophie avait quitté l'hôpital dans la matinée et se trouvait maintenant avec ses grands-parents, dans l'hôtel de Los Angeles où ils séjournaient depuis leur arrivée. Garrett avait ramené Natalie pour la mettre directement au lit.

Quelle heure était-il ? Elle avait perdu toute notion du temps. Il faisait noir, mais elle ne savait pas si c'était à cause de la nuit ou des volets fermés. Elle attendit quelques secondes que ses yeux s'habituent à l'obscurité, puis elle se leva et marcha jusqu'à la porte sous laquelle apparaissait un rai de lumière. Consciente qu'elle ne portait rien d'autre qu'un grand T-shirt, elle passa la tête dans le couloir pour s'assurer qu'il n'y avait personne, puis elle sortit.

La lumière venait de la chambre de Garrett, dont la porte était restée ouverte. Comme elle entendait sa voix, elle s'approcha et se rendit compte qu'il était au téléphone. Ce n'était pas dans ses habitudes d'écouter aux portes. Elle allait faire demi-tour lorsqu'il prononça le nom de Sophie.

— Tant mieux, dit-il d'une voix chaude et profonde. Cela ne m'étonne pas, Steve. Sophie cache une grande force de caractère dans son petit corps.

Il se tut un moment avant de reprendre :

— Oui, elle va bien. Elle est seulement épuisée. Elle a dormi tout l'après-midi. Et Lily, elle tient le coup ? Ce n'était pas sa faute. Natalie ne lui en veut pas. Personne ne lui en veut.

Il avait téléphoné aux Davis pour prendre des nouvelles de Sophie et, en plus, il prenait la peine de les réconforter. En l'entendant, Natalie eut l'impression que son cœur allait exploser tant elle ressentait d'amour pour lui.

Elle retint de justesse un cri d'émotion et retourna précipitamment dans sa chambre pour s'effondrer sur son lit. Elle ne put s'empêcher de fondre en larmes en prenant conscience de l'évidence. Elle l'aimait depuis le début. Depuis la seconde où elle était entrée dans son bureau pour lui faire signer son nouveau contrat. Seulement, elle avait été trop naïve et trop angoissée pour l'admettre.

Elle entendit des pas dans le couloir et s'essuya vite les joues pour aller à la rencontre de Garrett. Au moins, elle savait ce qu'elle voulait maintenant.

— Natalie, murmura-t-il en la voyant.

Il promena les yeux sur son corps à peine couvert avant de fixer le regard sur son visage.

— Tu as dormi toute la journée. Tu veux te remettre au lit pour la nuit ? demanda-t-il. À moins que tu aies faim ? Tu veux peut-être manger quelque chose.

Comme elle ne disait rien, il s'approcha d'elle et la scruta avec un air inquiet. Il dut voir les traces de ses larmes sur son visage, car il posa délicatement la main sur sa joue.

— Qu'est-ce qui ne va pas ?

Au lieu de lui répondre, elle tourna la tête pour déposer un baiser sur sa paume, puis elle lui sourit.

— Natalie, tu n'es pas…

Elle l'interrompit en mettant l'index sur sa bouche.

— Oh ! si, Garrett.

Il pensait qu'elle était encore trop fragile, quelques heures seulement après l'accident de Sophie, mais il se trompait. Elle n'avait jamais été aussi sûre d'elle. Quand elle l'attira dans sa chambre, il la suivit d'un pas hésitant avant de refermer la porte. C'était si bon d'être enfin seule avec lui, à l'écart du monde, et de penser à ce qui arrivait…

Elle ôta son T-shirt et vit avec bonheur une flamme s'allumer dans les yeux de Garrett. Quelques secondes plus tard, ils étaient nus l'un contre l'autre, assoiffés de caresses et de baisers.

Garrett aurait voulu prendre son temps ce soir avec Natalie, mais cela faisait si longtemps qu'il réprimait son désir pour elle… Et il voyait dans ses yeux qu'elle ressentait la même urgence que lui.

Tout en l'embrassant, il s'allongea avec elle sur le lit et la caressa. La pression de ses seins contre son torse le rendait fou. Comme il se plaçait entre ses jambes, elle passa les mains dans son dos et les referma sur ses fesses.

— Garrett, fais-moi l'amour, susurra-t-elle tout contre ses lèvres.

Le corps en feu, il se pencha vers la table de nuit pour prendre un préservatif. Une fois prêt, il mit la pointe de son érection entre les cuisses de Natalie, juste à l'entrée de son sexe, et attendit qu'elle le regarde dans les yeux. Alors seulement, il la pénétra, lentement, en guettant sa réaction sur son visage. Elle ferma les yeux et poussa un long soupir de plaisir.

Ils restèrent un moment immobiles, puis elle commença à bouger les hanches, lentement, dans un mouvement infiniment sensuel. Alors seulement, il se mit à aller et venir en elle en suivant les ondulations de son corps sublime. Leurs murmures d'excitation se mêlèrent. Peu à peu, ils bougèrent de plus en plus vite, de plus en plus fort, jusqu'au moment où elle se cambra en poussant un cri d'extase. Il se laissa aller juste après elle et retomba sur le matelas, à bout de souffle.

Il s'étendit sur le dos et l'attira contre lui. Tandis qu'elle posait la tête au creux de son épaule, il passa la main dans son dos en savourant la perfection de cet instant. Il ne s'était jamais senti aussi bien. Et pourtant, il savait qu'il n'y avait pas de place pour elle à long terme dans sa vie. Il avait décidé de se consacrer corps et âme à son travail. Quel bonheur aurait-elle pu trouver auprès de lui ?

Il n'avait rien de plus à lui offrir que ce qu'ils venaient de partager.

- 14 -

— Adelaide !

En voyant entrer sa belle-sœur dans son bureau avec une grande boîte de sushis, Natalie ne put que se réjouir. Justement, elle n'avait rien prévu pour le déjeuner et cette pause tombait à point nommé.

— Quelle bonne surprise, dit-elle en se levant pour l'embrasser.

— Tu parles de ma présence ou de ce plateau venu tout droit de ton restaurant japonais préféré ?

— Je t'adore.

Adelaide laissa échapper un rire timide.

— J'en ai pris pour Garrett aussi.

— Malheureusement, dit Natalie, il est en réunion pour plusieurs heures.

— J'aurais dû m'en douter. Il passe sa vie en réunion.

Elles s'assirent de chaque côté de la table basse et commencèrent leur repas, accompagné d'un délicieux thé vert.

— Tu sais, commença Natalie, à propos de Garrett…

— Que se passe-t-il ?

— Je le trouve tendu en ce moment. Tu sais si quelque chose de particulier le préoccupe ? Un problème professionnel ?

— Tu n'es pas au courant ? demanda Adelaide avec stupeur.

— Non, quoi ?

— Ce qu'il peut être têtu… Il tient toujours à assumer seul toutes les responsabilités. Moi non plus, il ne m'a rien dit, et je doute même qu'il en ait parlé à notre père. Il prétend vouloir nous « protéger ».

— Adelaide, s'il te plaît, dis-moi ce qui se passe.

— J'ai mené ma petite enquête. Comme personne ne me prend au sérieux chez Hansol, c'est plus facile pour moi de récolter des informations, l'air de rien. C'est à propos des dirigeants de Vivotex. Ils envisagent de conclure un partenariat commercial avec le groupe Yami, beaucoup moins réputé que Hansol dans l'univers de la mode. Ils doivent avoir trouvé un argument de poids pour attirer l'attention de Vivotex, mais nous ignorons lequel. Je pense qu'une personne introduite chez nous doit manigancer pour servir ses propres intérêts.

— Qu'arrivera-t-il si Garrett ne parvient pas à signer l'accord qu'il prépare depuis des mois ? demanda Natalie avec angoisse. Votre grand-mère va-t-elle vraiment bloquer sa nomination au poste de P-DG ?

— J'espère que non. Nous n'avons pas toujours été dans les meilleurs termes et je suis loin de pouvoir deviner ce qu'elle pense, mais ce que je sais, c'est qu'elle ne m'a jamais laissée tomber.

— Tu penses que cela servirait à quelque chose si j'allais la supplier ? demanda Natalie en s'efforçant de sourire.

— Essaie de ne pas t'inquiéter, répondit Adelaide en lui prenant affectueusement la main. Mon grand frère est destiné à être le prochain P-DG.

Malgré les paroles rassurantes de sa belle-sœur, Natalie fut tendue tout le reste de la journée, jusqu'à ce que Garrett rentre.

— Bonsoir, madame Song, dit-il en s'approchant

d'elle pour passer les bras autour de sa taille. Qu'est-ce que tu fais ?

— Je prépare le dîner, répondit-elle en rinçant un bol de tomates cerises.

Il passa les lèvres sur son cou, juste en dessous de son oreille.

— Tu es sûre de vouloir faire ça ? plaisanta-t-il. Parce que la semaine dernière…

Elle rougit en se rappelant comment elle avait failli mettre le feu à la cuisine en se lançant dans la préparation de lasagnes maison. Elle fit mine de lui donner un coup de coude dans le ventre avant de se retourner.

— Rassure-toi, dit-elle en l'embrassant, je prépare juste une salade. Pour le reste, j'ai commandé des pizzas.

Il l'enlaça et prit possession de sa bouche avec une avidité qui la fit défaillir. Elle ne l'avait pas vu de la journée et il lui avait manqué, terriblement manqué. Elle soupira de plaisir quand il glissa les mains sous sa chemise. Si elle voulait réagir avant d'avoir perdu toute lucidité, c'était maintenant.

— Euh… Garrett ?

Il répondit par un murmure rauque et la souleva pour l'asseoir sur le plan de travail.

— Garrett, insista-t-elle en riant. Il faut qu'on parle.

Elle voulait lui parler de ses problèmes avec le groupe Yami. C'était ridicule qu'il s'obstine à porter cela tout seul.

Mais comme il continuait à l'embrasser et à la caresser, elle oublia bientôt tout le reste. Elle referma les jambes autour de lui et prononça les seuls mots qui lui venaient à l'esprit :

— J'ai envie de toi.

— Parfait.

Avec un sourire satisfait, il prit ses seins entre ses mains tandis qu'elle défaisait la boucle de sa ceinture. Quand il entra en elle, elle cria de plaisir. C'était si bon qu'elle aurait pu passer sa vie entière à faire l'amour avec lui.

Elle était encore étourdie par la jouissance quand ils se mirent en quête des vêtements qu'ils avaient jetés tout autour d'eux. Quand Garrett voulut remettre sa chemise, elle l'en empêcha.

— Inutile, dit-elle en lui caressant le torse. Tu es très bien comme ça.

— Ah oui ? Alors toi aussi, tu restes comme ça.

Elle était en T-shirt et en petite culotte.

— Maintenant assieds-toi sur ce tabouret de bar, ajouta-t-il. Je m'occupe de la salade.

Elle le regarda faire tout en bavardant et en plaisantant avec lui. C'était donc ça, le bonheur. Passer une soirée avec son mari. Faire l'amour dans la cuisine, le regarder préparer le repas torse nu et partager un moment de complicité. C'était si simple… et si merveilleux.

Les larmes aux yeux, elle ne put retenir les mots qu'elle brûlait de lui dire.

— Je t'aime.

À table, Garrett fit tout son possible pour éviter le regard de Natalie. Il se sentait lâche d'avoir ignoré sa déclaration d'amour, mais qu'aurait-il pu faire d'autre ? En lui ouvrant son cœur, elle avait réveillé quelque chose au fond de lui, des émotions qu'il préférait étouffer. De toute façon, il ne pourrait jamais lui donner ce qu'elle attendait. Ce qu'elle méritait.

— Garrett, murmura-t-elle. Ne t'inquiète pas, je n'ai pas oublié notre accord. Je ne te demande rien.

Il se tourna enfin vers elle et lui prit la main pour la

porter à ses lèvres. Il ne pouvait pas tout lui donner, mais il y avait une chose dont ils avaient besoin tous les deux.

Sans un mot, il se leva, la prit dans ses bras et la porta jusqu'à l'étage.

— Qu'est-ce que tu fais ?

Il ne répondit pas. Au lieu de cela, il l'emmena dans sa chambre, enleva son pantalon et la coucha sur son lit pour la déshabiller. Il caressa son corps nu du regard avant de s'étendre au-dessus d'elle et de promener les mains sur sa peau frissonnante. Finalement, il glissa la main entre ses cuisses pour caresser son sexe. Ses plaintes sensuelles le mettaient au comble de l'excitation.

— Tu me rends fou. Je n'ai jamais eu autant envie d'une femme avant toi.

— Viens.

Quand il entra en elle, les paroles qu'elle avait prononcées vinrent résonner dans son esprit. *Je t'aime*. Il lui fit l'amour encore et encore, jusqu'à ce que la jouissance les fasse crier à l'unisson.

Garrett regardait Natalie s'habiller pour partir au bureau. Elle avait une présentation aujourd'hui et c'était la quatrième tenue qu'elle essayait sans parvenir à se décider. Il n'allait pas s'en plaindre. Ce strip-tease était un vrai régal pour les yeux. Elle opta finalement pour une robe noire moins sérieuse que ses tailleurs habituels.

— Tu es sublime, dit-il en l'embrassant sur le nez. Et tu as une allure très professionnelle. Je sais que tu vas être excellente, comme d'habitude. Allez, en route. Tu vas finir par être en retard.

Il se baissa pour prendre Sophie qui jouait par terre sur le tapis. Comme Natalie s'approchait pour embrasser sa nièce, il l'enlaça et les serra toutes les deux ensemble dans ses bras avant que sa femme s'en aille.

Étant donné qu'il n'avait pas de rendez-vous avant 10 heures, il s'était proposé pour ramener Sophie chez les Davis. C'était la première fois depuis des semaines qu'il pouvait souffler un peu. Les manœuvres du groupe Yami avaient quelque peu gêné l'avancée de son accord avec Vivotex, mais grâce à la loyauté et au soutien de Clark et Sebastian, tout se terminait bien.

Garrett avait travaillé jour et nuit pour finaliser le contrat, mais enfin, ses efforts allaient être récompensés. Il allait bientôt signer le partenariat et devenir P-DG de Hansol. Tout se passait comme prévu.

Une seule chose continuait à le préoccuper. Manifestement, un membre de son équipe avait vendu des informations à Yami, et comme il ignorait de qui il s'agissait, cette personne était toujours susceptible de nuire. Il devait à tout prix démasquer cet espion.

- 15 -

Natalie n'avait jamais vu Garrett aussi tendu. Il faisait les cent pas dans son bureau comme un lion dans sa cage.

— Garrett, je sais que tu es nerveux, mais pitié, arrête.

— Je ne suis pas nerveux. C'est de l'excitation, rien d'autre.

— Oui, bien sûr.

— C'est normal que je sois excité, non ? Les dirigeants de Vivotex viennent signer le contrat. Enfin !

Il s'approcha d'elle et la serra dans ses bras en poussant un cri de joie. Elle noua les mains derrière son cou en rêvant de ne plus jamais le laisser repartir. Plus le temps passait, plus elle s'efforçait de savourer chaque moment passé avec lui. Elle redoutait tant le jour où elle allait le perdre…

Mais elle ne pouvait pas penser à cela maintenant.

— Allez, dit-elle, prépare-toi. Tu n'as plus que cinq minutes avant ton rendez-vous.

Sur ces mots, elle attrapa la veste de costume sur le dossier de son siège pour l'aider à l'enfiler. Puis elle resserra son nœud de cravate et le regarda attentivement en posant les mains sur ses épaules.

— Je te plais ? demanda-t-il avec un sourire charmeur.

Elle sentit son cœur cogner contre sa poitrine.

— Ce n'est pas le moment de flirter, monsieur Song.

— Tu as raison, dit-il en l'embrassant. Il faudra attendre ce soir.

Elle l'accompagna jusqu'à la porte et s'arrêta.

— Garrett.

Je t'aime. Je t'aime. Je t'aime.

Ces mots lui brûlaient la gorge mais elle parvint à les retenir. À la place, elle afficha un sourire conquérant.

— À toi de jouer, lança-t-elle.

Le son des rires et des bouchons de champagne emplissait la maison familiale des Song, mais Natalie n'était pas d'humeur à faire la fête. Bien sûr, elle était heureuse pour Garrett qui avait brillamment conclu son accord avec Vivotex. Chaque fois qu'il la regardait, elle s'efforçait de sourire pour ne pas gâcher son plaisir. Mais au fond, elle était plus triste que jamais.

— Grand-mère ! dit-elle en voyant Grace Song qui venait vers elle. Je suis heureuse que vous ayez décidé de participer à la fête. Vous devez être tellement fière.

Au cours de ses visites hebdomadaires, Natalie l'avait plusieurs fois suppliée de venir.

— Je n'attendais rien de moins de la part de mon petit-fils. Sa mère devrait être aux côtés de James aujourd'hui, ajouta Grace d'une voix empreinte de mélancolie. Elle devrait être là pour voir l'homme que Garrett est devenu et la famille qu'il a fondée.

Natalie sentit sa gorge se nouer. À sa façon, Grace Song venait de lui dire qu'elle approuvait finalement le choix de Garrett. Maintenant qu'elle connaissait Natalie, elle l'acceptait au sein de sa famille.

Merci, grand-mère, et pardon de vous avoir menti à propos de notre mariage.

— Eh bien, dans ce cas, grand-mère, soyez doublement fière de lui. Pour vous-même et pour sa mère.

— Je le suis, répondit Grace avec un sourire doux. Et vous pouvez l'être aussi.

Quand la vieille dame se fut éloignée pour rejoindre ses invités, Natalie se tourna vers Garrett pour l'observer de loin et mémoriser chaque détail qui faisait sa beauté et son charme. Leurs jours ensemble étaient comptés. Cela lui faisait mal et lui donnait encore plus envie d'être seule avec lui, pour profiter de ces derniers instants. Au bout d'un moment, il rencontra son regard et resta quelques minutes de plus avec le groupe qui l'entourait avant de venir vers elle.

— Je t'ai manqué ? plaisanta-t-il en lui caressant le visage.

— Terriblement.

— Viens, on s'en va.

Ils sortirent dans la nuit, mais au lieu de se diriger vers le parking, il l'emmena au fond du jardin.

— Garrett, tu peux me dire où nous allons ?

— Dans un endroit secret, répondit-il tout bas.

Ils finirent par arriver dans un labyrinthe fait de buissons hauts de plusieurs mètres. À mesure qu'ils avançaient, elle se rendit compte qu'elle aurait été incapable de retrouver la sortie, mais Garrett semblait savoir parfaitement où il allait, même dans le noir. Il s'arrêta devant une vieille pagode qui devait se trouver au centre du labyrinthe.

— C'est quoi, cet endroit ? chuchota-t-elle, troublée par ce décor étrange.

— C'était mon sanctuaire autrefois. J'étais le seul à savoir le trouver, confia-t-il en serrant Natalie contre lui.

— Qu'est-ce que tu venais faire ici ?

— Rien de particulier. Je lisais ou je regardais les nuages. Ce qui comptait, ce n'est pas ce que j'y faisais.

— C'était quoi, alors ?

— Quand on est enfant, on ne possède pas grand-chose, mais cet endroit était à moi. Il n'existait que pour moi.

— Je ne te savais pas si possessif, dit-elle en riant.

— Oh ! si. Quand je tiens quelque chose de précieux et d'unique, je le veux pour moi tout seul.

En disant ces mots, il se mit à la caresser.

— Et maintenant ? demanda-t-elle. Qu'est-ce que tu veux pour toi tout seul ?

Elle voulait l'entendre le dire. Même si ce n'était pas de l'amour, elle voulait qu'il dise que pour lui, elle était précieuse et unique.

— Toi, dit-il d'une voix rauque. C'est toi que je veux.

Il la porta jusque dans la pagode et la plaqua contre un pilier en bois.

— J'ai besoin de toi, murmura-t-il en l'embrassant avec passion. Natalie.

Il souleva sa jupe et glissa les doigts dans sa petite culotte. Tout en gémissant d'excitation, elle le laissa faire quand il la prit par la taille et la fit tourner sur elle-même pour qu'elle lui tourne le dos. Elle l'entendit derrière elle déboutonner son pantalon et déchirer le sachet d'un préservatif. Une seconde plus tard, il était en elle et la faisait crier de plaisir.

Le bras autour de la taille de Natalie, Garrett la guida vers la sortie de son labyrinthe. Cette étreinte avait peut-être été celle de leurs adieux. Il n'avait plus de raisons de la garder auprès de lui. Elle avait respecté sa part du marché, et l'accident de Sophie avait convaincu les Davis de cesser de s'opposer à l'adoption. Une fois que le tribunal aurait donné son accord, plus rien n'empêcherait Natalie et Sophie de sortir de sa vie.

Mais elle m'aime.

— Garrett…

— Ne dis rien. Nous parlerons une fois à la maison.

Il devait faire disparaître de l'esprit de Natalie l'idée d'un mariage temporaire. C'était lui qui le lui avait proposé, mais les choses avaient changé. *Il* avait changé. Il l'admirait et la respectait. Il brûlait de désir pour elle. Cela ne pouvait-il pas suffire ? Certaines relations étaient construites sur moins que cela.

Et elle lui avait dit qu'elle l'aimait. Cette pensée lui réchauffait et lui serrait le cœur à la fois. Il craignait que son passé ne lui permette jamais de l'aimer comme elle le méritait, mais il pouvait lui offrir d'être toujours là pour elle et pour Sophie.

Serait-ce assez pour Natalie ? La passion physique, la confiance et la complicité qui les unissaient, tout cela était précieux et unique. Ce n'était peut-être pas comme dans les contes de fées, mais ils étaient bien ensemble.

Oui, il avait besoin d'elle et il allait se battre pour la garder, même s'il ne la méritait pas.

- 16 -

Garrett avait beaucoup voyagé ces six dernières semaines pour préparer les étapes suivantes du rapprochement de Hansol et Vivotex. Il ne partait pas longtemps, seulement deux ou trois jours d'affilée, mais Natalie souffrait d'être privée de lui alors qu'ils vivaient les derniers moments de leur mariage.

Elle se dirigea d'un pas lent vers le parking en pensant avec tristesse à l'appartement vide qui l'attendait. L'esprit ailleurs, elle sursauta quand son portable se mit à sonner. C'était Garrett. Elle attendit quelques secondes avant de décrocher, pour éviter de lui répondre d'une voix sinistre.

— Allô !

— Oh ! ce que tu m'as manqué.

Natalie crut qu'elle allait se mettre à pleurer en entendant sa voix. Il avait beau n'être parti que depuis deux jours, son absence lui causait une souffrance physique. *Je t'aime.* Elle ne regrettait pas de lui avoir avoué ses sentiments, mais il avait ignoré sa déclaration. Au moins, elle lui manquait, c'était déjà quelque chose.

— Toi aussi, tu me manques, répondit-elle. Rentre vite.

— Bientôt.

— Garrett.

— Je dois filer à mon prochain rendez-vous. J'avais besoin d'entendre ta voix.

— Je suis heureuse que tu aies appelé. Vas-y, je ne veux pas te mettre en retard.

Elle raccrocha avant d'en avoir trop dit. À peine était-elle assise dans sa voiture que son téléphone sonna de nouveau. L'espace d'une seconde, elle espéra entendre de nouveau la voix de Garrett, mais c'était son avocat qui l'appelait.

— Bonjour, madame. C'est Timothy Duffy. J'ai d'excellentes nouvelles pour vous.

— Je vous écoute, dit-elle, le cœur battant.

— Félicitations. Vous êtes officiellement la mère de Sophie. Le juge a signé les papiers d'adoption.

— C'est vrai ? balbutia-t-elle, submergée par l'émotion.

— Absolument. J'ai prévenu les Davis et, comme prévu, ils ont une semaine pour vous amener votre fille. Je vous enverrai les détails administratifs par e-mail. Pour l'instant, je vous laisse célébrer cette victoire.

— Oui. Merci pour tout.

Elle laissa tomber son téléphone sur ses genoux et fondit en larmes. Elle était partagée entre un immense bonheur et un profond désespoir. Elle avait la garde de Sophie. Par conséquent, plus rien ne justifiait qu'elle reste mariée avec Garrett.

Les mots qu'il avait prononcés à Ojai résonnaient encore dans sa mémoire.

J'ai envie de toi, mais rien n'a changé. Notre mariage sera dissous quand nous aurons tous les deux atteint nos objectifs. Si nous faisons l'amour ce soir, ce sera uniquement physique.

Il s'était passé tant de choses depuis ce jour… Était-il possible que Garrett ait changé d'avis ?

En tout cas, elle ne pouvait pas continuer comme cela. Elle n'avait plus rien à perdre de toute façon. Elle devait lui dire combien elle avait envie de rester avec lui. Pour toujours.

Le lendemain soir, Natalie attendait le retour de Garrett avec impatience et anxiété mêlées. Les papiers d'adoption étaient rangés dans le tiroir de sa table de chevet. Elle avait prévu de tout lui dire. Qu'elle était légalement la mère de Sophie, et qu'elle voulait qu'ils forment une vraie famille, tous les trois ensemble.

À peine arrivé, il se précipita vers elle pour la serrer dans ses bras. Ses baisers lui firent oublier toutes ses angoisses. Il était là et, pour l'instant, c'était tout ce qui comptait.

— Je t'ai manqué ? demanda-t-il en appuyant le front contre le sien.

— Oh ! non. Pas vraiment, plaisanta-t-elle.

— Compte sur moi pour te rappeler ce que tu as manqué quand je n'étais pas là.

— C'est une promesse ? demanda-t-elle en se mordillant la lèvre.

— Pitié, Natalie… J'ai encore des coups de téléphone à passer.

Elle s'éloigna de lui en dansant.

— C'est toi qui as commencé ! chantonna-t-elle.

— Quelle maturité, vraiment.

Il marcha vers elle en la fixant.

Puis son portable sonna. Il le sortit de sa poche et fronça les sourcils en regardant l'écran.

— Tu ne perds rien pour attendre, dit-il avec un sourire espiègle.

Puis il décrocha en se dirigeant vers son bureau. Elle le regarda s'éloigner en souriant, puis monta prendre une douche en pensant avec excitation au moment où il la rejoindrait. Elle avait hâte de lui annoncer la nouvelle à propos de Sophie.

Pourtant, quand elle sortit de la salle de bains et qu'elle le vit entrer en même temps dans leur chambre, ce ne fut pas à cela qu'elle pensa. Il avait dans les yeux un mélange de désir et… presque de peur.

Elle marcha jusqu'à lui, bien décidée à lui montrer qu'ils étaient faits pour être ensemble. Elle lui enleva sa chemise, puis se mit à genoux pour déboutonner son pantalon. Quand il fut nu devant elle, elle le fit reculer et asseoir dans un fauteuil. Il la dévorait du regard sans dire un mot. Elle se déshabilla et vint se mettre à cheval sur lui. Prenant son sexe dans sa main, elle le caressa en écoutant avec délice les gémissements rauques qui s'échappaient de sa gorge. Puis elle se plaça au-dessus de lui et le fit entrer en elle. Il souleva les hanches pour venir à sa rencontre et elle se mit à onduler encore et encore, les menant tous les deux jusqu'à l'orgasme.

Quand ils eurent retrouvé leur souffle, il se leva en la portant et alla la déposer sur le lit.

— Attends ici, dit-il avec un regard qui la troubla.

Il semblait avoir quelque chose d'important à lui dire. Il enfila un pantalon de sport, alla ouvrir sa valise restée près de la porte et revint avec une petite boîte entre les mains.

— Qu'est-ce que c'est ? demanda-t-elle.

Il s'assit au bord du lit et s'éclaircit la voix.

— J'ai quelque chose pour toi, dit-il.

Il lui tendit la boîte et resta immobile en attendant qu'elle l'ouvre. En découvrant ce qu'il y avait à l'intérieur, elle resta bouche bée, les larmes aux yeux. C'étaient des boucles d'oreilles incrustées d'émeraudes et de diamants.

Elles étaient assorties à la bague de fiançailles que Natalie portait tous les jours, celle de la mère de Garrett.

— Oh ! Garrett. Elles sont magnifiques.

Mais que signifiait ce cadeau ?

— Essaie-les.

— Je…

Elle ne pouvait pas les mettre. Pas tout de suite. Elle avait trop de choses à lui dire avant.

— Garrett, je ne peux pas accepter…

— Pourquoi ?

Il parlait sans émotion, ce qui la décontenançait encore plus.

— C'est… C'est trop. Et toi… Tu voudras bientôt récupérer la bague de ta mère, dit-elle en espérant qu'il allait la contredire.

Elle rêvait qu'il lui annonce qu'il voulait rester marié avec elle. Elle n'attendait pas de déclaration d'amour. Pas pour l'instant, en tout cas. Mais elle avait besoin d'entendre que leur union était plus qu'un contrat aux yeux de Garrett.

Il ne dit rien. Il se contenta de hausser les épaules en affichant un masque d'indifférence. Comprenait-il pourquoi elle ne pouvait pas accepter ces boucles d'oreilles ? Il se moquait de savoir que leur mariage était sur le point de prendre fin ?

— La journée a été longue, dit-il en se mettant au lit. Nous avons besoin de sommeil.

Il était si distant tout à coup qu'elle n'eut même pas envie de lui parler de Sophie. Car lui annoncer que l'adoption était acceptée, c'était aussi lui ouvrir son cœur. Lui dire qu'ils formaient déjà une famille tous les trois et que rien ne les obligeait à se séparer.

De toute évidence, ce n'était pas le moment. Elle préférait attendre le lendemain.

— D'accord, murmura-t-elle. Bonne nuit.

En se réveillant à 4 heures du matin, Garrett vit qu'il était seul dans son lit. Natalie s'était levée et il ne s'en était même pas rendu compte ? Il se demandait comment il avait pu s'endormir aussi profondément après ce qui s'était passé la veille au soir.

Elle avait refusé les boucles d'oreilles parce qu'elle avait l'intention de lui rendre sa bague. Elle allait le quitter. Mais elle n'était tout de même pas déjà partie !

Il soupira de dépit. Il avait fait faire les boucles d'oreilles exprès pour qu'elles aillent avec la bague, pour que Natalie comprenne qu'elle pouvait la garder. Qu'elle *devait* la garder. Avait-elle deviné son intention ? Il regrettait de ne pas lui avoir parlé plus clairement.

Plutôt que d'attendre qu'elle revienne se coucher, il se leva pour regarder si elle était dans la salle de bains. Personne. Elle était peut-être descendue dans la cuisine pour boire ou manger quelque chose ?

Il enfila un T-shirt à la hâte et descendit. Soulagé, il vit de la lumière en bas. Il allait appeler Natalie quand il entendit le bruit de clochette de son téléphone, qu'il avait laissé dans son bureau. Qui pouvait bien lui envoyer un message à cette heure-ci ? C'était peut-être important.

Le SMS venait de Mike :

Appelle-moi, c'est urgent.

Il allait devoir attendre avant de rejoindre Natalie.

— Que se passe-t-il ? demanda-t-il quand il eut son ami au bout du fil.

— Nous l'avons trouvé, répondit Mike d'une voix sombre.

L'espion. Mike était le seul en qui Garrett avait eu assez confiance pour lui confier l'enquête. C'était une bonne chose que la taupe soit identifiée, mais les détails pouvaient attendre.

— Très bien. C'est tout ?

— Non.

Le silence qui suivit fit penser à Garrett qu'il y avait un problème.

— Les indices sont inquiétants, poursuivit Mike, mais je te demande de ne pas tirer de conclusions hâtives.

— Crache le morceau, Mike. Je verrai bien quelles décisions s'imposent.

— Il y a quelques mois, un homme nommé Peter Klapper a commencé à acheter toutes les actions Hansol qu'il a pu. Il espérait acquérir suffisamment de parts dans l'entreprise pour influencer plusieurs membres du conseil d'administration et bloquer ton élection au poste de P-DG. Évidemment, ils ne se sont pas laissé faire.

— Qui est ce Klapper ?

— Il travaille pour le groupe Yami. C'est un homme malin et ambitieux, qui a rapidement grimpé les échelons. Son problème, c'est qu'il perd beaucoup d'argent au jeu et qu'il a accumulé pas mal de dettes.

— Ce n'est donc qu'un pion qui opère sans doute pour le compte de quelqu'un d'autre.

— Oui. Nous avons repéré de gros transferts sur son compte bancaire. Des mouvements de centaines de milliers de dollars.

— Vous avez trouvé l'origine de ces virements ?

— Pas encore, et Klapper a disparu sans laisser de trace.

— Bon sang. Il faut vite trouver son complice au sein de Hansol avant qu'il se soit enfui lui aussi.

— Apparemment, c'est une personne des bureaux de Los Angeles. Et notre enquêteur a découvert quelque chose, ajouta Mike en soupirant.

— Quoi ?

— Peter Klapper et Natalie ont fréquenté la même université. Ils sont sortis ensemble pendant quelques mois. Ils sont restés en contact pendant un certain temps et, d'après notre enquêteur, Natalie n'a pas eu d'autre relation depuis leur séparation. Il se pourrait qu'elle ne se soit pas complètement détachée de lui.

— Et il aurait renoué avec elle pour l'utiliser comme informatrice ? demanda Garrett, la gorge sèche.

— Écoute, cette théorie me paraît très douteuse, au point que j'ai failli ne pas t'en parler. Mais je ne voulais te cacher aucun élément, évidemment. Je sais que Samantha t'a fait beaucoup de mal, poursuivit Mike avec conviction, mais n'oublie pas que Natalie n'a rien à voir avec elle. Ne l'accuse pas sans avoir entendu ce qu'elle a à dire. Tu dois lui parler.

Garrett n'eut pas la force de l'écouter davantage. Il raccrocha. Une fois de plus, il avait laissé une femme se servir de lui.

Pourquoi, Natalie ? Qu'est-ce que ce type a bien pu t'offrir de plus que moi pour que tu m'espionnes pour son compte ?

Il s'effondra quand la réponse s'imposa à lui. L'amour. Voilà ce que Klapper avait dû lui promettre. Une vraie famille pour elle et Sophie.

Préférant étouffer sa tristesse et se réfugier dans la colère, il alla la trouver dans le salon où elle s'était assise, face à la baie vitrée.

— Natalie.

Son merveilleux sourire faillit de nouveau le piéger. Des mensonges. Rien que des mensonges.

— Que fais-tu debout ? demanda-t-elle.

— Mike a téléphoné. Nous avons trouvé la taupe.

— C'est vrai ? Quel soulagement ! Alors, qui était-ce ?

Sa réaction le cloua sur place. Il ne lui avait jamais parlé de cette affaire !

— Tu savais qu'il y avait un espion chez Hansol.

— Oui, je l'ai appris récemment. J'aurais aimé que tu m'en parles. Tu n'avais pas à t'inquiéter tout seul.

Il s'efforça d'ignorer le regard plein de tendresse feinte qu'elle fixait sur lui.

— Je ne t'en ai pas parlé parce que ça ne te regardait pas, rétorqua-t-il.

— Ah, murmura-t-elle, l'air à la fois choqué et blessé. D'accord, je vois.

Comme elle jouait bien la comédie…

— Vraiment, Natalie ?

— Tu peux me dire ce que tu as ?

— Oh ! Je suis soulagé, si tu savais ! Soulagé d'avoir tout découvert avant de commettre l'erreur de ma vie.

— Mais de quoi parles-tu ? demanda-t-elle en se levant pour s'approcher de lui.

Il vit une enveloppe en papier kraft tomber du canapé.

— Garrett, regarde-moi.

— Qu'est-ce qu'il t'a promis, Natalie ? Il t'a dit qu'il t'aimait, c'est ça ?

— Qui ?

— Peter Klapper.

Il guetta sa réaction et ne vit que de la stupeur sur son visage.

— Comment connais-tu Peter ?

— J'ai eu la malchance d'être la cible de son projet d'espionnage industriel.

— Peter ? De l'espionnage industriel ? Comment est-ce possible ? Je me souviens qu'il était assez imbu de sa personne, mais de là à verser dans l'illégalité… En plus, je ne crois pas qu'il ait l'argent ou le réseau nécessaires pour monter une opération pareille.

— Il n'avait pas besoin d'argent puisqu'il travaille pour quelqu'un qui en a. Quant au réseau, il a pu compter sur toi pour ça, je présume ?

Elle recula en le dévisageant.

— Quoi ? Mais qu'est-ce que tu racontes ?

— Tu l'aimes ?

Il fit un pas vers elle et elle recula encore.

— Tu l'aimes, c'est pour ça que tu m'as trahi ?

— Moi ? s'exclama-t-elle avec un air horrifié. Tu crois que je t'ai volé des informations pour aider Peter ?

— Tu veux me faire croire que c'est une pure coïncidence, le fait que ce soit ton ex ?

— Oui, absolument. Mais à quoi tu joues exactement ? Tu es sûr de vouloir vraiment découvrir l'identité de cette taupe ?

— Je ne joue pas. J'essaie de savoir pourquoi ma femme m'a trahi. T'a-t-il dit qu'il t'aimait ? T'a-t-il fait des promesses pour l'avenir ?

— Écoute-moi, s'il te plaît.

Cette fois, ce fut elle qui avança vers lui et lui qui recula.

— Je t'aime, Garrett. Je n'aime que toi.

— Bien sûr. L'amour, dit-il avec un rire amer.

En la voyant chanceler, il dut serrer les poings pour s'empêcher de la retenir. Au fond de lui, une voix lui criait d'arrêter. D'écouter Natalie. De réfléchir. Mais c'était impossible. La douleur et la peur qu'il fuyait depuis si longtemps menaçaient de le rattraper.

— Ces mots-là, murmura-t-elle, je ne les ai jamais dits à un autre homme.

— Les mots ne veulent rien dire.

Elle eut un soubresaut, comme si elle avait reçu un coup. Il détourna le regard.

Samantha avait dit qu'elle l'aimait. Ils n'avaient alors que vingt ans mais il l'avait demandée en mariage et elle avait accepté. Après ces longues années de solitude depuis la mort de sa mère, il avait cru pouvoir combler un vide. Mais quand Samantha avait découvert qu'il n'aurait pas accès à son compte bancaire avant l'âge de vingt-cinq ans, elle l'avait quitté pour un garçon qui avait de l'argent à sa disposition tout de suite. Les mots ne voulaient rien dire.

— Il y a d'autres secrets que tu me caches ? demanda-t-il.

— Oui.

Il se figea.

— Je comptais te le dire, poursuivit-elle, mais j'avais peur de ce que cela signifierait pour nous.

— Dis-moi. De quoi s'agit-il ?

— J'ai obtenu l'adoption de Sophie. Tout ce que nous voulions, nous l'avons obtenu. Selon les termes de notre accord, nous n'avons plus de raisons de rester mariés. Sauf que je ne supportais pas l'idée de me séparer de toi. Je voulais rester toute ma vie avec toi.

— Je ne te crois pas, et je ne crois pas en l'amour éternel. C'est fini.

Pris de vertige, il voulut retirer les paroles qu'il venait de prononcer. Non, ce n'était pas fini. Il était prêt à la supplier de quitter Klapper. Mais en la voyant blêmir et rester de marbre, il comprit que c'était trop tard.

— Tu as raison, dit-elle d'une voix soudain pleine d'assurance. C'est vraiment fini.

Incapable de bouger, il la laissa quitter la pièce la tête haute et monter l'escalier. Quelques instants plus tard, elle redescendait, tout habillée, avec une valise à la main.

— Je m'en vais, dit-elle.

— Tu ne peux pas partir maintenant.

Ni jamais.

— Le jour n'est même pas encore levé.

— Ce que je fais ne te regarde plus, répliqua-t-elle. Si cela ne t'ennuie pas, je demanderai à des amis de passer prendre le reste de mes affaires plus tard.

Elle laissa passer un silence, comme si elle attendait qu'il dise quelque chose. Mais il était trop hébété pour réagir.

— Au revoir, Garrett.

Le bruit de la porte qui se refermait derrière elle lui fit l'effet d'un coup de poignard en plein cœur.

- 17 -

Natalie eut à peine le temps d'entrer chez Mme Kim avant que ses jambes se dérobent sous elle. Son amie accourut vers elle pour la soutenir et la conduire jusqu'au canapé.

— Ma chérie, qu'y a-t-il ? Que s'est-il passé ?

Natalie éclata en sanglots et s'allongea sur les coussins. Elle pleura ainsi longtemps, puis elle se sentit épuisée et ferma les yeux. Quand elle les rouvrit, il faisait nuit. Mme Kim vint vers elle en voyant qu'elle s'était réveillée.

— Tiens, dit-elle en posant un bol de céréales sur la table basse. Il faut que tu manges quelque chose. Je serais bien sortie faire des courses pour pouvoir te préparer mon fameux *jook*, le porridge coréen, mais je ne voulais pas te laisser toute seule.

Natalie secoua la tête et referma les yeux. Elle avait mal partout.

— D'accord, dit Mme Kim. Si tu commençais par un verre d'eau ?

Elle ne parvint pas à boire plus de deux gorgées.

— Donne-toi quelques jours pour pleurer, dit Mme Kim en l'embrassant sur le front, mais ensuite, ce sera terminé. Tu devras penser à Sophie.

Natalie se redressa pour s'asseoir. Elle n'arrivait pas à réfléchir. Les paroles terribles de Garrett tournaient encore et encore dans son esprit.

Elle n'en revenait pas d'avoir été aussi stupide. Sa mère l'avait abandonnée et son père ne pouvait pas la supporter. Comment avait-elle pu croire qu'elle avait la moindre chance avec Garrett ?

Mme Kim avait raison. Désormais, Sophie était sa seule raison de vivre. Elle tiendrait le coup parce que sa fille avait besoin d'elle, mais elle ne pourrait plus jamais croire à l'amour.

— Garrett ! s'exclama Adelaide en entrant dans son bureau. Que se passe-t-il ? Tu es devenu un vampire ou quoi ?

Elle alla à la fenêtre pour ouvrir les volets. Cela faisait des jours qu'il n'avait pas dormi et la lumière du soleil lui donnait la migraine.

— Laisse-moi.

— Je me doutais qu'il serait dans un sale état, dit Mike en refermant la porte derrière lui.

— Tu m'as dit qu'ils avaient dû se disputer, dit Adelaide, mais c'est ridicule.

Préférant les ignorer, Garrett tapait frénétiquement sur son clavier d'ordinateur, même si le document affiché sur son écran n'avait aucun sens. Plus rien n'avait de sens.

— Où est Natalie ? demanda Adelaide. Cela fait plus d'une semaine que j'essaie de la joindre. Elle a répondu à mon premier texto, puis plus rien.

Garrett leva les yeux vers sa sœur.

— Qu'a-t-elle écrit ? demanda-t-il.

— Un seul mot. « Désolée ». Tu peux me dire où est passée ma belle-sœur ? demanda-t-elle en posant les deux mains à plat sur son bureau.

Désolée ? Désolée pour quoi ?

— Grand-mère est morte d'inquiétude. Ce n'est pas le genre de Natalie d'ignorer ses appels.

Comme Garrett ne répondait pas, sa sœur le secoua par les épaules.

— Que se passe-t-il, *oppa* ?

Mike prit délicatement les mains d'Adelaide pour qu'elle lâche Garrett, puis il le regarda avec un air moralisateur.

— Je t'avais dit de ne pas te précipiter. Tu aurais dû écouter ton vieil ami.

— Pitié, tais-toi.

— C'est toi qui vas te taire et m'écouter. Nous avons trouvé la taupe. Peter Klapper a séduit une nouvelle employée du département…

— Je sais que ce n'est pas Natalie.

— Quoi ? s'écria Adelaide. Tu croyais que c'était Natalie, l'espionne ? Tu es fou ou quoi ? Je t'en supplie, dis-moi que tu ne l'as pas accusée d'être la taupe.

Sa petite sœur avait l'air à la fois furieuse et angoissée.

— Elle s'inquiétait pour toi, Garrett, poursuivit-elle d'une voix tremblante. Elle n'était au courant de rien avant que je lui explique ce qui se passait. Oh ! non. Tu lui as brisé le cœur.

— Calme-toi, murmura Mike en posant une main affectueuse sur l'épaule d'Adelaide. Ça va aller, je te le promets.

— Il faut que j'aille voir grand-mère pour lui expliquer ce qui s'est passé, dit-elle. Tu veux bien venir avec moi, Michael ?

— Bien sûr. Toi, ajouta-t-il à l'attention de Garrett, trouve Natalie et répare les dégâts que tu as causés. Moi, je m'occupe de traquer le cerveau qui est derrière tout ça.

— Tu peux chercher du côté du groupe Rotelle et de Jihae Park.

Cela faisait un moment que Garrett avait des soupçons.

— Jihae Park ? répéta Adelaide. Ton ex-future fiancée ? Je ne vois pas pourquoi sa famille serait allée aussi loin pour te nuire. Rien n'avait encore été annoncé.

— Ses parents ont peut-être été vexés de subir un tel affront pour la première fois de leur vie. Ils l'auront envoyée aux États-Unis pour mettre en place leur vengeance.

— Si c'est vrai, elle s'est parfaitement jouée de toi, dit Mike avec amertume. Tu es tombé dans son piège, tout ça parce que Natalie était sortie avec Klapper à la fac.

— Sortez de mon bureau.

— Vous méritez tous les deux d'être heureux, Garrett. Ne gâche pas tout.

— Dehors !

— Viens, dit Mike à Adelaide. On y va.

— Mais on ne peut pas le laisser comme ça.

— Donne-lui du temps.

— Du temps pour quoi ?

— Pour qu'il prenne enfin conscience qu'il est amoureux de Natalie.

— Il ne sait pas qu'il est amoureux d'elle ? Mais comment…

Garrett n'entendit pas la fin de sa phrase. Elle avait refermé la porte.

Il essaya de respirer. Mike se trompait, il n'avait plus besoin de temps pour savoir qu'il aimait sa femme. Il l'avait compris. Il l'avait repoussée par peur de souffrir encore, rien de plus.

En réalité, il n'avait sûrement jamais cru qu'elle l'avait trahi. Il avait sauté sur l'occasion pour l'accuser et la faire partir. Cela lui avait épargné de regarder ses sentiments en face et de reconnaître ce qu'il craignait le plus au monde : l'amour. Mais il ne voulait plus fuir. Il refusait de laisser ses peurs lui faire perdre la femme qu'il aimait.

Garrett avait remué ciel et terre pour retrouver Natalie, en vain. Elle avait coupé son portable et cessé d'utiliser ses cartes bancaires, et son nom n'apparaissait pas sur les registres des compagnies aériennes. En désespoir de cause, il avait fini par engager un détective privé. L'idée de les faire suivre, elle et Sophie, lui déplaisait fortement, mais elles étaient parties depuis deux mois et c'était sa dernière chance.

Il se passa la main sur le visage et ferma son ordinateur portable. Le conseil d'administration devait se réunir quelques heures plus tard pour l'élire P-DG de Hansol. Il allait atteindre le but pour lequel il travaillait depuis des années. Pourtant, cet accomplissement n'avait aucune saveur sans la présence de Natalie à ses côtés.

Tétanisé par un immense espoir mêlé de crainte, Garrett arriva à la réunion avec près d'une demi-heure de retard. Il salua tous les membres du conseil, en commençant par sa grand-mère, puis s'assit à sa place. Cette dernière le regarda avec attention et, dans ses yeux, il crut lire une certaine inquiétude.

Les différents sujets qui figuraient à l'ordre du jour furent évoqués l'un après l'autre, jusqu'au moment où sa grand-mère se leva pour prendre la parole. C'était le moment tant attendu.

— Mesdames et messieurs, commença-t-elle.

Le portable de Garrett vibra dans sa poche et son cœur fit un bond dans sa poitrine. Discrètement, il le sortit pour regarder le message qui s'affichait sur l'écran.

J'ai l'adresse de la résidence et du lieu de travail.

Le détective avait accompli sa mission. Garrett se leva si brusquement que sa chaise se renversa. Tous les regards se braquèrent sur lui. Il était peut-être en train de provoquer un scandale, mais cela n'avait plus aucune importance. Tout ce qui comptait, c'était d'être avec Natalie.

— *Halmoni*, j'ai trouvé Natalie.

Sa grand-mère se tourna vers lui, la lèvre légèrement tremblante, et lui fit un signe de la tête.

— Vas-y, dit-elle avec autorité.

Il quitta la salle en courant.

- 18 -

— Sophie Harper Sobol ! répéta Natalie pour la dixième fois.

Nue comme un ver, sa petite fille de onze mois courait en rond dans le salon. Elle n'avait pas perdu de temps pour apprendre à marcher.

— Écoute, ma chérie, maman doit aller travailler et il faut que tu t'habilles, d'accord ?

Elle l'attrapa pour lui mettre ses vêtements. Si elle ne partait pas très vite pour la déposer chez ses grands-parents, elle allait finir par être en retard. Ce n'était pas de tout repos d'élever un bébé débordant d'énergie, mais cela avait le mérite de l'empêcher de penser au reste. Sophie l'avait sauvée. C'est elle qui l'avait ramenée à la vie après les jours atroces qui avaient suivi sa rupture avec Garrett.

Dans la précipitation, elle avait trouvé un emploi dans les bureaux d'une chaîne de restauration qui avait plusieurs établissements dans le Queens et à Brooklyn. Elle espérait trouver mieux le plus vite possible, mais en attendant, elle appréciait l'ambiance de travail et s'entendait très bien avec sa collègue, Debbie. C'était une femme gentille et généreuse, mais surtout, elle avait une grande qualité : elle ne lisait pas la presse à scandale. Elle n'avait donc jamais entendu parler de Garrett Song, et encore moins de sa femme.

Natalie avait pris l'habitude d'arriver au bureau avec un petit déjeuner pour deux, tandis que Debbie apportait le déjeuner, toujours fait maison. Ce matin, après avoir déposé Sophie chez les Davis, elle se rendit compte qu'elle n'aurait pas le temps de faire un détour par la boulangerie habituelle. Elle allait devoir faire au plus rapide. Après être passée prendre de simples beignets, elle passa la porte du bureau et commença aussitôt à plaider sa cause.

— Je sais que ce ne sont pas tes préférés, mais Sophie m'a donné du fil à retordre ce matin et j'étais en retard.

Natalie regarda Debbie, debout derrière le guichet de la réception. Sa collègue avait une expression étrange.

— Je suis désolée, poursuivit Natalie. Je te promets de me rattraper la prochaine…

Elle se tut en voyant l'homme grand, fort, incroyablement charismatique qui sortait de son bureau. Garrett.

Debbie lui prit son sachet des mains et se pencha vers elle.

— Je ne sais pas qui c'est, chuchota-t-elle, mais à ta place, je le garderais.

Sur ces mots, elle lui fit un clin d'œil et disparut dans la cuisine.

Natalie hésita à partir en courant. Il lui avait tellement manqué… S'il ne partait pas très vite, elle risquait de perdre le contrôle et de se jeter à son cou.

Cela lui faisait si mal de le regarder qu'elle se détourna.

— Comment m'as-tu trouvée ? demanda-t-elle.

— Tu avais disparu sans laisser aucune trace, alors j'ai fini par engager un détective privé.

— Tu as fait quoi ?

Elle frémit en pensant qu'un inconnu l'avait traquée sans qu'elle s'en rende compte.

— Je suis désolé, dit-il en tendant la main vers elle,

mais j'avais besoin de te retrouver. Je te promets que c'est quelqu'un de très professionnel et de très discret.

— Ça ne fait rien, soupira-t-elle. J'avais prévu de te contacter une fois que nous serions installées, de toute façon. Nous devons signer les papiers du divorce. Cela devrait se faire assez simplement puisque nous sommes d'accord et que nous ne possédons rien en commun.

— Natalie, ce n'est pas fini.

Elle fronça les sourcils. Elle ignorait ce qu'il voulait dire exactement, mais quoi qu'il en soit, ils ne pouvaient pas en parler ici. Elle entra dans son bureau, lui fit signe de la suivre et referma la porte. Pour mettre de la distance entre eux, elle s'assit à sa table de travail.

— Si tu parles du divorce, dit-elle, c'est vrai que ce n'est pas fini, mais plus vite ce sera fait, mieux ce sera pour tout le monde. Nous en avons besoin pour avancer, Sophie et moi.

Il se crispa, comme si ses mots le faisaient souffrir.

— Comment va-t-elle ? demanda-t-il d'une voix envahie par l'émotion.

Natalie se cramponna à son fauteuil pour ne pas s'effondrer. Le temps écoulé et ce qui s'était passé entre eux n'avait rien changé à ses sentiments pour lui. Le revoir était une véritable torture.

— Elle va très bien. Elle est plus grande, plus forte et plus rapide, ce qui veut dire qu'elle peut faire plus de bêtises en moins de temps.

Un sourire triste apparut sur les lèvres de Garrett. Elle regarda sa bouche, puis fixa les yeux sur les siens. Malgré les larmes, la douleur de la séparation, l'absence, le désir était toujours là, intact. Peut-être plus intense que jamais. Alors qu'elle luttait contre la vague brûlante qui l'envahissait, elle le vit faire un mouvement vers elle. Il contourna son bureau. Une seconde plus tard, il était à genoux devant elle. Elle était trop surprise pour parler. Après un silence, ce fut lui qui prit la parole.

— Nous avons trouvé la taupe qui transmettait les informations à Klapper. Une jeune femme naïve et influençable qui était chez nous depuis peu.

C'était donc ça. Il avait découvert que ce n'était pas elle qui l'avait trahi et maintenant il était dévoré par la culpabilité.

— Si tu es venu pour me présenter tes excuses, dit-elle d'une voix lasse, ce n'était pas nécessaire. Je suis sûre que tu avais de bonnes raisons de me soupçonner au début.

— De bonnes raisons ? répéta-t-il avec ironie. Si on veut, oui. Mais rien ne peut excuser ce que j'ai fait.

— Je viens de te le dire. Tu n'as pas d'excuses à me faire.

Il fallait qu'il parte. Elle était sur le point de craquer.

— Si cela peut t'aider à mieux dormir, je te pardonne. Je suis sincère. Maintenant, va-t'en, s'il te plaît. Si tu te soucies ne serait-ce qu'un tout petit peu de moi, je t'en prie, pars.

— Non, murmura-t-il dans un souffle.

Elle se demanda si elle l'avait bien entendu. Mais il leva vers elle un regard déterminé et répéta :

— Non.

— Comment peux-tu…

— Je me soucie plus qu'un peu de toi. Natalie, dit-il en lui prenant les mains, je t'aime.

Elle se dégagea d'un mouvement brusque et se leva en titubant.

— Va-t'en. Je veux que tu partes tout de suite.

Il se leva à son tour et fixa sur elle un regard perdu, effrayé.

— Je ne peux pas, dit-il. Je ferai tout ce que tu voudras. Tout. Mais je ne te quitterai pas. Ça, je ne peux pas.

Elle ferma les yeux.

— Tu ne peux pas ou tu ne veux pas ?

— Natalie…

— Comment peux-tu me dire que tu m'aimes alors que tu ne me fais même pas confiance ?

— Je n'ai jamais cru que tu m'avais trahi. J'ai confiance en toi. Je suis prêt à te confier ma vie. À te confier mon cœur.

Il fit un pas vers elle et s'arrêta en la voyant reculer.

— Je me suis menti à moi-même parce que j'avais besoin d'une excuse pour te rejeter. J'ai vu ce que la perte de ma mère avait fait à mon père. Je me suis juré de ne jamais aimer comme ça pour ne pas risquer de connaître une telle douleur. Puis je t'ai rencontrée, et les sentiments que tu as fait naître en moi m'ont effrayé. Je craignais tant de souffrir que j'ai préféré te briser le cœur.

— Oui. C'est vrai que tu m'as brisé le cœur. Mais je comprends. Cela ne fait pas moins mal pour autant, mais je crois que je comprends. C'est peut-être mieux comme ça. Tu as mis un terme à ce qu'il y avait entre nous. Nous devrions laisser ça derrière nous et reprendre le cours de nos vies.

— Non. Je ne crois pas que tu comprennes. Autrement, tu ne me demanderais pas de reprendre le cours de ma vie. Parce que pour moi, il n'y a pas de vie sans toi.

La douleur, l'espoir et la colère se bousculaient en elle.

— Mais rien n'a changé, répondit-elle. Tu m'as brisé le cœur une fois, et je ne supporterais pas que tu le fasses une nouvelle fois.

— Au contraire, tout a changé.

Son visage était un masque de souffrance, mais sa voix était profonde et sincère.

— Depuis que tu es partie, poursuivit-il, plus rien n'a de sens. Ni l'entreprise, ni l'héritage de ma famille, ni le poste de P-DG. Ce ne sont que des devoirs et des responsabilités. Des choses que je dois faire pour les autres. Rien ne me procure de joie. Tu ne le vois pas ? Sans toi, je ne suis plus qu'une ombre.

Il s'approcha d'elle, tout doucement, comme si elle était un oiseau qui risquait de s'envoler. Elle secoua la tête et recula jusqu'à ce qu'elle sente le mur dans son dos. Mais cette fois, Garrett ne s'arrêta que quand il fut juste devant elle. Il ne la toucha pas mais l'intensité de son regard la fit frissonner de tout son être. Enfin, elle avait le sentiment de le voir jusqu'au fond de son âme. Elle voyait ses doutes, ses fragilités et… son amour.

Ce regard était celui d'un homme amoureux.

— Tu m'aimes ? murmura-t-elle, la voix tremblante.

— Plus que tout.

Lorsqu'il lui caressa la joue avec le pouce, elle se rendit compte qu'elle avait le visage inondé de larmes.

— J'ai lutté contre mes sentiments, confia-t-il en pleurant lui aussi. Oh ! oui. J'ai lutté. Je sais que je t'ai fait du mal et que je n'ai pas le droit de te demander ça, mais si tu acceptes de me donner une chance, je promets de passer le reste de ma vie à essayer de me rattraper.

— Le reste de ta vie ?

Elle rêvait. Forcément. Ce ne pouvait pas être la réalité.

— Le reste de ma vie, et de la tienne.

— Mais tu ne voulais pas…

— Parce que j'étais un idiot et un lâche. Natalie, dit-il en prenant son visage entre ses mains. Je t'aime. Tu es toute ma vie.

— Tu… Tu veux vraiment passer le reste de ta vie avec moi ?

— Je ne peux pas vivre sans toi. J'avais trop peur d'admettre mes sentiments pour toi, mais j'étais déjà conscient que j'avais besoin de toi. C'est pour cela que j'ai fait faire les boucles d'oreilles. C'était une façon de te demander de rester auprès de moi. De rester ma femme.

— Et je les ai refusées, dit-elle avec un profond remords. Je ne savais pas.

— Comment pouvais-tu deviner ?

— Mais pourquoi tu ne m'as rien dit ?

— Quand tu as refusé mon cadeau, j'ai eu si peur de te perdre que j'ai préféré te rejeter. Cela me donnait l'illusion de garder le contrôle. Mais maintenant, je sais. J'ai compris.

Bouleversée, elle le regarda poser un genou à terre et sortir un petit écrin de la poche de sa veste. Il l'ouvrit pour lui montrer la bague de fiançailles qu'elle avait laissée chez lui.

— Me ferais-tu l'honneur de devenir ma femme ?

Elle étouffa un sanglot avant de balbutier :

— Je suis déjà ta femme.

— Mais j'ai besoin d'entendre ta réponse. Veux-tu être ma femme maintenant et pour toujours ? Grâce à toi, je crois en l'amour, et je veux passer le reste de ma vie à te le prouver.

Elle avait encore du mal à y croire. Elle lui caressa le visage, et il lui embrassa la main avant de se relever.

— Je veux que tu aies tout ce que tu veux. Comme promis, le poste de directrice générale des ressources humaines sera pour toi. Ta prise de poste se fera à New York à la fin du mois.

— Mais toi… tu seras à Los Angeles.

— Non, je veux être là où toi, tu seras. Si tu es d'accord, je m'installerai ici avec toi.

— Mais ta famille, ta vie, la direction du groupe… Tout se trouve à Los Angeles.

— Ma vie est avec toi et avec notre fille. En plus, je ne sais même pas si je suis le nouveau P-DG de Hansol. Je suis parti en pleine réunion du conseil d'administration quand j'ai su où tu étais.

— Tu es fou.

Elle était fâchée qu'il ait mis son rêve en danger, mais si elle avait besoin d'une preuve d'amour, elle ne pouvait pas en demander une plus forte que celle-ci.

Elle se jeta dans ses bras et l'embrassa encore et encore, jusqu'à ce qu'ils manquent d'air tous les deux.

— Quel baiser, dit-il en suffoquant. Ça veut dire ce que je pense ?

— Seulement si tu penses que ça veut dire : « je t'aime ».

Enfin, elle pouvait le lui dire sans retenue. C'était si bon…

— Je t'aime, répéta-t-elle. Je t'aime tellement. Depuis le jour où tu m'as fait asseoir dans ton bureau et où je t'ai regardé signer ton contrat. Oui, je veux être ta femme et former une famille avec Sophie et toi. Pour toujours.

Il sembla avoir le souffle coupé. Puis un immense sourire illumina son visage et il l'embrassa avec tout son amour.

— Je crois que je ne vais plus réussir à te quitter d'une semelle à partir de maintenant, dit-il en riant.

— Ça me convient très bien. Mais attention, si tu laisses échapper la place de P-DG, tu auras affaire à moi.

— Ce n'est pas important pour l'instant.

— Bien sûr que si, c'est important ! Mais tu as raison. Pour l'instant, tout ce qui compte, c'est que nous soyons ensemble. Nous verrons plus tard pour le reste.

— Si tu savais comme je t'aime…

— Dis-le encore.

Elle avait encore peur d'être en plein rêve.

— Je t'aime, Natalie.

Elle ne se lasserait jamais d'entendre ces mots. Ni d'embrasser cet homme. Comme s'il lisait dans ses pensées, il prit possession de sa bouche, et ce baiser fut la plus belle promesse de bonheur.

Retrouvez prochainement,
dans votre collection

PASSIONS

Un si délicieux mensonge, de Cat Schield - N°935

Qui est donc cette Lia Marsh et que fait-elle au chevet de son grand-père malade ? Si Paul voit bien que la présence de la jeune femme réconforte le vieil homme, il ne peut s'empêcher d'être méfiant. Persuadé que la belle et ses mensonges représentent une menace pour son illustre famille, il décide de la confondre... en faisant sa conquête.

La mésalliance inattendue, de Niobia Bryant

Jamais Monica n'aurait dû céder à la tentation entre les bras de Gabriel Cress, dont elle est la gouvernante. Hélas, cet homme a le pouvoir de lui faire perdre la raison d'un seul regard. Chaque fois qu'il s'approche d'elle, son cœur s'emballe, son corps s'embrase. Or, malgré le bonheur insensé qu'elle éprouve auprès de lui, Monica doit oublier ce moment d'égarement. Car, dans le monde de Gabriel, toute mésalliance est interdite...

Le chantage d'un mari, de Jules Bennett - N°936

Paisley n'a pas le choix : pour retrouver son père biologique, elle doit faire appel à un détective privé. Or le meilleur de Houston n'est autre que Lucas Ford, l'homme qu'elle a dû quitter douze ans plus tôt. Le revoir lui cause un choc d'autant plus grand que, si elle éprouve encore pour lui des sentiments vifs, Lucas la couve d'un regard chargé de haine. Pire, il la place devant un terrible chantage : il l'aidera à la seule condition qu'elle l'épouse...

Intimes négociations, de Nicki Night

Alors qu'elle pénètre dans les luxueux bureaux de Blackwell Wealth Management, Zoe a du mal à contenir sa joie. Ce nouveau poste est l'occasion rêvée de donner un élan à sa carrière ! Seule ombre au tableau : son patron, Ethan Blackwell, la trouble au plus haut point. Or pas question pour Zoe de trahir l'émotion qu'Ethan suscite en elle car, à vouloir mélanger sentiments et travail, elle pourrait bien perdre son emploi...

Passion au Texas, de Sara Orwig - N°937

Depuis la mort de son époux au combat, Vivian vit en recluse dans son ranch. Jusqu'au jour où Mike, le meilleur ami de son mari, se présente chez elle pour lui offrir son soutien. Peu à peu, cet irrésistible cow-boy lui redonne goût à la vie, et Vivian sent naître pour lui de tendres sentiments. Des sentiments contre lesquels elle lutte, toutefois. En effet, a-t-elle seulement le droit d'aimer à nouveau ?

Alliée à son ennemi, de Reese Ryan

Quinn a un problème de taille : pour sauver son entreprise, elle doit conclure un accord avec ses rivaux... et travailler avec son ex, Max Abbott ! Treize ans plus tôt, tous deux ont passé ensemble un été délicieux, avant que son amant lui brise le cœur. Alors aujourd'hui, malgré le désir brûlant qui les lie encore, Quinn est résolue à garder ses distances avec Max...

Le défi de Tara, de Karen Booth - N°938

SÉRIE : TROIS FEMMES POUR UN EMPIRE TOME 1

Tara n'en revient pas : son ex-mari lui a légué des parts de son empire immobilier ! Si elle voit dans cet héritage inattendu l'occasion de propulser sa carrière, elle redoute de collaborer avec Grant Singleton. En effet, le nouveau P-DG de Sterling Enterprises se montre particulièrement hostile à son égard. À croire que l'animosité entre eux est aussi forte que le désir...

L'héritière en détresse, de Brenda Jackson

Fuir le mariage arrangé par ses parents. C'est l'unique pensée de Sloan quand elle monte à bord d'une voiture de collection. Seulement voilà, à peine est-elle arrivée à Phoenix que Sloan est rattrapée par le propriétaire de l'auto, un play-boy notoire. D'abord furieux contre elle, Mercure Steele, touché par sa détresse, lui propose son aide pour lui permettre d'échapper à son destin d'héritière... Mais peut-elle se fier à lui alors qu'il accumule les conquêtes ?